作者近照

岭上花儿开

朱明东　著

中国画报出版社·北京

图书在版编目（CIP）数据

岭上花儿开 / 朱明东著 . -- 北京 : 中国画报出版社 , 2022.9
ISBN 978-7-5146-2106-8

Ⅰ . ①岭… Ⅱ . ①朱… Ⅲ . ①散文集－中国－当代 Ⅳ . ① I267

中国版本图书馆 CIP 数据核字（2022）第 010083 号

岭上花儿开

朱明东　著

出 版 人：方允仲
责任编辑：石曼琳
助理编辑：郭小轩
责任印制：焦　洋

出版发行：中国画报出版社
地　　址：中国北京市海淀区车公庄西路 33 号　邮编：100048
发 行 部：010-88417360　010-68414683（传真）
总编室兼传真：010-88417359　版权部：010-88417359

开　　本：16 开（710mm × 1000mm）
印　　张：16.5
字　　数：211 千字
版　　次：2022 年 9 月第 1 版　2022 年 9 月第 1 次印刷
印　　刷：涿州军迪印刷有限公司
书　　号：ISBN 978-7-5146-2106-8
定　　价：85.00 元

目　录

第一辑　花儿蓝

第二辑　花儿白

第三辑　花儿粉

第四辑　花儿黄

第五辑　花儿紫

第六辑 花儿红

第一辑　花儿蓝

从黄土山到大兴安岭

在我的生命里，注定离不开山和岭。小时候，有黄土山；长大了，有大兴安岭。黄土山是生我的山，大兴安岭是养我的岭。有山有岭来倚靠，翻山越岭走一程。

我的故乡在大平原，大平原的南端就是那美丽的黄土山。黄土山美却很孤单，东西横亘在松花江北岸，像母亲纳好了的鞋底，卧在烟笸箩里安安静静。黄土山离家八里[①]，说远不远说近不近，想去也不是件容易的事。打小就喜欢黄土山，去了一次还想着下一次。黄土山可真的是一座宝山。坡上坡下，鲜花绿草；百鸟鸣唱，狐走兔跑；果实挂树，香气缠绕。春日里看杏花俏丽地开，夏日里雨后把蘑菇采，秋日里挖草药还有秋果摘，最冷莫过冬日里，一车荒草割来好烧柴。黄土山第一次淹在视线里是 1982 年春。尚未成年的我跟在父母的身后，怯怯地望着送行的人们。就要离开心爱的黄土山了，就要前往神奇的大兴安岭了。厚厚的新棉袄里就像藏着一只小兔子，忐忑、憧憬、焦虑、留恋，多种滋味交织在一起。大兴安岭是啥模样？

前往新家的路很长。初次坐火车，晕车使我彻夜未眠。好在年纪小，睡不着就翻随身带的小人书。天亮后，小人书翻烂了，绿皮车也驶入了大兴安岭。一入兴安岭，满眼是新奇。那原本不怎么快的火车，开得更

---

① 1 里为 0.5 千米。

慢了。一棵棵高大的树，一重重起伏的岭，构成了神奇的新家园。一切都是新的，唯有视野不再开阔。这样落落寞寞，渐渐生出几分忧郁来。黄昏时，火车总算到了塔河。在新家，我足足躺了三天，晕车症状才渐渐消去。醒来，跑到大门外向四下打量，近处除了一栋栋一片片平房外，再无新奇景象；远处，起起伏伏的岭成一道环，把新家紧紧圈在中央。这哪儿是我心中的新家啊，这分明是难以挣脱的箍吧？我一阵失望，所有的黯淡都写到了脸上。新家安在塔河城南 5 里处的塔南[①]，行数百米就可到山脚，比黄土山近多了。可我真的不喜欢这样的山。母亲对我说："你不是喜欢山吗，这回四周都是山，你要敢乱跑，小心黑瞎子[②]把你拍倒。"我知道母亲在吓唬我，可即便她不吓唬我，我也不会往这样的山上跑。

大兴安岭不是一座山，而是成群的山连在了一起。就像老舍先生说的那样，这里的岭很多，横着的，顺着的，高点儿的，矮点儿的，长点儿的，短点儿的。不是连成线，而是连成了片。大兴安岭可真大，大到足以称其为天然屏障。春寒料峭，大兴安岭依然萧瑟成冰。举目望去，大片大片的群岭单调到只有黑白两色，白的是雪，黑的则是树。大兴安岭的冷不似黄土山下风卷大烟炮[③]的劲冷，也不似南方阴阴暗暗的湿冷，而是那种清清爽爽干干涩涩的冷。这种冷，入脑脑木，入心心凉。冷也就罢了，关键是每年冬季，这里都要下很多很大的雪。往往头天晚上还没啥事，待到第二天早上想出门，下了一宿的雪早已把门堵得严严实实。

黄土山是一座孤单的山，大兴安岭则是众多孤单的山走到了一起。

---

① 本书中有个别地名为当地人沿用的过去的地名，或对特定区域的俗称，后同，不再一一注释。

② 亚洲黑熊，因视力差，也被称为"黑瞎子"。

③ 指大风、降温并伴有降雪的天气，也被称为"白毛风"，在气象上又称"吹雪"或"雪暴"。

从农村到城镇，落户成了头等大事。可想落户，把农村户口变成城镇户口，哪儿那么容易？居委会、镇政府、单位、公安机关都要申请备案，等指标要排号，短则一年半载，长则三年五载。父亲本是公家人，自然是城镇户口，而祖父、母亲和我们兄弟 4 人却属农村户口。当年还是计划经济，吃粮成了问题。亲属接济、邻居相帮，借粮本、送粮票，更多的还是要花钱买议价粮。家附近有一家粮店，每个月母亲都要去那里买粮，每次买粮，母亲都像做错了事似的。领完父亲当月的口粮，母亲要掏钱买议价粮时，店员的眼神里就多了一种东西，而母亲则逃也似的离去。没户口吃粮难也就罢了，还有低人一等的感觉。西趟房有年纪相仿的孩子，见我就喊“盲流”。终于有一天把我喊急了，我转身回家，抄起菜刀跑出去就向那孩子砍。那孩子头一低，菜刀深深地砍到了柈子[①]垛上。那孩子吓得“妈呀”一声落荒而逃，而菜刀则费了好大劲儿才从木柈上拔下来。以后，那孩子一见我就跑，再也不敢喊半个字了。艰难中，当教师的父亲从未丧失生活的勇气。他不善言辞，像在故乡教学时那样，不辞辛劳，如牛耕耘在三尺讲台上，不仅教出了好学生，也赢得了好声誉。学校对父亲最大的奖励就是积极与当地公安机关协调，为家里争取落户名额。头年，我和哥哥、两个弟弟落了户，次年，祖父和母亲也落了户。落户后，母亲去粮店，即便背回再多的粮食，心里也很轻松。

大平原的孩子，在大平原上眷恋着黄土山，而走上兴安岭后，对山的热情渐渐少了。大兴安岭冬天漫长，头一年 10 月到次年 4 月是寒冷期，取暖是头等大事。到大兴安岭后，再也没有在故乡时那么多的农活儿了。吃粮去粮店，喝水厨房有压井，很方便，只是这取暖用的烧柴却要花些体力。在故乡时，家家都有大大的柴火垛。记得一年寒冬，教室炉火不旺，身冷脚冻，难耐得眼泪都流了出来。老师关切地问缘由，怕

---

① 指大块的劈柴，北方方言。

同学笑话，我撒谎说肚子痛。老师担心，准我回家。我背起书包就往家跑，只盼到家后赶紧脱鞋上炕烤火。母亲问明情况后非常生气：“天是冷，可别的孩子能忍，你就不能忍吗？”我支支吾吾想狡辩，哪儿想母亲的笤帚疙瘩已打了过来。挨了打还不算，还要被罚到村外大雪覆盖的田野里捡烧柴。母亲这种教育方式，给我留下了深刻的记忆。以后，无论天多冷，再不敢逃学。不敢逃学不说，还落下了个毛病，谁若提捡烧柴，我心里就突突。

在黄土山下捡烧柴不辛苦，却不好捡。大兴安岭好捡烧柴，却很辛苦。那个年代，别说是塔南，就是整个大兴安岭，家家户户门前都垒着柈子垛。要是谁家的柈子垛垒得长垒得大，必引来啧啧赞叹。大兴安岭似乎有砍不尽伐不完的木头，粗放式作业使林子里倒木横陈，废材随处可见。1982 年到 1984 年，父亲领我们用了整整三个寒假，从十几里外的山上拉回了成垛的烧柴。在拉烧柴的路上，父亲从不触碰生机勃勃的树木。在黄土山捡烧柴，再难捡也不伐一棵树；到大兴安岭后，木柈子是主要烧柴，父亲去山上拉的木头，不是倒木就是站干[①]。倒木潮湿，分量重不易燃；站干干燥，水分已逝，分量轻易点燃，属烧柴上品。所以，每遇站干，父亲就显得很高兴。站干下，父亲用木把锯一下一下拉着，边拉边观察其倒下的方向，尽量避开幼小的树。父亲说，大兴安岭采伐方式落后，伐倒一棵，就要砸死砸伤很多幼树。我好奇地问：“咋样才砸不到它们？”父亲叹了一口气：“很难啊！咱们的伐木水平比不上发达国家。人家伐木，没等树倒下，直升机就飞过来把它吊走啦。”把一根木头从山上拖到路边需半个小时左右，来回拖上六七根就够一车的了。那木头有的都达四五十厘米粗，真不知道我们当时是怎么把它弄到手推车上的。等装满车，太阳早已偏西。为了拉回一车好烧柴，太阳还没升起，

---

① 指站立自然死亡的树木。

我们就得出发，所带的干粮都是买来的大麻花和母亲炒的卜留克[1]咸菜。朝时，我们带着暖暖的希望，向山里走去。待收获满满的烧柴后，早已是日落黄昏。上坡时，父亲在前面用力拉，我们在后面用力推；下坡时则将车把高高托起，让车前扬后抑缓缓下滑。小心加稳重，不敢有丝毫大意。隔壁赵三拉烧柴下坡时一不留神翻了车，两条腿都被砸断了。所以，每次上山拉烧柴，母亲都提心吊胆，直到我们安全回来才放下悬着的心。灶房里炉火熊熊，室内温暖如春，一桌丰盛晚餐是最大的奖赏。1985 年秋，家从塔南搬到县城。齐刷刷的木柈子足足拉了 6 大卡车，父母满脸自豪。

大兴安岭的夏可真舒服，清清的岭，绿绿的树，还有蓝蓝的天，养颜养眼还养心，不愧为“天然大氧吧”。在湖北工作期间，每到闷热难耐时我就怀念大兴安岭、怀念大兴安岭的夏，有关大兴安岭的故事经常陪我入梦。大兴安岭夏日的美，不比黄土山的逊色。凉爽中，都柿[2]成了大兴安岭最甜美的果实。一到七八月份，大兴安岭漫山遍野都是采摘人。近处的都柿采没了，人们就邀三牵四往林子深处走。上午去，下午回。肩挑臂挎，都是蓝黑色的诱惑。都柿真好吃，吃得满嘴黝黑。人们相互指着笑着，一张嘴，每个人的牙都被染得一塌糊涂。于是，大家笑得更厉害了。在塔南的那几年，我时常跟父母到山上采都柿。不卖也不储藏，就是为了应时吃。那时还没有野生蓝莓加工企业，国家、个人都不回收，要卖就只能蹲在商店和学校大门口一杯一杯地卖。那杯子就是普通的茶杯，一天下来，还真能卖上几十杯。但纵然是上百杯，又能卖多少钱呢？很多人想吃都柿，都到林子里去采，有乐趣不说，吃着也踏实。采都柿一定要把自己捂严实。林子里那些蚊虫可不惯着你，一见目标，它

---

① 指芜菁甘蓝。

② 大兴安岭、伊春等地的方言，指蓝莓。酸甜，味佳，可直接入口，也可酿酒、制果干和果酱。

们就成群结队往上扑。要是护不好，非把你咬“死”不可。光捂上面还不行，脚上也要捂。当时，很多人都喜欢穿高鞔儿胶鞋。虽然有些捂脚，可不用担心蚊叮蛇咬，只要不踩到水，走路也很轻快。

采都柿容易上瘾。坡上林中，一片一片都柿密密匝匝，不仅长得稠，果粒儿还大。哪儿像现在，个头儿跟黄豆似的，看了就没胃口。采都柿，半大孩子正合适，都柿秧刚好没到胸，采时都不需哈腰。那次，正采到兴头，突然感觉一阵冷风掠过后背，猛回头，只见后面不到 3 米远的一棵樟子松上盘着条碗口粗的蛇。那蛇的双眼透着寒光，吐着火舌，不时发出“呲呲”声。我哪儿见过这般粗的长虫啊，吓得一哆嗦，丢掉半篮子都柿撒腿便跑。打那以后，再也不敢自己轻易往林子里钻了。采摘不能贪，贪必伤身。一对夫妇，为了多采都柿，一人背一只大背篓向密林深处走去，却再也没转出来。一年多后，采伐工人深山作业时发现了两具白骨堆于树下。栽倒的两只大背篓，在一旁似乎正在讲述一个悲惨的故事。

拿笔描的是黄土山，用心画的是大兴安。在大兴安岭，心里常想黄土山；在黄土山前，眼前时现绵绵延延的大兴安。黄土山的夏清清爽爽，自然是孩子们的乐园。雨后，坡上坡下清清新新、秀秀丽丽，到处散发着醉人的香。风吹了一会儿，整个山都干爽起来。穿矮鞔儿的鞋就能自如行走，既不必担心进水，也不必担心蚊虫叮咬。树林里、草丛中，一朵朵又鲜又嫩的小黄蘑你追我赶冒出来，成群的蜜蜂在五颜六色的花儿上飞来飞去。轻轻松松，快快乐乐，是入山的感受。在黄土山采摘，也不必担心大人催促，你尽管去奔跑，去玩耍；也不必担心蟒蛇伤人，黄土山罕见蛇，即便有也是细小的那种，无毒无害，对人构不成威胁。倒是那些山兔、山猫和野狐狸常躲在不远处不安地望着你，唯恐你破坏它们美丽的乐园。在黄土山里也不必担心迷路，山上的林子都不大。真的，在黄土山上，只需一两个小时，从任何一处都能走到辽阔的大平原上。

黄土山北路像宽宽的溪流舒缓地向山里流淌，而入口两侧则长着十余棵造型奇特的老榆树。这些老榆树就像张牙舞爪的天神，透出一股子凶相，就跟电影《青松岭》里那棵让马受惊的怪树似的。那年重返黄土山，发现山口依然保留着那几棵树。我有些纳闷，几十年过去了，为何还要保留这样奇形怪状的树？想问朱江叔，话到嘴边还是忍住了。想想一入山就是下坡路，没个辟邪物怎么行？这黄土山的坡与大兴安岭的坡比，却也是小巫见大巫。眼望这条山路，不免想起和哥哥扛灯笼杆儿的事。灯笼杆儿是父亲从黄土山林场要来的，又长又细溜儿，在平道扛着很轻松。顺着坡往上走，灯笼杆儿一颤一颤的，我感到好玩，想笑，回头却见哥哥扛得很吃力。大头沉啊，何况是上山路。那一刻，我一下子就明白了：在自己轻快时，不要沾沾自喜，因为你的轻松也许就是别人负重的缘由。

黄土山的灯笼杆儿笔直细长，大兴安岭的灯笼杆儿坚实挺拔。每到春节，家里都要悬挂红灯笼。随着我们渐渐长大，那大大的红灯笼开始从屋檐下往灯笼杆儿上挂。黄土山林场管得严，想弄根灯笼杆儿很难，即便要来也是干枯的树。灯笼杆儿立在院子里，那大大的红灯笼把我的梦照得很远很远。到大兴安岭后，家家户户的灯笼杆儿都又高又直，绝无歪歪扭扭的。真的，那些年，只要不过分，在大兴安岭用油锯截几只菜墩儿、砍两根灯笼杆儿是常有的事。可实施“天保工程”后，大兴安岭的绿水青山获得保护，甭说弄根灯笼杆儿，就是弄个锹把也不行。有着“林大头”之称的大兴安岭再也“大方”不起来了。

黄土山和大兴安岭都是大自然里的生命园地，一代又一代人在这里培育生命，栽植希望。其情可叹，其景可观。对一个地方的见证，官方有官方的记载，民间有民间的传说，其渊可溯，其实可查。黄土山的路总是那么浪漫多情，可大兴安岭早期的路却崎岖狭窄，曲曲折折。也是，最初设计路只为了往山外拉大木头，根本没考虑其长远性。岭上岭下，山路逼仄，空车还好，真要是挂着长长的原条驶过，即便是大雪封山的冬天，那路也会被搅得尘土飞扬。那是 1983 年冬，大兴安岭某林场，一辆拽着大木头的原条车开进储木场，一名工人来到车前，刚想指挥卸原条，却激灵得大喊：“人头！”后来才知道，是原条车与一辆单人摩托车相会时，因路窄，原条车上的原条树杈扫到了开摩托者。出事后，人头在树杈上，那具无头尸还“驾着”摩托车开出了很远。1987 年“5·6”大火后，为了往外抢运火烧木，大兴安岭开始拓宽山路。2000 年以后，大兴安岭的主要山路均实现了硬化。从土路砂石路到柏油路，大兴安岭的路几经翻新修护，变得越来越宽、越来越平坦。顺着加漠公路行驶，人畅快，车也畅快。车行进时，那宽广的路仿佛成了一条白色的飘带，在群岭中不停地翻飞。

无论在黄土山脚下还是在大兴安岭的密林中，我家三代居住的房子始终是朴朴实实、落落大方。黄土山北是一望无际的大平原，大平原上有我的家。土坯墙茅草顶，温暖的房子载着温暖的梦。那时，村里除了茅草房，很难见砖瓦房。即便后来稀稀拉拉地出现几座，也是半砖瓦半土坯。到了 1982 年春，除了公社、大队、学校和供销社外，村里才有了几座全砖瓦结构的房子。到大兴安岭后，住房条件比故乡好多了，全家老少三代再也不用挤在一个屋子里了。当然，这时候大兴安岭除了少许的楼房外，绝大多数还是板夹泥房。板夹泥房成本低，好起架，建得也快，十几个人两三天就能盖一栋。大兴安岭开发建设者干劲冲天，只要不挨饿不受冻，屋子暖，有小烧喝，似乎就对住房要求不高。林密树多，原料就地取材，挖地基，立木柱，钉木板，再灌泥。这个泥不是水泥，而是土里灌锯末子混合而成的泥。房顶上盖的不是瓦不是草，而是油毡纸。油毡纸防雨防冻，却沾火就着。春季风大，屋顶的雪早就化没了。起火做饭时，只要遇上一点儿火星，就容易把房子点着。故此，防火办严禁遇五级风以上时生火做饭。板夹泥房除了火险隐患大，还不保暖。一到冬天，家家屋内窗角处都结霜，好在木柈子管够，这个问题也就显得不那么紧迫了。直到 1985 年秋全家搬到县城内，才第一次住上了真正意义的砖房。

山画在一张纸上，岭藏进一部书中。2003 年夏，我从湖北调回大兴安岭。此时，大兴安岭已全面进入了城镇化的快车道，城镇居民都住上了集中供热且宽敞明亮的楼房。在大兴安岭地区首府加格达奇区，我不时慨叹日异月更的变化。行走的是山，跋涉的是岭，在山岭相逢的那一刻，我所唱出的歌谣已多出一种豪情来。山是山来岭是岭，山一座来它就是个山，无数座山来，连在一起它就成了岭。山是山来岭是岭，山连着岭来岭牵着山。绿岭青山好相连，好相连那好相连，山是我的故乡，岭是我的好家园。

车进故乡时，往昔的砂石路已变成了水泥路。一乡住宅户，已无茅草屋。一座座整洁的砖瓦房，独门独院，成排成行，看着就舒服。条件好的人家则盖起了二层小楼，似乎在向城镇看齐。虽不是自来水，但家家院子里都有压井，大家再也不用到村西头排队挑水了。前园子种花后园子种菜，城里人那种独居小院的田园梦，在这里早已成为现实。正是秋季，家家户户晾晒的不是刚刚打下的秋粮，就是从黄土山上采来的药材，那秋天的味道很浓也很香。见我兴奋，妻子在一旁小声道："要不，咱们在这里买套房？等你退休了，来这里住。你养花草，我养鸡鸭，你创作的素材也鲜活。"我故意试探妻子："你说的是好，可惜这里室内没卫生间，冬天也没暖气，到时候你住得惯？"妻子说："现在是没有，可等退休了，这里一定会有。"我说："那是自然。大兴安岭都能在短时间内实现城镇化，在黄土山脚下还有什么难的呢？"

生命如山似岭。当黄土山下上演刀割镰收的大戏时，远在千里之外的大兴安岭正酝酿着一场盛大的秋事。

我的实习期

18 岁生日那天，学校通知我到施工连队实习 3 个月。我在技校学的是汽车驾驶，实习是毕业前的必修课，学了汽车驾驶，不摸方向盘咋行？

那时，大兴安岭机械筑路总队还没黄，事业正红火呢。下面几个工程处管着几十个施工连队，除冬季外，都常年在深山里筑路，现在还在用的很多山路都出自他们的手。学校把 70 多名将要毕业的学生化整为零，分到各个连队实习，也是不得已。出发时，大哥帮我打了一只随身携带的木箱子，里面能装不少书。坐了 4 个多小时，慢如牛的火车停靠在群山深处的小镇上。下车的旅客稀稀拉拉，一辆解放牌敞篷车停在站前，司机从驾驶室探出头喊：“技校实习的！技校实习的！”我和另外两名同学上前一问，果真是来接我们的，就连人带行李一起上了车。车摇摇晃晃驶出小镇，随后加大油门顺着山路向密林深处驶去。

初中毕业后，我成绩优秀却为了早几年工作，决然地报考了技校。我知道，既然上了技校就无缘考大学。选择无对错，行路有方向。我不怕颠簸，哪怕路太远，我也要走下去。在延绵的生命旅途上，我只愿平坦多一些，再多一些；崎岖少一些，再少一些。只要匀出一份幸运，我就会释放出飞翔的能量。群岭在山路两侧起起伏伏，我手扶车栏一脸茫然，头发被风吹立，却浑然不觉。

两个多小时后，我们到了连队驻地。已近黄昏，连队人刚收工。大门前，连长正组织大家列队欢迎我们。连长 50 岁出头，个子不高，喜欢抽刚时兴的雪茄。见我们下车，就热情地走上来和我们一一握手，大家七手八脚帮提行李。一打眼，连队男女职工有大几十号人，汽车、推土机和压路机排列整齐，6 座帐篷安扎有序。1 号是连部，连队领导住；2 号是男宿舍，技工师傅住；3 号、4 号也是男宿舍，青工们住；5 号是女宿舍；6 号则是食堂和小卖部。我们三个被安排到 2 号宿舍，享受技工师傅待遇。帐篷里搭的虽然是通铺，但每个铺位上都挂着蚊帐。这时，连长喊我们到连部吃饭。连部内两张办公桌，一部电台，七八张单人床，自然也挂蚊帐，看着很整洁也很舒服。连长、指导员、记工员、通信员、炊事员，外加我们 3 名学员，一共八个人围坐在办公桌前吃饭。连队吃饭没那么多讲究，盛菜一律用小盆，凉菜是干豆腐拌粉条，用大一号的盆盛，没啥硬菜但实在。酒是散烧，度数高，辣味浓，喝着不上头。我不喝酒也不吃肉，连用荤油炒菜都不吃，不是矫情，是一闻到那味儿就恶心。满桌子菜，我只吃凉菜和花生米，文文静静的样子。连长不善表达，让指导员张罗头杯酒。连队管理实行半军事化，连长抓施工管理，指导员抓思想教育。指导员 30 多岁，中专生，讲话有条理。从连队基本情况，到施工进展，再到实习意义，把菜都讲凉了。连长开始咳嗽，指导员会意：“总之，希望你们学有所成，为筑路事业当好突击手！”大家噼里啪啦鼓掌。连长说：“来，整！”

连队驻地位于开阔地，不远处的小河白天流、晚上淌。四周岭上岭下密林成片，就像环形的绿色屏障，错错落落，密不透风。清晨，阵阵鸣啭绕着驻地不绝于耳，阳光开始结一张亮闪闪的网，林木中那些出名的和不出名的花啊草啊，一个劲儿地疯长。我漫步在新修的路基上，嗅着深山特有的气息，脸上和心里溢出了温暖。

连队让我跟李大个儿学修车。李大个儿是连队里的修车大拿。平板车、翻斗子、推土机以及进口的压路机，没有他不会修的。那时，开车的一般都会修车，不会修车就会成笑话，想想如今开车的，可真幸福。

说是修车，其实就是让我休息。连队机车保养得都不错，小毛病随时处理了，大毛病李大个儿一个人就包圆儿了。我至多就是在他修车时给递个扳手，清洗清洗零件。洗零件不用水而用汽油，每到这时李大个儿就精神紧张，他提醒我汽油怕火，千万别吸烟。可我那时还不吸烟，只写诗。记得当时曾写了首《修车忙》："师傅的汗，满脸沾。看他多辛苦，我去买包烟。师傅师傅快歇歇，请你吸支烟……"后面的记不清了。当时，这首诗还被指导员抄到连队大门前的黑板报上，连队人就开始喊我朱秀才，想来都脸红。

清晨散步后，我就去小河边洗漱，洗漱完再挑回几桶水，供大家洗漱用。这样几天下来，我心里就像密密匝匝的树林一般充实。

连队职工多是年轻人，但年纪都比我大。我是技校生又是秀才，很引人注意，尤其是年轻女职工，总愿意多看我几眼。睡觉前，年龄大的讲段子不过瘾，就和我开玩笑，说女职工宿舍那谁很漂亮，要是同意的话就给我介绍对象。我见过那谁，确实很漂亮，可她至少比我大五六岁，不合适。又有人说，女大些好啊，女大三抱金砖。我说，那谁比我大不止 3 岁。有人又说，瞧瞧，知道这么清楚，说明你喜欢那谁。我把头探出蚊帐说，别开玩笑了，我困了。还是不依不饶，说不行，那么漂亮的妞不给秀才白瞎了。我说，她漂亮，那你咋不和她处对象？大家哄堂大笑。那谁身材苗条，披肩发，每到休息时，就把自己打扮得漂漂亮亮，在连队驻地前后转悠。偶尔到山上采回几把百合，用瓶子插着送到我住的帐篷里。每次来了，还有一搭没一搭地问我看什么书。那天中午，我一个人在帐篷里看《朝花夕拾》，忽听外面有人喊："快来人啊，那谁喝药了！"外面一片嘈杂。待我跑出去，6 号帐篷前挤满了人。连队卫生员在里面喊："快弄点儿大粪来！"李大个儿自告奋勇，忙找来大粪。这样折腾了好一会儿，那谁开始呕吐。大家总算松了口气。

野百合插在瓶中似乎并不舒畅，没两天就蔫了。多美的花儿，只看不采不甘心；采了，大喜过望就伤心。花有花的芬芳，可花也有花的孤独。不念花的心思，采则必败。

那谁和另个连队的一名男职工处对象，要到结婚时那男的却变了卦。那谁伤心至极，从连队食堂里寻出了半瓶老鼠药，喝了下去。幸亏发现早，用大粪硬是把喝下去的老鼠药引了出来。打那以后，那谁一改以往轻快的样子，再不说笑，原来漂亮的脸也苍白了许多。我真想劝劝她，可她一见我就低头而过，直到我离开连队都没再和她说上话。我曾想，世界上因谈恋爱失败喝了老鼠药的得有多少？能抢救过来的又有几人？连长找到炊事员：“你那老鼠药在哪儿买的？”炊事员支支吾吾：“不是买的，是我老婆前几年弄的，搁在家怕浪费，我就拿来……”

炊事员姓张，人老实巴交，厨艺不高但从不偷工减料。到连队第二天，我换饭票排队买饭，可闻不得半点荤油味儿。大家以为我是少数民族，我说不是，大家就笑：“原来是吃素的。”第二天，我买了两个馒头扭头就要走，炊事员张师傅在里面喊住我，随即递出一颗咸鸡蛋：“这是我自个儿腌的，不要钱。”我心一热，想说谢谢，张师傅却示意我赶紧接过去。实习期，我总能隔三岔五地吃到张师傅腌的咸鸡蛋。打那以后，每见此物我都会想起张师傅，想起他不让我说谢谢的神秘样儿。

劳累是苦的，在平淡中所获得的存在感却很甜很甜。朝出夕归，吃饭睡觉，一个晚上过去了。天亮了，就又是一天的劳累，一天的繁忙。

不修车也不能吃闲饭。我自告奋勇跟着大家到十几公里外修路。连队人朴实，大家见我年纪小，不忍让我干重活儿。有人鼓动我开压路机，我见那玩意儿有些庞然，就晃脑袋。压路机司机凑过来，信誓旦旦地说：“这家伙底盘重走得慢，绝对安全。”见我犹豫，他又道：“这家伙好学，绑个大饼子狗都能开走。”压路机确实好学，不一会儿我就会开了。压路机前行，我在上面一脸兴奋。见此，那司机就放心地跳下压路机，溜到河边钓鱼去了。前行，倒退，平稳自如。我好奇，想看看不用人操作，这个大家伙能走多远，我调好挡松了手，压路机继续行进。我有些得意，用简简单单的发明，实现了“机械自动化”，真是省工又省力。我这样想着，压路机却渐渐驶离路面，没等我反应过来，它已溜下了路基。事后，众人费了好大劲才把这个大家伙拽上来。从此，我再不想开车的事了。

闭着眼睛把自己想成一只火鸟，或者是一只飞龙，疲惫了翅膀，振奋了心灵。就这样飞着飞着，就会飞回远处的家。想到家，我笑了，家不就在身边吗？我很开心。

连队业余生活枯燥，还没电，那台四个喇叭的录音机耗不起电池，也没了声。指导员让我出板报，我一周一期，把板报办得有声有色。看板报不解渴，个别男职工就往女职工帐篷里钻。连队知道后，狠狠扣了他半个月工资。阴天下雨，大家猫在帐篷里打扑克。三打一、升级、五十 K，不赌博只吃喝。输的负责买酒买罐头，所以小卖部很火。可打扑克也不过瘾，青工们就冲着四面的山你一嗓子我一嗓子地唱着吼着，把林子里的黑瞎子都吓跑了。那次，工程处书记和主任坐吉普车到连队检查生产。他们在帐篷里听汇报；帐篷外，连队的青工们偷偷打开吉普车里的录音机，跟着音乐疯狂地跳起迪斯科。书记、主任不知发生了什么事，从帐篷里走出来，见此状张大嘴半天合不上。太枯燥了，要跳就跳吧。

实习结束了，我的事业即将开始。在校有实习期，可人生没有实习期。实习期里，我把思想挂到天空，我把情怀系在心上。我学到的不仅是技术，还有涉世之初最为宝贵的东西，那就是实诚朴素，友好善良。它时间短暂，却让我坚定一生。返程那天，连队人夹道欢送。我从他们的目光中，读出了依依不舍，读出了殷殷期盼。车缓缓驶离驻地，驶向回家的路。再见了，我的连队，再见了连长、指导员、张师傅、李大个儿，还有那谁。我返校了，你们可不要把我忘了，一定要到连队大门前再欣赏欣赏我办的板报，再念念我写的诗，也再讲讲我这个“吃素的”是如何把压路机开到路基下的。

车在飞驰。天高风爽，绵延的群岭，一派好秋光。

大兴安岭着大火

数十丈高的火头，扯天扯地朝我们碾了过来，浓烟暗淡了斜阳的光，半个天空昏昏暗暗。从噼里啪啦的燃烧中，不时传出树断木倾的轰鸣声。即便远隔数公里，那刺鼻的烟味还是呛得人张不开口。

1987 年 5 月 6 日下午 3 点半，19 岁的我平生一下子有了两个头衔：一个是林场中心学校语文教师、初二（二）班班主任，另一个就是群众扑火队员。那天下午正上着课，校长用大喇叭把全校 31 名教职员工一个不落地紧急集合起来。“还上什么课？赶紧抄家伙打火[①]！”“哪儿来的火？”“不清楚。说是往林场这边烧呢，估摸两个钟头左右就到。”长这么大也没见过着大火，更别说去打火。可身在林区，防火是天职，男女老少外加病与弱都要上，打火就是工作，打火就是责任。就连老校长也扛起锹走在队伍的最前面，不去不行，想逃避没门儿。上吧！我们压根儿没想到那火着得那样大，出校门时身上都没换什么衣服，讲课时穿的啥，打火时还穿的啥。带的打火工具也很简单，清一色的铁锹。又不挖战壕，干啥拿铁锹？可除了铁锹外也没别的可拿呀。

几十名教职员工同林场近 300 名工人一起，被分到林场以北 3 公里处。这里的铁路与公路相隔不远，铁路两侧都是低洼地带，林木稀稀拉拉，视野相对开阔。我性格乐观，居然把打火当成了户外野游，哪儿还

---

① 指扑火，是大兴安岭地区对“打火”的通俗说法。

胆怯呀。我和几名同事把铁锹丢到一旁，坐在铁道轨上打“五十 K”，不赢钱赢喝酒外加贴纸条，说说笑笑，一点儿也不紧张。大家边打牌还边拿大火往林场这边烧不烧来打赌，思想麻痹程度可见一斑。火却真的来了。起初是一阵烟味儿飘过来，很刺鼻的那种。不一会儿，东北处那道岭上就腾起浓浓的烟，没等我们回过神来，烟很快弥漫成黑黑的天。黑了半边天的地方，有红彤彤的火光在闪动。一阵阵轰鸣声由远及近，越来越大的火终于向我们这边烧过来了。火来了！很多人惊愕地喊了起来，有的拔腿便跑。可哪儿允许跑？只听“啪啪”两声枪响，跑的人一下子停住了脚步。后来才知道，县长正在此地督战，发现有“逃兵”遂鸣枪示警，想跑，门儿都没有。到现在，我都佩服自己的淡定和勇气。初生牛犊不怕虎，年少何惧大火。面对来势汹汹的大火，有的人惊慌失措，吓得尿了裤子，我却临危不惧、镇定自若，甚至生出几分勇气来。至今想来，对自己这一表现还暗自得意。

大火不是在地上跑，而是在空中飞。越是高大的树，受伤的程度越大。阵阵轰鸣声里，俊美的樟子松、挺拔的落叶松、秀丽的白桦树、茁壮的杨树林都开始呻吟和呜咽。是被烟呛的，还是心疼，反正自己流了泪。我正在烟里乱撞，十余名林场工人从路基下到着火这一侧，点起火来。林区人都知道“以火攻火”。在大火将要经过的地方点起一道火，使它向着火的方向烧，两火相遇火势顿减，打火的人即可抓住时机，乘胜扑灭。“以火攻火”虽不能消灭巨大的火头，却可挫败它来势汹汹的锐气。两火相撞，火舌很快扭成了墙，随后就一下子泄了气。可我们还是被浓烟罩住了，分不清谁是谁，也看不清谁。有火星从铁道上空飞过，道西霎时着起火来。打火啊！浓烟中，数百人乱成一锅粥，而本能使大家拼力舞动手中的铁锹。浓烟中，刚扑灭一处残火，又见不远处一处火苗乱窜，我索性跑过去又是一顿乱拍，却听见“啊”的一声，铁锹不知拍了谁的脚。事后，我才知道，那一锹结结实实拍的不是别人，正是老校长。自然，老校长不知谁是肇事者，也顾不上追究此事。从火场下来，他一瘸一拐十几天坚持上班。这件事，直到现在我也没敢告诉任何人。对不起，老校长，我真不是故意的。这场火让我经历了好些个“第一次”：第一次打火，第一次野外过夜，第一次吹瓶喝酒，第一次吸烟……

火像一条龙，不停地舞着。它边舞边张着巨口吞噬着漆黑的夜，撕扯着无边的岭、无际的天，把大岭上的夜空映得通红通红。大兴安岭史上着了多少次火无法统计，但 1987 年的这场大火却震惊中外。大火烧了 28 天，四个大型火场，不算两万多名子弟兵，投入的其他灭火力量就达三万余人。一些人开玩笑似的埋怨歌手费翔，说他不该在春晚上唱《冬天里的一把火》。

一周后从火场上撤下来休整时，我们才知道这场大火所带来的灾害有多大。我们打的这场火，叫绣峰保卫战，这场火是大兴安岭的四个主火场之一。着火前，“大胡子”师长的部队正整装待发准备开赴南疆，火车却往北开。不去老山了，改去大兴安岭打火！部队硬是在大兴安岭奋战了 28 个昼夜。部队凯旋时，我们在绣峰小站欢送 45 岁的“大胡子”师长和他的部队。林场党委书记把我叫到跟前：“一会儿你领大家喊欢送口号。”能承担如此光荣的任务，我很兴奋。当即编写欢送口号。对我来说，编写口号真不是啥难事，几分钟就编好了，书记看了直点头，夸我不愧是语文老师。可我们都忽略了喊口号前要和大家打个招呼。果然，当第一声“向解放军学习！向解放军致敬！”喊完后，近千名群众响应者却寥寥无几，不是大家不愿意喊，是大家根本没反应过来。书记连忙跑过来大声说：“大家都跟小朱老师喊口号哇！”这回好了，我喊一句，大家跟着喊一句，起初喊得不齐，后来已喊得齐整整，喊得山山响，喊得激情高涨、热泪盈眶。

继 1987 年那场火后，大兴安岭隔几年就发生一次火灾，火虽然着得都不算大，却也牵动人心。其间，我在湖北工作生活 8 年，与打火自是无缘。但追忆过去，依然感慨无限。除参加1987年打火外，我拢共大大小小参加了十余次。1992年春，呼玛火场扑火队伍里有我；2006年夏，松岭火场扑火队伍里有我；2008年春，呼中火场群众扑火队伍里有我；2010年夏，呼中火场扑火队伍里还有我……外出打火的路越走越远，打火的队伍越来越精干。从以群众扑火队为主，发展到以专业扑火队为主，又发展到现在森警部队和专业扑火队相结合，打火的战力得到极大提高。那打火的手段已从人工扑打，变为履带、轮式机械与空中直升机并举。从祈盼老天降雨到人工降雨，现代科技在打火中得到了充分运用。就连打火的给养也变得丰盛起来。1987年那次打火，大家根本没顾上携带干粮，等到了半夜、大火被扑灭时才感到饥肠辘辘。十多个小时没吃没喝，人受不了啊。好在离林场近，场长赶紧组织人回家烙饼蒸馒头。几家小卖店里的白酒和罐头顷刻被抢购一空。慢慢地，打火的给养不仅丰富了，送得也及时了，森警部队和各专业扑火队都装备了餐饮车。那种叫花子似的打火场面，已一去不复返。

打火太遭罪，没点儿思想觉悟和心理素质肯定不行。不说火场上的苦，单说去时路上就够遭罪的了。那年去打火时，我们坐的是地区防指统一安排的无篷大卡车，每辆车坐20人，一共30辆。车队浩浩荡荡驶出城区，向大岭深处开拔。夜沉沉路迢迢，星闪闪风飘飘，亦冷亦困无法入眠。车队在山路上颠簸了六七个小时，到火场时已是第二天早晨8点多。大家纷纷跳下车，相互一看，都不禁哈哈大笑。原来每个人的脸上身上都是灰，只有牙还是白的。大兴安岭早晚温差较大，白天热晚上冷。条件允许时可以搭帐篷，不允许时只能席地而卧。前辈们那种“天当房地当床，火烤胸前暖、风吹背后寒”的艰苦被再现。打火靠耐力更要靠乐观精神。打火之余，我经常把诗情画意做成激情素餐享用。白天用数码相机记录风采，拍摄自然，晚上写诗写词写火场见闻。这两天，我翻出了几首当年在火场上写的诗，不谈韵律，只说情怀，读来未免又是激情澎湃：

> 春夏着大火，殃及好河山。绿岭失本色，北国起云烟。灾生自然界，扑救谁承担？集合军警民，保卫大兴安。
>
> 一去数百里，往返十余天。飞鸟失巢穴，蚊虫无睡眠。风餐就晓月，露宿在林间。车载来去路，肝肠一寸牵。
>
> 扑救得安稳，火场须严看。日晒汗如雨，夜冷身若蚕。林密路难行，坡陡更难攀。背囊千斤重，责任似泰山。

火是越打越小，越打越少，但闹出的动静却一点不小。不说互联网有多发达，就说手机短信和微信的迅捷就足够了。谁若想瞒也瞒不住，也不敢瞒。再说，天上还有遥感卫星呢。在湖北时，当得知我在黑龙江省大兴安岭待过，湖北人就说："哦，知道，是着大火的地方嘛。"对大兴安岭而言，如今着火不是新闻，不着火才是新闻。大兴安岭 8 万平方公里，这还仅是黑龙江管辖的面积，不含内蒙古大兴安岭。可大自然能分割吗？现在交通发达，单靠人力看管入山口已远远不够，也防不胜防。即便防区无火险，也不敢保证无事。别说跨县区、跨省了，跨国的火不也发生过吗？俄罗斯、蒙古国草原着火咱也帮不上忙，只能防好自家的火，看好自家的门，别无他法。

火就像一匹野马，竖着鬃炸着毛，一会儿，它撒着欢儿在地上打滚，一会儿又站起身抖擞精神向前奔。火在飞，火在跑，火在空中烧。火的上方，是跳动的焰升腾的烟。它一团一团地聚起来，把白日的光生吞死裹起来，再狠着劲儿把空气吸完榨干。烟在冒烟在飘，几公里乃至上百公里到处都散着烟，到处都是呛人的味儿，想喘口气都难。若有风兴许散得快，可又一想，要是没有风，火兴许还可控，要是没有风，这烟兴许还吹不出这么远。大兴安岭着火，多在 4、5 月。这两个月的风最大也最强，呼啦啦的，整个大岭都被它吹皱了。几天前还是冰雪皑皑，可气温陡然升高，岭上阳坡的雪登时便融了七八成。又几天，大风起兮，刮来刮去，草木干得沾火就着。话说回来，即便不起风，只要有一丁点火星，该着还是着。有风火走高，无风火燎原。风刮了上千里，从旷野和草原刮过来，猛地在这群岭上遇到了火，能不兴奋？火无所谓，你风来了，我就在上面飞；你风走了，我就去下面跑。风想，没了我，你还能跑多远着多高？不如我们联手干，我吹着你，你牵着我，风风火火闯一遭。风缠火，火生风，一起“呼呼”作响大声歌唱；风与火，狼与狈，一起“蹭蹭”撕咬狂飞乱撞。

有官员向上级解释辖区着火原因，说风太大了。可要是没有火星，任凭大风刮上了天，也刮不出火来啊！我曾在《兴安岭上刮大风》一文中对大兴安岭的四季风进行了描述，未对风进行指责和批判。可风的的确确是火的帮凶。火借风势，风助火威。大兴安岭的火，难以迅速被扑灭的一个原因，就是赶上了春季里漫长的大风天。长则近月，短则十几天，此时火一着，很难彻底扑灭。不怕打火时的累，就怕着火时的风。打火不能迎着火头打，要跟着火尾扑，越打越小才可围歼。火场的风不怕大，就怕突然转向。一旦如此，跟在火头后面扑的人可就遭了殃。当年“大胡子”师长就险些吃了转向风的亏。那天，设在林场学校的师指挥部的三部电台一个劲儿地叫。原来，火场上的一个团失联了。“大胡子”师长在操场上急得直转悠。直到下午3点多，师指挥部才和这个团取得联系。原来是火场的风突然转了向，即将被合围的大火掉头包抄了正在扑火的官兵。全体官兵奋战一个多小时才突出重围。军服都成了烧炭的工作服，好在无人员伤亡。这个团安全回来后，“大胡子”师长给该团全体官兵郑重地敬了一个军礼。

火在荼毒，树在悲鸣。按说火不烧回头路，可风转得急时，火向也就没了规律。那年，我们600多名群众扑火队员负责看护刚刚扑灭的火场。火着过去了，似乎没了危险。即便有残火，三下五除二也能迅速将其扑灭。各小队检查防区后，立即安营扎寨准备吃饭，有的队员甚至喝起了酒。正在兴头上时，风向突变，已烧过去的大火来了个急刹车，像一把月牙铲似的转身向我们扑来。我们这些群众扑火队员被大火追得漫山遍野地跑，那个狼狈相，甭提了。火过后，带队的领导开始清点人数，却少了十多个。他一下子就毛了。每个队员都是鲜活的生命，每个队员在各自单位里都是年富力强的干将，要是有个三长两短可咋办哪。他带着哭腔让大家赶紧去找，说找不回来，谁也别吃饭。好在一个多小时后，跑丢了的人被陆陆续续地找了回来。各小队长前来汇报损失，说带的扑火器械、给养，还有队员们的衣物都被火烧了。带队的领导这时已稳定了情绪，心情也好了许多："只要人没事就成。损坏的东西，等回去给你们报销。"可回去了，谁还真找他报销啊？打那以后，再着大火，各地都不敢轻易调群众扑火队。耗财费力、缺经验、少战斗力不说，一旦出现人员伤亡，得不偿失。

火，使大兴安岭斑斑驳驳、伤痕累累；火，成了大兴安岭挥之不去的痛。2008 年春，呼中着火。4 月 17 日晚，大火被扑灭。我身疲力倦，站在火场边望着昏暗的火场，心里空落落的。抬头望月，残月却在余烟中飘飘悠悠游来游去。顷刻，一种不安涌上心头。想给母亲打电话，却怕她老人家知道我在山上打火又要寝食难安了。手指在手机键盘上犹犹豫豫，终于作罢。可母亲，就是在这个晚上永远地离开了她的儿子，她的亲人们……你这该死的火，你不仅伤害了群岭的身，还伤害了我的心。母亲，我错了！都说母子连心有感应，可我咋反应那样慢啊，咋就没意识到当时那种不安，其实就是不祥的预兆啊！母亲，我错了！儿子愿用无尽的泪水赎回自己的罪，也愿这泪水汇成倾盆的雨，浇灭正在燃烧的大兴安岭。

火，在岭上狂舞，在林间燃烧。它飞了起来，飞得高过了岭；它又匍匐下去，钻入草丛中。倏忽间，火生出的风从前面旋到了火的后面，又猛地鼓吹起来，所有的生命在风火中显得无助而又脆弱。漠河县城内，占地近3000平方米的大兴安岭“5·6”火灾纪念馆时时刻刻警示着后人。参观完“烈火熔城·决战兴安岭”等展厅后，人们来到融声、光、电、环幕等技术于一体的影厅，屏住呼吸，真切地感受着大火进城的悲惨氛围。烈火焚烧声，房屋倒塌声，汽车疾驰声，男人惊慌的喊声，女人和孩子绝望的哭声，不绝于耳，一阵胜过一阵。此时，喜好溜边的天杰早已站在我身旁，正瞪大眼睛惊愕地看着大屏幕。见他这般，我沉重的心情渐渐得到了一丝宽慰。儿子，接受一次这样的教育对你的成长有好处。你知道这场灾难有多么惨重，又有多么触目惊心吗？整个大兴安岭过火面积101万公顷，其中森林面积就达70%。共烧毁房舍（包括漠河县老县城）61.4万平方米，居民住房40万平方米，贮木场4处半，林场9处，存材85.5万立方米，烧毁各种设备2488件，粮食650万斤；桥涵67座，铁路专用线9.2公里，通讯线路483公里，输变电线路284.2公里。受灾群众5万多人，死亡193人，受伤226人。直接经济损失达5亿元人民币。

忘记曾经的痛，就是对灵魂的亵渎。对于打火的记忆，大兴安岭人能忘吗？不能，永远不能。我有时在想，为什么国家投入巨资重修加漠公路，除了满足地方经济发展需要外，一定有便于森林防火的考虑。在这条公路上，加格达奇、松岭、新林、塔河、阿木尔、图强、漠河，大兴安岭大部分县区和县级林业公司就像一串糖葫芦，被紧紧地连在了一起。只要着火，兵力和器械就会迅捷投送至火场。前几天，偶然看到一篇介绍无人机的文章，读后非常振奋。无人机技术的迅猛发展，不仅给国家经济发展、社会进步和军事变革带来了前所未有的机遇，也给大兴安岭的森林防火增添了打早、打小的利器。厉害了，我的国。用不了多久，在大兴安岭也定会出现成群结队的无人机。到那时，大兴安岭着大火便不再可怕，森林防火压力也定会大大减轻。到那时，我的大兴安岭，你可真就厉害了。

车欢快地驶在加漠公路上。望着窗外掠过的片片复苏景色，我的脸上洋溢出少有的轻松。坐在副驾驶座的天杰回头问我：“爸，假如大兴安岭再着火，还会付出那样大的牺牲吗？”看着年少的天杰露出这般忧虑，我的心一颤，随即笑道：“不会了，大兴安岭不会再着那样大的火了。”是的，大兴安岭不会再着大火了，也不允许着那样大的火了。曾经的痛让大兴安岭不敢麻痹，烙在大兴安岭人心中的防火意识一遇春风，就会像岭上勃发的草木般疯长。有了这些“疯长的草木”，大兴安岭就会多出新的盼头。

岭上樟子松

一

大兴安岭有奇树，名曰樟子松。其干黄褐，高大挺拔，挂甲生鳞；其形如伞，圆顶似锥，俊秀常青。一年四季，它忍风耐寒，巍巍耸立。一遇大风雪，意志更坚定。

1982年春，我们全家从千里之外的呼兰农村迁至大兴安岭安家落户，父亲依旧从事教学工作。初到林区，户口、吃粮、孩子就业等，压得父亲喘不过气来。对现实中的困难，祖父倒是持着乐观的态度。他说，到处都是高大的樟子松，不愁没倚靠。祖父说的倚靠，指的是当地党组织。那时，全家人都不是党员，对党却有着质朴的情怀。相信有党在，没有过不去的“火焰山”。果然，父亲所在学校的党组织和街道的党组织都伸出了援助的手，全家人陆续落户，吃粮也有了保证。1983年夏，17岁的大哥就业，当了一名汽车驾驶员，每个月能开60多元工资。而15岁的我，则顺利地考上当地的一所技校，守家在地学技术，每个月还能拿到18.8元的助学金。全家人深切地感受到了党组织如大树般的呵护与温暖。

樟子松眼界开阔，喜向光明。春，大岭复苏，樟子松针叶娇娇嫩嫩，新绿次第；夏，大岭繁茂，樟子松一展芳华，松香四溢；秋，大岭金黄，樟子松苍翠碧绿，神态安详；冬，大岭银装，樟子松独守青色，肃然傲雪。

从技校毕业前，我到筑路施工连队实习。连队在野外施工，吃住都在大岭深处。驻地四周都是群山峻岭，后面不远处有一片树林，穿过树林就是条“哗哗”作响的小河。环境不错，喧嚣中不失幽静，寂寞中多了份激情。一百多号人，虽有离家在外的苦，却其乐融融，充满祥和。这些人中我年纪最小，18 岁。连队的核心是党支部，共 7 名党员：指导员是党支部书记，连长、副连长是支委，普通党员有李大个儿、张大拿，还有小刘和王六子 4 名同志。指导员 30 多岁，戴个近视镜，文质彬彬的样子。我报到实习的那天晚上，他和连长还为我开了个欢迎会。他酒量比我强不了多少，半杯酒下肚就迷糊了。

生产施工任务再忙再累，指导员都不忘忙里偷闲，读书看报。每个星期，他都召开一次党员学习会议，顺便传达上级文件精神。连队里没有学习场地，他便找来几个年轻人，三下五除二在营地大门前支起两块黑板，一周办一期报。他见我看板报，眼睛一亮，招手喊：“朱秀才，来一下。”在队部帐篷里，指导员先表扬了我好读书爱学习，年龄不大，居然看《鲁迅文集》，了不起。随后话题一转：“朱秀才你有内秀，组织决定：今后由你负责办板报。”态度谦和却不容推辞。我有些担心，说自己没经验，粉笔字写得也不好。他说没事，你尽管一笔一画写就是，组织相信你有这个能力。黑板报上有文化栏目，有连队生产动态，更多的是党的理论知识。指导员把《党章》递给我说：“你看着选，但党员义务不能少。”我接过《党章》，那书皮像一团火，在手中跳跃着燃烧着。自此，我正式走进了《党章》。

连队党支部像个大熔炉，烤得人暖烘烘的。大到连队组织的突击施工，小到工人的思想教育，无处不闪烁着熠熠的光。指导员、连长、副连长是支部的核心，也是连队的主心骨，可他们仨从不指手画脚耍威风。其他几名党员，每到施工繁重时，个个儿都是英雄好汉，冲在最前面。食堂伙食实行定量制，一视同仁不搞特殊。雨季时，道路难行，后勤给养被隔在了山外。连队里缺菜少肉，开饭时几个党员就故意磨磨蹭蹭，让大家伙先吃，待大家吃得差不多时，再去“打扫”锅底。那次，指导员最后一个去食堂窗口。菜没了，只剩了两个馒头。炊事员有些过意不去，从灶房里翻出两个刚腌没几天的鸡蛋递给指导员。指导员扶着眼镜框，一字一字地说：“不要搞特殊，给我来碟大酱就行。”他将馒头掰成小块儿，倒上开水，就着端上来的大酱，很香地吃起来。那些年，正是我吃素最厉害的时期，可连队里每顿饭都给我弄一枚咸鸡蛋或一块腐乳，哪儿像指导员这般简单？

俊美的樟子松，枝枝杈杈成环往上攀。环有七八，各环杈五六；一杈十余枝，每枝有百针。这些针叶墨绿，集束密匝，紧紧拥在一起，像一把把精致的小扇子。一进连队，李大个儿就成了我的师傅。李大个儿朴素实在，不以师者自居。他的口头禅是“对不对”。每每指导我时，总是“对不对”，我要不点头，他“对不对”的语气就要加重几分，我要点头，他也说“对不对”，只是语气轻了许多。这样手把手、一遍一遍地教我怎么清洗机车零件、怎样判断和处理机车故障，直到教会为止。和他一起吃饭，我吃素，他吃肉。他说：“年纪轻轻正长身体，多吃肉补力气，对不对？”见我不吭声，他又说：“不吃肉遭人烦，对不对？”他还想说，我说：“师傅，您吃饭说话不利消化，对不对？”他“嗯嗯”后，抬起头嚼着一口肥肉，没咽下去，话却出了口：“一边儿玩去！这也学？对不对！”

牛人张大拿是连队施工技术员，技术硬、讲原则，连队的几个领导都敬他三分。技术员是半个工程师，对施工有否定权。第一施工组在路基弯度上处理有些毛糙，张大拿在工地上测量了三遍后，丢了一句“返工”，随后跑到路边的机车驾驶楼里吸烟去了。几个工人不满起来，说张大拿在整事儿，用铲车填几下子土不就完事了吗？施工组长在车前瞅着张大拿，张大拿眯着眼吸烟。组长拗不过，回头冲着几个工人喊：“别瞎吵吵了，听大拿的，反正影响工期有连长顶着！”说完，愤愤地瞪了张大拿一眼。张大拿还吸着烟，却歪头望起了天。活儿返工了，虽费了人力，可保证了质量，工期也并未受影响。工人们私下议论，人家大拿就是牛，不仅有技术还讲原则，不愧是共产党员。认真，能错?

帐篷后的树林里，有两棵相距不到10米的樟子松，高高大大，其干同粗，枝杈一样密密匝匝，树冠一样蓬蓬勃勃。最神奇的是，它们那最长的枝杈似粗壮的手臂，热切地伸向对方。小刘和王六子是一对好兄弟，年龄都不到30岁，一个是第三施工组组长，一个是推土机手。除了睡觉不在一个铺上，两人好得跟一个人似的；除了媳妇是私有的，其他的不分你我。这俩的共同特点是乐于助人，干活儿不怕苦不怕累，越是脏活儿累活儿，越敢往前冲。连队在春末进山时，早晚还很凉。女职工怕冷，在帐篷内生火取暖。夜晚入睡前，值班女工又往炉子里压了几块木柈子。不料，午夜起风，炉子里的火苗窜了出来。有人被烟呛醒，顾不上穿外衣，边喊边往外跑。大火烧到帐篷顶时，男职工们赶来救火，怎奈火势太猛，难以靠近。王六子喊："先看人少没？"小刘赶紧清点女工人数，却发现少了李大姐。几个女职工哭着要往帐篷里扑，连长急了，边跺脚边骂："还轮不上娘们儿逞强哪！"刚欲带头救人，却见小刘和王六子冲进了帐篷。当昏迷的李大姐被小刘和王六子救出的一刻，只听"轰隆"一声，整个帐篷坍入火中。指导员经常自豪地说，在咱们连队里，小刘和王六子不仅是一对"双胞胎雷锋"，还是一对"双胞胎救人英雄"。处里要表彰优秀共产党员，给连队一个名额，连队最初想报小刘。小刘知道了，忙跑到指导员那里，极力推荐六子，说六子的活儿最累。六子知道后，也跑到指导员面前，极力推荐小刘。指导员生了气："就一个名额，你们来回推个啥？不要拉倒！"大雨足足下了三天，待到"七一"头天晚上，山洪爆发了。洪水向连队驻地汹汹而来。连长和指导员边指挥大家往高处转移，边清点人数。几名党员和共青团员在抢救连队重要设施。大雨声、洪水声、喊叫声和机车轰鸣声夹杂在一起，把营地喧哗成了一口沸腾的大锅。几个小时后，人、车辆和重要设备都转移到了高处。连长、指导员和副连长再次清点人数。清点了三遍，一百多号人就少小刘和王六子。有人说，看见他俩往库房跑，说是去搬蓄电池。人们站在高处猛喊："刘组长——，六子——！"可哪里有他们的回应！

在莫名的不安中，我心中跳出了两句诗：忽惊洪水夜来时，零落了英雄好兄弟。我的预感残酷成谶。小刘和王六子的尸体是第二天下午在倒塌的帐篷里找到的，帐篷被冲垮，一根立木砸在两人身上。在他们身旁，两只灌满淤泥的汽车蓄电池默默地晾着。处里的通讯员来了，被眼前的惨状惊呆了。过了一会儿，才从公文包里拿出处党委的表彰文件。指导员一看文件就哭了。他边哭边喊："刘儿啊，六子，你们都是优秀共产党员，你们都是优秀共产党员！"

洪水过后，樟子松林一片萧瑟，鸟不再鸣，风不再拂，肃穆而又无声。两棵高大的樟子松下，一处安葬着小刘，一处安葬着王六子。

二

樟子松在壮美的兴安画卷中沐雨吟唱，托雪诵歌。疾风与骤雨，凄冷与苦寒，都无法摧毁它成长的意志。直到有一天，人们惊奇地发现，荏弱的小苗已成长为茁壮的大树。

几年后，我从林场中学考到团县委。县委大楼两侧，也有高大的樟子松。他们像老朋友似的，整整齐齐列好队，欢迎我这个"小年轻"。到团县委报到的第一天，我将入党积极分子手续文件郑重地送到了县委机关党委。机关党委常务副书记姓曹，是个年近60岁的老同志，不善言辞却严谨持重。没几天，曹书记找我谈了一次话。他说我的材料他都看了，比较全，但还要完善，比如思想汇报数量未达到一个季度一次，还要多写，还要积极向组织汇报思想，更要经得起考验。见他严肃的样子，我心里有种说不出的紧张。离开机关党委时，曹书记和我握了一下手。我以为是一种礼节，但感到他的手很有力。

县委大院里，樟子松们一身蓬勃。夏时，它美了一院落，正了满楼风；冬时，它直了一腰杆，定了好身形。它屹立，它蓬勃，巍巍中成了诗，翠翠中入了景。

1991 年夏，呼玛河上游突降暴雨，连天扯地足足下了一周。雨过天晴，本想晒晒快发霉的衣被，忽然接到县委机关党委通知，到呼玛河大堤上参加防汛。我拎上一把铁锹，骑着自行车就奔大堤。大堤上，高音喇叭反复播唱《团结就是力量》。我同其他参加防汛的人取沙土，扛沙袋，垒堤筑坝。火热的劳动场面里有男有女，有老有少，党员干部占了很大的比例。在这些人中，有我，有已成为基层单位党办主任的大哥，还有将要退休的曹书记。除了装沙袋外，曹书记还时不时扛起一袋沙包往堤上奔。有人喊："曹书记，别逞强，小心你的老腰！"曹书记头也不抬，回了一声："放心吧，腰杆子直着呢！"我们在防汛的堤坝上一干就是三天，怎奈大堤早已老化，溃堤的风险越来越大。县委决定放弃死守，转移县城中所有居民。当最后一拨人转移到城西的山坡上时，只听一阵轰响，大堤决口了。滔滔的洪水像脱缰的野马冲进了县城……

洪水淹没了低矮的房屋，淹没了楼房的底层。县委大院里的一棵棵樟子松的树冠半隐半现植在水里，远远望去，虽是绿荫茂盛，却很刺眼。几个小时后，洪水没了初时的狂怒，消了气熄了火。水面污浊不堪，漂浮的各色垃圾里夹杂着淹死了的家禽家畜。一群麻雀飞来飞去，倦了，饿了，在树冠上不安地鸣叫着。

县城西有山，俗称栖霞山。其坡舒缓，是县城四周最可塑的山。栖霞山三千多公顷，林繁树茂，尤以樟子松居多。大水过后不到 10 年，勤劳的塔河人已将此地打造成了国家 3A 级森林公园，昔日落寞沉寂的景象一去不复返。唯有坡上一棵棵高大的樟子松像英俊的礼兵，整整齐齐地恭候着每一位游客。它们微笑地注视着脚下的县城，回想当年洪水时，曾有一名青年倚在它们身上，靠着它们的热情，靠着它们的默默支撑，才变得更加坚强。

我们都转移到栖霞山上，与坡上齐整的樟子松相比，显得有些狼狈和无助。在很多人眼里，这些樟子松就是守卫县城、保护人民的战士。有了它们，人们就不会为栖身发愁，就不会为安全担忧。一棵棵樟子松热情地接纳了一群群无家可归的人，怜爱地为这些人遮风挡雨。面对一棵棵俊秀的樟子松，我的感情如奔涌的河流，与阵阵呼啸的松涛汇聚一起，在栖霞山上“哗哗”作响。由于县委和街道社区党组织的有效组织，洪水涌入县城时，数万群众已安全地转移到了栖霞山上。我的家在一楼，自然难逃一劫。待在山坡上喘过气来，我心里开始隐隐作痛。投身防汛时根本没顾及家，洪水进城时只顾帮群众向高处转移。都淹了，那就淹了吧。我有些沮丧，有些悲观，倚在树旁发愣。正在我抑郁时，肩膀却被人轻轻拍了一下。回头一看，原来是曹书记。平素不苟言笑的他，此时却多了一份亲切：“你家也在一楼？”我点头说“是”，随即问：“您家也是？”曹书记“嗯”了一声说：“没啥贵重东西，不怕水泡。等水撤了洗一洗涮一涮，再好好晾晒一下，不耽误用。”我欲言又止，因为我一下子想起来，家里除了一台 18 寸彩色电视机外，还有满满一大橱书。这些可都是怕水的啊！我欲言又止，眼泪差一点儿流出来。曹书记似乎看出了我的心思，又拍了一下我的肩膀，像是劝慰又似自言自语：“只要人在，啥都会有的。”说完，他的目光投向坡下白亮亮浩茫茫的县城。

三天后，大水开始退去。县里组织 20 支党员抢险突击队，我是唯一非党员队员，却担负起第五突击队队长的职责。那段时间，我和数十名队员没白天没黑夜地趟在水里抢救国家财产。水没退净时寻找财物，水退净后则马不停蹄地清理淤泥。党旗飘飘，喧嚣不断。饿了，饼干就榨菜，对付一顿是一顿；困了，跳上敞篷车围着大衣，睡上一觉是一觉。

一天 24 小时，我和我的突击队员们奋战不休。这样一个星期过去了，县城转了一个遍，独未回家看看，整个人似乎都给了突击队。家中清扫的事都落在了父母和妻子身上。待拖着疲惫的身子回到家，妻子跑过来一把抱住我号啕大哭。不幸中的万幸，在大水进城时，那台宝贵的彩色电视机被父母果断地搬到了楼上的邻居家。可我那些宝贝的书，却都浸泡在了水中。父母把这些书从水里捞出来，一本一本摆到仓房顶上晾晒，但已无济于事。这些书干后都成了板砖，难以翻阅。这也就有了我抱着一堆“板砖”哭书的糗事，不说也罢。

洪水过后，很多人都成了灾民，一些人家房倒屋塌没了住处。县委号召全县党员干部给受灾的群众捐款捐物，我月工资 128.5 元，当下都捐了，害得妻子跟着我吃了一个月的挂面，我们俩更苗条了。县委机关党委负责安置群众。说是安置，其实就是在县城广场上架起几十个临时帐篷。条件有限，先住下再说。广场空旷，四周除了电线杆子就是一棵棵高大的樟子松，无私地庇护着灾民们。真的，要是没了这些樟子松，广场该多凄凉啊。曹书记当安置点的主任，被人戏称“老村长”。10 多名县委机关干部协助“老村长”安顿无家可归的群众。没过两天，“老村长”突发奇想，把刚完成抢险的我抽过来当“文书”。“文书”可不是简单的抄抄写写，除了起草通知、印发宣传单外，还要发救灾物资，搞统计核算。遇事时，还要跑跑颠颠上传下达，一天到晚忙得团团转，忙得一塌糊涂。发放救灾物资是最重要的活儿。“老村长”似乎就相信我这个“文书”，把这个特权交给了我。小到一包方便面，大到一件棉大衣、一条毛毯、一口电饭锅等，都由我安排发放。那个时期，每天都要和救灾物资接触，稍微贪恋，就会中饱私囊。我不管熟脸和生脸，把大情面小情面丢到了一边，对着名单一是一、二是二，该咋地就咋地。经我手发放的物资没出丁点儿差错。我忙，“老村长”却有些清闲，经常蹲在不远处的樟子松树下卷旱烟。他可真会用人，我有些不满，却发现“老村长”正偷偷打量着我。这人，说他啥好呢。我理解，“老村长”不是对我不放心，他这是在对我进行考察呢。

转眼两个月过去了，天渐渐凉了。重建家园的任务也告一段落，安置点的群众陆续搬进了新建的楼房里。清点完最后的工作，“老村长”领我在广场上散漫地转悠着。安置设施都撤走了，广场恢复了原有的空旷与宁静。那四周的樟子松们依然列着整齐的队，向“老村长”和“文书”行注目礼。凝神片刻，“老村长”回过头来，有些激动地对我说：“在这场灾害面前，我们都挺了过来，都和这些樟子松一样经受住了考验。嗯，没错，你是一棵优秀的樟子松。祝贺你，明东同志！你已光荣地加入了中国共产党！”“老村长”说罢，亲切地拍了一下我的肩膀。此时，我的眼泪已夺眶而出。

三

樟子松身美体秀，气质优雅，一棵两棵三五棵，紧密相拥，焕发出一种独特的魅力。有的即便不能密集成林，只要星星点点入林，也能使四周的景致超凡脱俗，美了一座山，醉了一道岭。

对大兴安岭而言，最大的威胁就是火灾。每年春季，大兴安岭风干树燥，倘若野外有人吸烟弄火，很容易酿成大祸。早些年，人们的防火意识不强，加之扑火手段落后，一旦出现火情，就很难及时控制。在扑火上所耗费的人力、物力、财力，高得让人咋舌。每次扑火时，当地的党员干部都要放下手中的工作，克服各种困难和危险，毅然决然参加扑火战斗。1987 年 5 月 6 日，20 岁的我在林场中学当教师。下午，林场通知学校停课，组织老师们参加打火。学校教职员工男女老少不到 30 人。快退休的校党支部书记把学校仅有的 5 名党员召集起来，号召不管男女都要在打火中发挥模范作用。而后，又选了包括我在内的 14 名非党员组成了20人的扑火队。党员带头，群众自然跟着走。别说扑火，就是野外着火我都没见过。初生牛犊不怕虎，小青年还怕扑个火吗？我就像要参加野游一般，对即将参加的扑火战斗充满了期待。

当数十丈高的火头裹挟着黑色的浓烟向我们扑来时，整个天空都快被点着了。铁道东侧那大片的樟子松幼林，是一年前林场学校数百名师生大半天的劳动成果，现已蓬蓬勃勃。这是多美的一片林啊，曾留下我和孩子们欢乐的笑声，可如今却被席卷而来的大火无情吞噬。烈焰升腾，噼里啪啦的燃烧声，将美好的记忆残酷地淹没在无情的火海中。生机逝去的瞬间，我听到了樟子松幼林在呜咽，看到了它们在大火中痛苦地挣扎。不知是伤感，还是被烟呛的，我眼里不停地流着泪，心也随着烈焰不停地颤抖。哭是没用的，要拯救火海里的绿树，要把樟子松幼林从火海中打捞上岸。我跟着老支书和几名党员冲进浓烟中，顺着火势奋力扑打。火头试图从我们头上飞过铁道，向西继续祸害大好山林。真要是窜过去，损失会更大，甚至近千户的林场也将被大火吞噬。绝不能让火烧毁我们的家园。老支书领着我们几个年轻教师，把这片樟子松幼林的残火扑灭后，立即冲上路基，在浓烟中建立起临时防线。数十名林场工人及时赶到，和我们兵合一处将火势压了下去。大火只好改变方向，沿着铁路线以东的草甸子向南逃窜。

一个夜晚过去了，我们初战告捷。站在铁道线上，望着被烈火烧残的樟子松幼林，我像个孩子似的哭了起来……烈火中，我和老支书，还有所有的扑火者没有被疯狂的大火吓倒，在大火向我们扑来的那一刻，都义无反顾地冲了上去，不仅守住了铁道线，守住了林场驻地，也尽最大程度地保护住了樟子松幼林。20年后，我沿加漠公路去漠河，中途特意造访昔日的火场。驻足旧地良久，我迟迟不忍离去。昔日的樟子松幼林，如今都长成了参天大树。在热切的目光中，这些樟子松们骄傲地挺直腰身，齐刷刷地向我行注目礼，并快乐地抖动着深绿色的针叶，似乎在说：欢迎我们的扑火英雄回家！

樟子松幼林复活后，我又参加了几场扑火战斗。1992 年春，呼玛火场扑火队伍里有我；2006 年夏，松岭火场扑火队伍里有我；2008 年春，呼中火场扑火队伍里有我；2010 年夏，呼中火场扑火队伍里还有我。外出扑火的路是越走越远，扑火的队伍越来越精干。从以非专业群众扑火队为主，发展到以专业扑火队为主，如今已是森警部队和专业扑火队相结合，扑火的战力得到了极大提高。扑火方式也从人工扑打，变为履带、轮式机械与直升机并举，手段和效率早已今非昔比。前些天，偶遇大常书记，他早些年在地林直机关工委当过领导，在组织机关党员干部参加扑火方面没少挨累。在机关扑火队员的心里，大常是最称职的扑火队队长。

那年，大常书记带领我们这支 600 多名机关干部，星夜下奔赴两百余公里外的火场。30 多辆敞篷车打着明亮的车灯排开长长的车队，顺着山路驶向大岭深处。大家裹紧棉大衣陆续进入梦乡，而我则掏出身上的笔和本，借着手电筒和满天的星光，写起扑火战歌来……

我们赶到火场时，天已微明。大部分明火已被专业扑火队打灭，我们主要负责清理残火。火场总指挥向大常要求，务必“死”看“死”守，不可掉以轻心。大常领着我们开始排查过火林地。仗着人多，不到 3 个小时，我们就完成了火场清理任务。正当大家准备安营扎寨时，大风又起了。被专业扑火队追赶的火头因风向骤变，恼羞成怒地杀了个“回马枪”，不仅将专业扑火队弄得措手不及，还借着风势，吞烟吐焰，恶狠狠地向我们扑来。

打过火的林区人都知道，不怕打火时的累，就怕着火时的风。有风火走高，无风火燎原。打火不能迎着火头打，要跟着火尾扑，越打越小才可围歼。

群众扑火队毕竟是业余的，但也要讲科学，也不可迎着火头扑打。

正当我们想迂回包抄这个火头时，又是一阵风。大火旋转了起来，肆意荼毒着大好的山林。大常用对讲机大声地向各小队喊话：“保住山坡上那片樟子松！保住山坡上那片樟子松！”我们赶紧向山坡靠拢，开始打防火隔离带。这火可真邪性，见群众扑火队比那专业扑火队还难斗，就恼羞成怒地向我们碾压过来。风缠火，火生风，火头“呼呼”作响大声歌唱；风与火，狼与狈，火头“噗噗”撕咬狂飞乱撞。我们避开火头，凭着一股激劲，挥舞着手中并不专业的工具，跟在火头后一顿穷追猛打。

大火还是冲出了我们的合围，号叫着跑远了，坡上的那片樟子松林则安然无恙。大常书记让各小队清点人数，各小队长不敢懈怠，赶紧清点。可清点来清点去，还是少了十多个队员。大常一下子毛了。每名队员可都是鲜活的生命啊，要是有个三长两短可咋办？他跺着脚向小队长们大吼：“赶紧给我找！哪个找不到人，我就处分哪个！”各小队长哪儿见过大常这般模样，领着自己的队员们漫山遍野一顿乱喊乱叫。好在一个多小时后，被大火冲散了的队员都陆陆续续平安归队。各小队长向大常书记汇报损失，说队员们的扑火给养和衣物都被大火烧毁了。大常书记刚才的怒气变成了一股豪气：“人没事就成！损坏的东西，等我回去给你们报销！”可说归说，大家也都领教了他的脾气，谁还真敢找他报销啊？

修整的空当，大常喊我：“你这个诗人给我们朗诵几首诗吧。”我二话没说，站在一棵高大的樟子松旁，向围拢过来的队员们深情地朗诵起昨夜创作的诗：

北岭着大火，
烧我好河山。
集合先锋队，
保卫大兴安。

一去数百里，
往返十余天。
飞鸟失巢穴，
蚊虫无睡眠。

日晒汗如雨，
夜冷身若蚕。
林密路难行，
坡陡更难攀。

风餐就晓月，
露宿密林间。
背囊千斤重，
责任似泰山。

朗诵中，大常用手绢擦拭着眼睛，所有队员都静静地听着，没有一个人分神。朗诵中，站着的人与立着的树渐渐融为一体；诗句里，漫山遍野都是崛起的樟子松。它们一棵棵扎下坚实的根，长出伟岸的躯，让大兴安岭在辽远的大地上延绵不倒。

四

樟子松躯干挺拔，枝影婆娑，浑身都充满一种魅力和力量。在迎风斗雪的年光中，它托星举月，用高雅的气节挺起了好山岭，壮美了大兴安。

加格达奇，大兴安岭的南大门，有“万里兴安第一城”的美誉，是鄂伦春语“生长樟子松的地方”的意思。加格达奇真的就是生长樟子松的地方。这里岭上岭下长着樟子松，城里城外植着樟子松，就连街道两侧也多是樟子松在独揽风光。屈指算来，我在加格达奇生活已有 18 年矣。这些年，足以白云变苍狗，旧貌换新颜。变迁中，我与加格达奇共成长，与樟子松共担当。我就像樟子松一样，随着年轮一圈一圈增加，对脚下的土地就越发眷恋。我的党龄比我的婚龄小 1 岁，比我的儿子大 3 岁。从北到南，从南到北，风里来雨里去，无论个人经历了什么困难、遇到的挑战有多大，都不以位卑而忘忧国，不以艰辛而忘党恩。每前进一步，我都脚踏实地，像樟子松一样，坚实地把自己植根于这片热土。儿子小时候曾问：“啥是党员？”我答曰：“要多付出的人。”儿子上大学不到一个月，就向校党组织递交了入党申请。大学期间，这小子寒暑假后，总要提前一周入校。后来才知道，他是要早些天去学校当志愿者。4 年后，当这小子步入工作岗位时，已光荣地成为了一名中国共产党党员。

父亲在世时常说，没有党组织的关怀，就没有全家人的美好生活；没有党组织的培养，就没有全家人生活的安康。他生前告诫我们，对党要常怀感恩之心，常念报答之情。1987 年，22 岁的大哥在生产一线光荣入党；1991 年，24 岁的我在抗洪救灾一线光荣入党；2016 年，21 岁的儿子光荣入党。父亲对他的儿孙们这样主动靠近党、报效人民表示满意，可他却始终未能成为一名党员，不是标准不够，而是把入党的机会多次让给了比他年轻的同事。他说：“年轻人是希望，入党不仅能给年轻人进步的机会，也会激励他们走得更远。”父亲退休前，组织再次找他谈话，准备吸收他加入中国共产党。父亲很高兴，晚上回来还特意喝了二两酒，说能在退休前入党，睡觉都能笑醒。可第二天，他了解到学校有一名年轻教师很迫切地要求入党，可名额就一个，父亲要是入了，那年轻教师就只能等下一轮。父亲思来想去，最终主动找到党总支书记，硬是坚持着，把自己退休前最后一次入党机会让给了那名年轻教师。父亲不是党员，但他思想上早就入了党。对社会上的不良现象，父亲总是愤愤不平。他说："贪了党拿了党就是败类，就是蛀虫；对党大逆不道，就是逆子，逆子就要遭报应。不是不报，时候未到；时候一到，一切全报。"父亲临终前半年，还坚持看新闻联播，每每看到国家加大反腐力度时，总是兴奋得像一个孩子似的连声说："好！"

樟子松根深针叶茂，喜光更耐寒。它索取少，生命力强，一山坳、一面坡，干燥一些没关系，脚下有石砾也没关系，只要撒下一粒籽，苍宇之间送来一缕风，它定会孕育出参天的梦想。在极寒的境遇里，它不仅要破土生长，还要永葆一种常青的姿态来回报这个世界，无论生长的环境多么艰难，它都勇敢屹立，挺拔不倒。

父母相继离开人世，我就像赶上了漫长的雨季，暗淡了天光，泥泞了大地。在甘河公园，一棵棵樟子松落寞地夹在各色树木中，有些孤寂，也有些无奈。苍苍岁月中，它一破土而出，就注定了要奋斗一生。我用手轻轻地抚摸着樟子松树干。那树皮，一片一片，像鱼鳞似的紧密地牵连着，虽有些参差不齐，却紧紧地裹着那执着的干。无数次的风萧雪寒，早已让它拥有了一身坚强的铠甲。这铠甲虽然粗糙，却散发出阵阵的馨香。我闭上眼，深深嗅着这浓郁的生命气息，用力呼出一口气，心里的悲伤缓解了许多。多俊美的树啊，原来你还有一颗火热的心，懂得用自身的情怀温暖孤独的人。可你在生长中，就没有压力、就没有自己的痛吗？我眼睛有些蒙眬，抬起头向树的顶端望去，树枝次第伸展，针叶越往上越密集。似乎所有的压力，它都能扛起来；似乎所有的压力，都无法让它弯腰。这就是樟子松，我心中坚强的化身。在加格达奇，在甘河公园，我切身地感受到了它的壮美、它的坚强。这种壮美，这种坚强，就是无数像父母一般的开发建设者所共有的品格。没有他们的艰苦奋斗和卓绝奉献，就不可能有今天大好的兴安画卷。父母已去，樟子松犹在。

我爱怜地抚摸着樟子松，心情渐渐好了起来。我知道，我的身份不仅是儿子，是丈夫，是父亲，还是一名与樟子松一样扎根在大兴安岭上的共产党员。变故也好，悲伤也罢，都由我一人迎风面对，不只是要活着，还要活出一道风景来。

加格达奇城东有万亩种子园，始建于1973年。这里生长着各种优树5万余株，但最多的还是樟子松。一排排粗大秀美的樟子松，在种子园里昂首挺胸，整齐划一。一段时间里，我经常在双休日到这里采风。种子园，源源不断地为万里兴安提供林木良种，包括品质优良的樟子松，它改善了生态，点燃了希望。在这里，我领略到了大兴安岭林木的丰富；在这里，我感受到了大千世界里生命的厚重。儿子高三时学习压力很大，我把他领到万亩种子园门口，指着里面一望无际、郁郁葱葱的樟子松说：“去吧，去好好观赏一下这些树，看看它们生长的模样。”儿子边欣赏着边慢慢向种子园深处走去。过了好一会儿，我忽然听到儿子在树林深处呐喊：“吆喝喝——吆喝喝——！”我刚想往种子园深处走，却见儿子顺着园中的林荫道向我奔跑而来。那股劲儿，就像一头觉醒的雄狮亢奋不已。我惊得大张着嘴巴，不知发生了什么。儿子跑到我身边停了下来，他叉着腰上气不接下气地说：“爸，我读懂樟子松了！爸，我现在感到轻松了许多！”一阵清风吹过，樟子松枝头都抖动起来，一棵棵以伟丈夫般的姿态美成了一片海。

你已挺拔成秀美的风景，纷繁的大自然里，你总在昭示奋发向上的意志和永葆本色的尊严。儿子入党后，工作更积极了。2020年大年初四，加格达奇出现了疫情。儿子主动报名参加了防护突击队。每天，他起早贪黑顶风冒雪，奋战在防疫一线。看着稚气未脱的儿子日渐消瘦，我和妻子都有些心疼。妻子想让我出面给儿子请几天假，我说：“别人能承受的，他为啥不能承受？”就这样，儿子的值守使命一扛就是6个月，从风雪中出发，走过春暖花开，走过炎炎烈日和滂沱雨季，儿子克服了许多常人难以克服的困难，像樟子松一样，坚强地守护在大兴安岭防疫一线，最终得到了地方党组织的表彰和同志们的赞誉。只有经历风雪，樟子松才能傲然耸立。儿子成长起来了。你看，他值守后还时常挑灯夜战，为单位起草材料。我对儿子要求严，其实就是让他尽快长成如樟子松般意志坚强的人。我知道，这不仅是一种家风的传承、品格的培育，也是对一名真正共产党员的党性锤炼。

樟子松没有老不老之说，只有长多高变多粗之论。夜晚繁星闪烁，我的小城已渐入梦乡。电脑前，我忙碌着，思考着。一行行文字，一篇篇文章，就这样奔涌而出。家庭的，事业的，生活的，社会的，都需要一种火热的情怀，都需要有樟子松那般积极向上的劲头。这劲头来自一种信念，来自一种信仰。既然都是党的人，就要家里家外，齐心协力，从低谷走向山岗，从山沟走到岭上。樟子松啊，你不是静止的，更不是孤独的，你的精神遍及岭上岭下，你的风采在行走中越发靓丽。

局里机构改革后，我被选为机关党委专职副书记。“七一”表彰大会上，我与在场百余名党员重温入党誓词。洪亮的入党誓词传出窗外，传向办公大楼后面的山岭上，山岭上的樟子松也抖擞精神，傲然地向上挺拔。

五

樟子松郁郁苍苍，像英气豪迈的少男，也如沉稳持重的智叟，厮守在绵延浩瀚的大兴安岭。它们宁愿忍受万千艰难，也要把根牢牢地扎在这里的每一寸土地里。寒雪中，它们是艰苦创业的奉献者；暖阳下，它们又是生态发展的建设者和捍卫者。

大兴安岭上有上百个防火瞭望塔，它们就像一棵棵坚强的樟子松，巍然挺立在高高的山岭上。往北，再往北，即进入大兴安岭地区阿木尔林业防火管控区域。时任阿木尔林业局副局长牟海军介绍，这里的林木总蓄积量有 4 万多立方米，其中，樟子松能占 5 成以上。多么让人沉醉的数字啊！这里地处中国北部大界江黑龙江的上游，风景绮丽，资源丰富，很多游客都痴迷这里的青山绿水。游客多，防火的压力也就越大。尤其到了春天，大家防火的弦就会绷得紧紧的。正值防火紧张时，海军推荐我体验一下防火的艰辛。终于，我得以同白卡鲁山区域的青松管护区党支部书记赵国萍及几名工作队员，前往管护区最高处的瞭望点，为那里的值班员送给养。朝阳洒满群岭，春风漫卷山野，林木舞动着一片片明亮的光。风中，一片一片樟子松林在山岭中涌动着绿色的波涛。车从公路岔口向山岭深处驶去，路变得崎岖难行。这样走了不到半个小时，车实在开不动了。大家纷纷下车，自觉地背起给养包，顺着一条蜿蜒的小路朝山上攀行。赵国萍虽是中年女性，却背了一个大大的给养包，自然走得越来越慢。一个队员要帮她，可她却执拗地摇摇头，那股不服输的劲头让人敬佩。我知道，她这不是逞强，她肩上扛的不仅是给养，更多的是一份沉甸甸的责任。

走了一段路后，一个队员还是将赵国萍肩上的给养包抢着背了过去。赵国萍舒了一口气，借着轻松劲儿向我介绍起青松管护区担负的任务："青松管护区有 5 座防火瞭望塔，10 名瞭望员，有几名还是党员。他们在大山里一待就是大半年，要克服没电、没水、没菜等多种困难，太不容易啦。"我询问起瞭望员们的生活情况，赵国萍说："那肯定比不上守家在地方便。你想啊，瞭望塔是钢铁的，高的有 24 米，每个瞭望塔上面只有不大的哨卡室，里面只能安装一张简易的木床，除了对讲机和望远镜外，放不下啥东西。吃喝拉撒，都要来回爬上爬下。每个瞭望塔面对的都是高山密林，地势险峻，没有路不说，一年里还经常遇上雷击火[①]。防火任务比别的地方要重许多。"

我们在山腰处歇息，赵国萍掏出一包纸巾递给大家擦汗。看着一堆大大的给养包，我好奇地问："都是吃的吗？"赵书记说："啥都有。猪肉、

---

① 林学名词，指由于雷击引起的森林火灾。

蔬菜、常用药、图书，还有防火工作服、头灯、水壶、保暖饭盒等。”不愧是女同志，想的真周到。每年防火期，青松管护区都要组织党员运输队，定期给辖区几个瞭望塔运送给养。每去一个瞭望塔，都要翻山越岭，都是靠人身背肩扛把给养一点一点地运上山。赵国萍说：“每处瞭望塔都有两个管护员，一般都是夫妻。”这真是一大特色，我感慨着。在大兴安岭，夫妻共守大森林的事情比比皆是，他们守在塔上，心也就交给了大森林。可他们的老人和孩子，还要在家里生活。一旦家里遇到这样或那样的困难，就得由组织出面帮扶。单是帮助管护员解决家里的事，党支部就得花上好大的精力。“尽量让他们满意吧。”赵国萍望着面前的樟子松林说，像一种感慨又似一种回答。我赞同赵国萍的观点：职工的思想教育，要体现温暖体现关怀，不能单口头说，还要靠身体力行去实践。见我点头，赵国萍接着说：“工作包罗万象，可都是具体到家的事，比如说这送米送油啥的，其实就是党组织的工作。分工不同，可责任真的相同。咱是党的人，工作选择咱，咱就要尽力把这些工作做好。”我喝了一口水，笑着说：“就听你说了，还没听你唱歌呢。”其他几个队员跟着我起哄：“赵书记的歌儿唱得老带劲啦。”赵国萍也不多谦虚，喝了一口水，润了润嗓子，清脆的歌声就在山岭上响了起来：

唱支山歌给党听

我把党来比母亲

……

送完给养下山后，已是斜阳西下。车往回返，几座瞭望塔先后映入眼帘。它们在晚霞中高高地耸立在岭上，同闪过的樟子松一样，成了最美最朴素的风景。

樟子松意志坚定，生命顽强。在绵亘的群岭上，它头顶蓝天，脚踏黑土，任顽石挤压，任劲风摧折，仍旧咬紧牙关，傲然挺立。哪怕世界变幻莫测，樟子松们都豁达豪放，气定神闲，待春暖花开，它们就会振奋千里江山，蓬勃万类生命。

牟清元也是一棵“樟子松”。十多年来，我每天路过兴安大街十字路口时都能看见他。每次见他时，他都在十字路口上紧张地指挥着交通。兴安大街车流量最高时每天可达5万辆，自然给交通工作带来巨大压力。牟清元结合多年经验，提出改善建议。渐渐地，他的“四角站位”和“五勤一到位”执勤法，被全国交警系统学习推广。在这个繁重的交通岗上，牟清元俨然是一棵行走的樟子松，动作优美，形象传神。在他的指挥下，加格达奇，这个“樟子松生长的地方”交通秩序井然有序。

冬天的午后，我到单位加班。途经路口，牟清元正在寒风中值岗。我心生感动，主动向他致意：“您辛苦！”牟清元憨憨厚厚：“没啥。这是我的工作啊。”牟清元在交通岗上执勤30余年。30余年来，他战酷暑斗严寒，在平凡的岗位上默默坚守。从一个风华正茂的小伙，到今天两鬓霜染的中年，牟清元就这样坚守着。组织曾调牟清元到机关工作，可牟清元坐不惯办公室，没过几天就跑到领导那里要求重返交通岗。交警小刘跟我介绍，当时，牟清元申请返岗的理由让人哭笑不得。什么一线缺乏警力啦，什么担心新上岗同志不熟悉交通岗啦，似乎离开他，加格达奇的交通岗就玩儿不转了。可慢慢地，大家发现牟清元不是在作秀也不是矫情，没有朴实的敬业精神，时间一长肯定露馅儿。

对党对组织，牟清元满怀真诚，忠实不二。一次执勤，牟清元拦下一辆闯红灯的小车，结果发现司机竟是自己的四姨夫。四姨夫：“大水冲了龙王庙。清元，我可是你四姨夫！”牟清元笑道：“四姨夫就可以闯红灯？”“你小子该不会罚我款吧？”四姨夫瞪着牟清元。牟清元默不作声，不肯离开。看出了牟清元的“六亲不认”，四姨夫气哼哼地丢下罚款开车就走，自此好长时间都没搭理牟清元。樟子松般的牟清元植根在交通岗上，一手秉公执法，一手又乐于助人。寒冬腊月，交通岗附近自来水管道冻裂，造成路面积水深达 40 多厘米，导致途经此处的一辆客车熄火。牟清元急忙找来大型车辆和钢丝绳，组织现场营救。那客车司机本想下车挂钢丝绳，但刺骨的淤水使他望而却步。牟清元看了一眼司机，二话不说拎着钢丝绳，蹚着水把它挂在大型车辆的牵引钩上。客车终于开了出来，可牟清元的裤腿和棉鞋里却灌满了冰冷的水。

大岭迤逦，风光不尽。樟子松却不独霸劳绩，更不因植根寸土，固步自封。小刘说，牟清元喜欢带徒弟，这些年手把手教出熟练的交警上百人，有的提了干走上了领导岗位。对于牟清元来说，这些都是他最希望看到的。而“全国先进工作者”“全国公安系统二级英雄模范”“全国公安机关爱民模范”“中国好交警”“全国学雷锋标兵”等荣誉，却不是他所追求的。他追求的，就是要让自己成为家乡土地上的樟子松，要的是美，奉献的也是美。

樟子松最美，它托冰雪，冰雪洁白；樟子松最靓，它挂露珠，露珠晶莹；樟子松最神奇，它披霞光，霞光万丈。站在岭上，我尽情地欣赏着大片大片的樟子松。忽然，我想起了 1985 年离开施工连队时写的那首小诗《我是一棵樟子松》。虽然过去了 36 年，但我依然记得诗中的几句：

我是樟子松，
扎根冻土中。
览尽山岭秀，
壮美更从容。

第二辑　花儿白

伤祭的天空会下雨

大兴安岭的美藏不住我的伤怀。

每年，一到草木疯长时，我都要选一天时间，赶个大早去260多公里外的塔河县给祖父、父亲和母亲上坟。到坟前，给他们培几锹土，烧几张纸。屈指算来，这习惯已十年有余。

选好日子，提前买票。要出发的头天晚上，我又翻箱倒柜，找出了一套劳动用的迷彩服。山林茂密，杂草丛生，行走难免刮衣破袖，还是穿一套抗造的衣服吧。准备停当，把闹钟设在丑时一刻，提前就寝努力睡去。还好，睡得还算踏实。闹钟一响，即刻醒来，却见妻子一直未睡。原来，怕我睡得沉，她硬生生地看了半宿《大学》。那样生涩的古文，她居然读得进去。

一进候车室，电子屏幕上却赫然滚动一排字：KXXXX次列车晚点！晚点多久，只字未提。问工作人员，工作人员答："嫩江段遇洪水，线路中断，最快也得十来个小时才能抢修好。""其他次列车呢？"我问。"其他列车也要经此线。"回答得有些不耐烦。得，看来去不成了。我心中沮丧，只好退票。退完票心却不甘。这要是去不成，塔河的朋友和亲属不都白等了吗？他们帮忙准备的祭品也怕是要坏了。这些不说，既定的事落空，岂不让另一个世界的亲人失望？去，铁路肯定走不通了；不去，也不妥。左也不是，右也不是。在站前给妻子打电话。妻子劝我先回家，待天亮后乘长途汽车再去，我说那岂不是延误了上坟的时刻。正纠结着，天却下起雨来。我情急之下向路边的出租车停靠区走去。

几名出租车司机见有生意来了，纷纷把头探出车外：“师傅去哪儿？”“要车吗，几位？”我心一动：实在不行就打的去，即便花冤枉钱也比这般心烦意乱强。我问：“去塔河多少钱？”“哎呀，塔河？那么远，260 多公里，至少 500 元。”几个司机像是事先商量好似的，不约而同报出了这个价。我对扎堆火车站、趁人之危宰客的出租车本无好感，见他们这般样子，心生鄙夷。好在天黑又下着雨，他们看不清我的表情。我说：“300 元，我回来另外坐车。”我有些果决。一个司机说：“哎呀，哪儿有那个价，500 元是最低价。”另一个司机说：“空车回来也得这么多钱。”其他几个司机随声附和：“一去一回，光油钱都下不来。”细算下来，也确实得大几百。一个司机似乎看出我的心思：“要是行，咱们现在就出发，稳稳当当开，3 个小时就到了。”这句话算是说到我心里去了。光想着赚钱，不考虑行车安全，这样的车谁敢坐？我看了一下车，又仔细打量了一下他的相貌。车似乎有八成新，状态应该不差；人 50 岁不到，很和善的样子。相由心生，为非作歹之徒不会如此吧？

我又给妻子打电话，说打的去。电话那边半天没吭声。我“喂”了一下，妻子幽幽道：“我跟你一块儿去。”“别了，太折腾了，还是可我一个人‘造’吧。”我知道妻子担心什么，遂补充了一句：“放心，不会出啥问题。”我挂断手机转到车后，记住了车牌，就开了车门，坐到后座。以前我坐车，一般都喜欢坐到副驾驶位置，这次例外，毕竟安全第一。我用微信把车牌号发给妻子后，就镇定地说道：“走吧。”车在城边加了满满一箱油后，冒雨驶入阴沉的夜幕中。

我跟妻子说过，上坟的事情我来做。所以，这些年都是我只身前往塔河。其实，我在塔河满打满算才生活 13 年。这 13 年，是我从少年走向青年最美好的时期。待去湖北工作时，祖父已去世多年，父母尚在壮年期。待我回大兴安岭时，父母皆已年老。每每想到自己那么多年不在他们身边尽孝，心里就疼。除了无奈外，都是无尽的自责。我是调回了大兴安岭，可工作地却不在塔河。多次劝说父母和自己一起生活，他们却以种种理由拒绝。我知道，真正的原因，除了他们不想给我增加负担外，身边还有一群割舍不断的孙儿。

加漠公路起点路面宽阔，车一出城，就撒着欢儿向前奔。我跟司机说："师傅，咱们慢点开。"司机应着，车速慢了下来。我心里刚刚踏实些，就收到了妻子的微信："天没亮，你别睡。"一股暖意涌上心头。在陌生人的车上，跑这么远的路，就是天亮了，我也睡不着。媳妇，放心吧，我的困意早已飞走了。我眼睛盯着司机的一举一动，后视镜里，司机也不时偷看我几眼。我俩的神经都有些紧张。车稳当地向大岭深处奔，我的心还是悬着。雨渐渐停了，车窗的刮雨器也停止了摆动。天色熹微，东方渐白。我按下车窗升降器，一缕清风吹散了车内所有的沉闷，我和司机都打起了精神。我没话找话，问他开车多久了。司机说 12 年，随后问我这么急去塔河干啥，我说去上坟。他问给谁上坟，我说给父母还有爷爷。司机在后视镜里重新打量了一下我，半天才说："你真是孝子贤孙。""不，我不是孝子，也不算贤孙。"我答得有些伤感。后视镜的目光有些疑惑。真的，我做得还不够。我把目光投向窗外。

雨后，山色空蒙，云层散乱，大片大片的雾在岭间低垂萦绕。天，真的亮了。祖父去世那年，我 21 岁。出殡时，灵幡是我扛的。心有伤痛，却有父母支撑。祖父走后，每年多是父亲骑着自行车到墓地扫墓。父亲没有要求自己的孩子跟着扫墓，似乎做儿子的，才是扫墓的不二人选。而我，在父母膝下心存依赖，总以为有父亲去扫墓就够了。婚后没几年，我携妻带子到湖北打拼。这一去，就是 8 年。每年总有那么一次，父亲在电话里要说一句："前几天给你爷爷扫墓了。"我看不见父亲的神情，但每次都能感受到父亲说此话的心情。1999 年春节探亲回乡，我硬是说服父母跟我们同往湖北。我心想，湖北离大兴安岭这么远，想必父母不会轻易回塔河了。我窃喜自己终于又能和父母在一起生活了。然而父母对湖北真的不适应，没过多久，他们就有些心神不宁了，嘴里念叨这念叨那。不是“听不懂当地人的话”了，就是“室内室外一个温度人可咋待”了，要不就是“这里的大米哪儿赶得上北方的好吃啊”。这也不适应，那也不习惯。3个月不到，就开始张罗回塔河。我极力挽留，再挽留。清明节要到了，父亲有些焦躁：“不行啊，我得给你爷爷上上坟。”我劝慰他，说塔河有哥哥和弟弟，他们会替您去的。父亲眼一瞪：“那能替吗？”

司机可能怕困，打开了车载音乐，一首时髦的网络歌曲在车内低徊：“是不是我们再撒撒娇，你们还能把我举高高；是不是这辈子不放手，下辈子我们还能遇到。下辈子我一定好好听话，不再让你们操劳……”去过湖北后，父母对湖北的生活环境很不满意，经常打电话动员我调回大兴安岭，得知加格达奇区人民政府选拔秘书，他们又急不可耐地打电话动员我。我迟疑，不想往回调。父母轮番哄我：“回来吧，你若回来，我们就去加格达奇和你们生活。”我和妻子信以为真，最终从3000多公里外的湖北调回了大兴安岭。我很乐观：加格达奇距离塔河260余公里，来回不远，父母都能够得着，不消说天天在一起，但经常来加格达奇还是能做到的。可是，我想错了。当新家安顿好后，父母却又张罗回塔河。我急了：“说好的和我们住一起，可把我们骗回来了，你们却又要走！”父母有些不好意思，说他们过些天还来。“新房装修好了，生活用品都置备完了，你们却说走就走。太不守信啦！”我情绪有些失控。父母讪笑着，却穿衣下楼。“唉，你们真的不会享福！”我的眼泪都出来了。我心里清楚，不是父母不会享福，是他们难以放下塔河，难以放下在那里生活的其他儿孙。那几年，每次回塔河，我都埋怨父母，怪他们不知保重身体、总操一些没用的心。我执拗地动员他们到加格达奇生活。一次，父母在加格达奇住了些天后，又张罗回塔河。我急了，把父母随身携带的衣物藏了起来。母亲找了半天没找到，生气地拿起笤帚疙瘩就朝我打。我赶紧“物归原主”，一百个不情愿，硬着头皮送他们去车站。这一别，却是我和母亲的生死诀别。

“我看人很准，你很孝顺。这世界能有多少人起这么早打的去这么远的地方上坟？”司机自信地点着一根烟。“不算，老人生前我没尽啥孝……”我都戒烟半年了，此时却伸手向他要了根烟点上。白色的烟，顺着车窗迅速向外散去，远处的云雾压得更低了。此时此刻，我的心情跟窗外的景致一样阴郁。母亲走时，我正在呼中参加扑火。闻之噩耗，我悲伤欲绝，从火场驱车直奔塔河。料理完母亲的丧事后，我喃喃地和父亲说：“爸，这回您该跟我们生活了吧？”父亲说：“你妈刚走，我怎么着也得在塔河陪她待一段时间。”我的眼泪一下子涌了出来：“爸，你就不能给我一个尽孝的机会吗？”父亲安慰我说：“会的，会的。”可父亲最终还是食言了。没过多久，大哥和两个弟弟相继离开塔河去青岛做生意，父亲理所当然随同前往。父亲说：“青岛气候好，适合养老。在那里，我还能帮他们照料一下。”我无语。气候也好，生活环境也罢，还不是您的一个理由？青岛的条件当然比大兴安岭好许多，可您非要选择离开明东吗？我情绪低落，不知所措。我谁也不怪，只怪自己不争气，不能创造适合父母在身边的条件。那个阶段，我就像大兴安岭上的一枚孤独的秋叶，虽身披金黄，却苍凉无助。“爸，你也走了，就剩明东一家三口在大兴安岭了。”我一下子哭了起来。车行驶着，我的泪水在伤感的音乐中肆意奔涌。

司机掏出几张面巾纸，头也没回地递给我，旋即关掉了音乐。为了缓解我的情绪，他打开了话匣子：“我们这个行当是个小社会，一天累死累活赚不了多少钱，可有乐子啊，知道不？经常遇到稀罕事。”我擦干眼泪，嘟囔道：“这个时代还有啥稀罕事。”他说：“咋没有？你打这么远的车去上坟，就是稀罕事。”我说，这不很正常吗？他说：“你不知道，你这不算远，我最远都跑过北京。”他开始跟我讲起他跑出租时遇到的奇闻怪事。一天晚上，他拉了一个酒蒙子，问去哪儿，酒蒙子说去阿里河。“那可是跨省啊。”我说。“可不是吗？可阿里河也没多远，一个小时的路，去就去呗。我也没多想，就拉着他去了阿里河。等到了地方，咋喊他都不应。黑咕隆咚的，这要是出点事可咋办。我拿起一瓶矿泉水喷他脸上。别说，还真管用，他喷着酒气醒后，摇摇晃晃下车后却反问我这是哪儿，我说你不要到阿里河吗？他却急了：‘我啥时候要上阿里河的，我家就在丽河小区！’我说，可你前面有个‘阿’字，那人急了，‘你管方向盘管车轱辘，你还管我阿啦？’”我扑哧一声乐了，司机也跟着乐了。我问：“后来呢？”司机边摇头边说：“算我倒霉，又免费给他拉回了加格达奇。白跑了两个小时。”说完，我们俩都哈哈大笑起来。这一刻，我们彼此戒备的心都放了下来。我决定，上完坟还坐他的车回来。

刚吸完一支烟，司机就去摸第二支，一摸还摸了两支。回头要递给我，我摆了一下手，他就不再客气，独自点燃吸了起来。播放器的曲子又响了起来，一阵一阵地起伏着，就像海浪似的不停地拍打着岸边。我和父亲在青岛海边照过一张合影，海风吹拂，海潮在我们脚下翻滚着，激荡着。那一瞬间，父子俩笑得都很开心；那一瞬间，父子俩都幸福满满。父亲看似身体硬朗，可在冬至时节却患了脑淤血，昏迷不醒。得知父亲病危的消息时，加格达奇的上空飘起了雪花。一种强烈的孤独感袭上我的心头。我心里不住地喊着：爸，你可要挺住！母亲已不在了，要是您再走了，以后遇到啥事，我该向谁去诉说啊！”我和妻子、儿子披星戴月从加格达奇往青岛赶。到青岛时，父亲已深度昏迷。我静静地守候在父亲的病床前，一遍又一遍轻轻地呼唤着父亲：“爸——爸——”这样过了许久，忽然间，父亲那被我紧握的手抽搐了一下。慢慢地，他微微睁开了双眼。见是他的二儿子，浑浊的眼睛登时一亮。他拼力地看着我，满眼都是笑意，满眼都是慈爱。我感谢上苍，父亲在弥留之际见到了我："爸，没事的，你一定会好起来，一定会好起来的。"说完，我的眼泪又开始簌簌流淌。父亲爱怜地看着我，用力握了一下我的手，似要说什么，可张了张嘴，又昏了过去。是年夏，我来青岛看望父亲。那时，父亲已行动不便。我搀扶着父亲在幽静的小区中散着步，和他说一些轻松的事。父亲一直关心我的创作。他感慨地说："这么多年，你一直靠自己努力，从没让我和你妈妈操过心。"我说："可我没在您和妈妈跟前尽过孝。""你没让家里操啥心，又在我到青岛这些年，你们那样紧张，还不忘给我买空调，买电视，这不是孝心又是啥？"我还想再说些什么，父亲却激动起来："不让老人操心，就是最大的孝。"父亲的手臂向上扬了一下。他知道我是怎么走过来的，更记得我多次极力挽留他和母亲的那些事……

听轻松的音乐容易犯困。我犯困不要紧，司机可不能犯困。我建议司机选个路段靠边停一下方便方便。雨后初霁，晨风翠岭，一派盎然。眺望远方，云阴渐逝，天要晴了。大美兴安，承我心志，载我情怀，留我尊长，我岂能一再伤怀？既然选择了群岭，或悲或喜，其实已不再重要。伤祭的空中会下雨，可即便下雨，也还要向前走。向前走，生命才会延续，内心才能释然。想到此，我精神为之一振，回头对司机说："上车，我们往前赶。"

又是蟹爪兰花开时

雪花飘落时，蟹爪兰又开花了。

刚搬新居时，母亲从200多公里外的小县城捎来这盆普通得不能再普通的蟹爪兰，说它能给我带来些好运。原以为这是一盆不起眼的花儿，自然不会使自己分心太多。只念这是母亲给儿子的新宅增添些喜气罢了，就没过多在意它。

人与所爱之花自然有相通之处。母亲的品格就像这蟹爪兰一样，淳朴质美。母亲养育四个儿子，远比养花辛苦得多。她对儿子们呕心沥血，呵护得细致入微，直到一个个成家立业，还操心挂念。我打小就知道，其实，母亲很想有个女儿，盼来盼去却等来四个儿子。失望之余，母亲养起了花。与其说母亲养花，倒不如说母亲在表达一种心灵深处的企盼。母亲说，这花儿就像闺女一样善解人意。当然，随着母亲养花时间的推移，我们兄弟几个也渐渐长大。起初，我对母亲养花很好奇，也很羡慕。可慢慢地，我发现母亲对养花的学问知之甚少，除了知道浇水以外，再无新招。家里的几盆花儿，也没有养得好到哪里去。看母亲边操持繁重家务边浪费精力去养花，我就劝她不要再浪费精力了，有时间多休息休息。可母亲还是执拗地把花儿养了下去，直到迎来一片好春光。

在我记忆中，这盆叫蟹爪兰的花儿是母亲省吃俭用花钱买的。母亲很喜爱这盆蟹爪兰。她每次欣赏蟹爪兰时，都充满着无限的爱怜。渐渐地，我发现蟹爪兰已经成为母亲心中的宝贝。我问母亲，这花儿为什么叫蟹爪兰？母亲说，大概它的茎叶成节成片，很像蟹足，才叫了这个不太雅致的名字。看我不在意的样子，母亲又用刚学来的知识介绍道：蟹爪兰是仙人掌科的花儿，西方人见这种花儿刚好在每年“圣诞节”期间开，就叫它“圣诞仙人掌”。想着蟹爪兰，看着蟹爪兰，我还是猜不出母亲喜欢它的原因。那年冬天，蟹爪兰第一次开花，我一下子被它那绰约的风姿深深吸引。看我突然喜爱起蟹爪兰，母亲却嗔怪起来：“一个男人，不要过多喜欢花草，看一看就行了。”见我不好意思，母亲又说：“花草跟人似的，也有灵性。只要你善待它，它就会真心回报你。”那年冬天，我尚在南方。母亲来电话告诉我，蟹爪兰开了好多花儿，兆头很好。我知道母亲一直盼我能调回家乡，就安慰她说，调转的事儿会成功的，否则这花儿也不会开得这么鲜艳。我知道，善良的母亲有时候很信这个。停顿了一下，母亲忽然问我：“你那里有没有蟹爪兰花？要没有的话，下次探亲回来就干脆把它带到你那里去。”

蟹爪兰确实是一种吉祥的花儿。当这盆又名“锦上添花”的蟹爪兰再次开放时，我终于从南方调回了家乡。母亲对蟹爪兰关爱有加，几乎到了一种痴迷的程度。可当我从南方调回家乡，母亲还是把心爱的蟹爪兰送给了我，其中的寓意不言自明。多少个日日夜夜，母亲对我的牵挂，只有蟹爪兰知道。母亲如愿以偿，蟹爪兰又成为母亲对我人生新起点最好的祝福和期盼。对于如何侍弄蟹爪兰，我知之甚少，加之忙于工作，对蟹爪兰渐渐少了一些热情。母亲也担心我疏忽，故每次打电话都不厌其烦地反复提醒和叮嘱，别忘给蟹爪兰浇水松土。去年夏天，母亲来我这里，一进门，眼睛不看别的，直盯摆放在窗台上的蟹爪兰。见蟹爪兰没精打采、半死不活的，母亲就一个劲儿地埋怨我：“像你这样三天打鱼两天晒网，再好的花儿都会枯死。”也许出于对蟹爪兰调养的考虑，母亲一改来去匆匆的习惯，在这儿安心待了半个多月。这期间，母亲给蟹爪兰松了土、加了肥，还隔三岔五地给它喷水洗尘，细心照料耐心看管，有如抚养她的儿孙们一般。直到蟹爪兰又生机勃勃，母亲才心满意足地离开。可谁知道，这一离开，竟然是她的诀别。

去年冬天，蟹爪兰隆重地开了半个月。我兴奋地给母亲打电话，告诉她蟹爪兰开花了，开得很吉祥，希望母亲能来看一看。母亲在电话那端孩子般地笑了：“等明年吧，我再去给它换一下土，保准开得比现在还旺。”我信以为真，想到母亲下次来又能住些天，顿时高兴起来。欣喜之余，当日给蟹爪兰花拍了许多数码照片。我想，下次母亲来，一定要让她老人家好好看看这些照片，好让母亲再多些快乐。可是，花欲开而春不在。在蟹爪兰尚未绽放的春天，母亲突然离世。我心呜咽，蟹爪兰垂泪。母亲走了，带着对蟹爪兰的眷恋永远地走了。母亲是平凡的，她没有给儿女们留下丰厚的物质财富，却留下了这盆宝贵的蟹爪兰，让它成为我整个精神世界中弥足珍贵的财富。母亲生前经常说，前人总要给后人留下个念想，做人不仅要为自己去做，更要为后代立个榜样。母亲是这样说的，也是这样做的。她用短暂的一生诠释了现实社会中最容易被忽略的道理：人与花儿一样，其价值不在于尊卑，而在于品格。

母亲走了，蟹爪兰依在。母亲去世百天后，我给这盆蟹爪兰换了一个大花盆，又培了新土。这不仅是我对蟹爪兰的珍惜，更是对母亲的缅怀。子不嫌母丑，花儿也不嫌家贫。凝结着母亲心血与情怀的蟹爪兰，定会不断地陶冶我的情操。不知不觉，我与蟹爪兰之间有了一种默契、一份依赖。我一改原有的不良习惯，再忙也要按时给蟹爪兰浇水松土。渐渐地，我发现蟹爪兰也在展现着母亲身上特有的美德。它不做作，不矫情，朴素无华，典雅大方。它既重于色彩和姿态，又重于馨香与品格。含苞待放时，它平静祥和，不卑不亢；待到盛开之日，它气定神凝，低调绽放。蟹爪兰花如期绽放，我的心却隐隐作痛。泪眼蒙眬中，我仿佛看见母亲正慈爱地望着我，望着那清新艳丽的蟹爪兰。我精神为之一振，蟹爪兰需要我，需要我来传承母亲特有的美德。我不能再伤感了，我要振作起来，要让蟹爪兰好好地生长下去，每年都开出灿烂的花儿，让母亲在天之灵得到更多更好的安慰。我知道，不管今后遇到何种困难和考验，只要蟹爪兰在，我的心就能留住一份坚强。

窗外，风雪弥漫；窗内，蟹爪兰次第芬芳。

墓碑前的山杜鹃

大兴安岭有一种花儿，每年的4、5月，就会漫山遍野地绽放。这种花儿，学名叫山杜鹃。母亲生前很喜欢这种花儿。那些年，每到这个季节，家里总能见到母亲采来的几束盛开的山杜鹃。

山杜鹃只在春天绽放。未绽放时，她静静隐没于森林草木中，平凡得不能再平凡。当她绽放时，整个大兴安岭都弥漫着醉人的气息。这气息清新自然，沁人心脾。母亲为人朴实善良，她不奢求孩子们发达富贵，却时常教育孩子们做一个有德行有操守的人。所以，在她生前最引以为豪的是几个儿子虽然没有大富大贵，却都干干净净、清清白白。在短暂的一生中，母亲不求享乐，为全家无怨无悔付出了大量的心血。从我童年时在油灯下那专注纳鞋底的目光，到她怀抱着小孙子时慈爱的面容，无不体现出母亲勤劳质朴的美德。

山杜鹃不畏风寒，从不向大自然索取过多养分。生长中，她不显耀芳菲，更不奢望天地眷顾。母亲把四个儿子培养成人后，又毫无怨言地帮着儿子们照看起下一代。从我大哥的两个女儿，到我四弟的双胞胎，她都付出了心血。每当我们拿钱给她，她都一一拒绝。她说："你们用钱的地方多着呢，还是把钱用在刀刃上吧。"母亲生前很少给自己买东西，她不想花钱，更舍不得乱花钱。那年，我出差时给母亲买了一件外衣。母亲高兴了好些天，穿了几次后，却把这件外衣放到了衣柜里再也不肯穿。在清理母亲遗物时，我发现那件外衣崭新如初，静静地挂在衣柜里，像母亲鲜活的面容。我曾多次劝母亲，不要再操心儿孙们的事，该放开就放开吧。母亲嗔怪道：“我现在还能动弹，能帮一把就帮一把，总不能看你们忙不过来不管吧？”母亲把几个孙女和孙儿拉扯大了，自己却没来得及安闲一天。她走得过于突然也过于匆忙，不能不让我伤怀。这伤怀久久不散，一直浸到心底，弥漫到梦中。

山杜鹃是一种朴素的花儿。她不追求千姿百态的华贵，也不羡慕姹紫嫣红的娇艳。只要沐浴春风，她就能将全部的美绽放出来，给大自然一派生机。从含苞待放，到吐蕊盛开，山杜鹃紧密地相互拥抱着、搀扶着。她是那样宁静，那样祥和，那样充满亲情。一枝一叶，相互关怀，不离不弃。儿行千里母担忧。母亲说不让我回去探亲，其实，在她心灵深处无时无刻不牵挂着我，她希望我不再受累和漂泊，早日回到故乡，回到她身旁。在母亲的期盼中，我从数千公里外的湖北调到了离母亲200余公里的加格达奇。在外打拼多年，一直没来得及照料父母，这次回到家乡，总算能尽点儿孝了。我憧憬着与父母的团聚，可母亲却给我泼了一瓢冷水：“我和你爸还得照顾他们几个。反正咱们离得又不算远，花儿个小时就可以到加格达奇。我和你爸想啥时候来，就啥时候来。”我知道，与其说母亲舍不得县城里的那个家，倒不如说她不想给我们增加生活负担。每次来我这里，母亲都匆匆忙忙。前脚刚进门，后脚就放风：“看到你这里很好，我就放心了。来时忘给家里的花儿浇水了，可不要把它们枯死。”母亲哪儿是怕花儿枯死，分明是放不下另外几个孙儿孙女呀。

山杜鹃的美稍纵即逝。母亲去世时，正值大兴安岭的山杜鹃竞相怒放。母亲走得突然，是那种让所有亲人都没有思想准备的突然。母亲去世前几天，我和她通电话。母亲说完“每天早点儿睡；一定要吃早饭；白天工作再忙也要多注意运动；对孩子管得不要太严，毕竟孩子年龄还小，别因学习累坏了”的话后，语气忽然变得有些沉重：“你哪样儿都没让妈操心，妈知道你这些年很努力很辛苦。妈想多帮你，可你又不在妈身边。不是妈不想去你那里享清福，是妈放不下家里的这一摊。你不要怪妈，只要你们都过好，妈就安心了。”这是我和母亲通的最后一次话。母亲絮絮叨叨，说东道西，不厌其烦，又百般叮咛。我知道母亲有好多话想对我说，有好多事儿想嘱咐我。“世界上没有后悔药可买”，这是母亲生前常说的一句话。细品这句话，除了扼腕叹息以外，我还有别的吗？假如时光可以倒流，我会紧紧地攥住母亲的手，一时一刻不离她左右。我要耐心倾听她的每一句唠叨、每一件琐事，绝不丢下母亲一星半点的想法。可如今，母亲却不在了，无论阳光多么温暖，我也看不到她慈爱的面容。我的泪水不依不饶，从心里往外肆意流淌。

跪在母亲坟前，任凭清风掠过耳畔，我的哀思依旧肆意蔓延。我真想静静地躺一会儿，就像小时候躺在母亲怀抱里那样，恬静地、安稳地、幸福地睡去。妈，您的儿子来看您了。您看，我采来了您最喜爱的山杜鹃，她们开得有多美、有多艳啊！看见她们，您在九泉之下心里该多敞亮啊！泪眼蒙眬中，母亲似乎听到了我的心声，微笑地向我走来。她那笑容就像漫山遍野的山杜鹃一样温暖，一样灿烂……

第三辑　花儿粉

我有三幅画

我有三幅画，时常在记忆中闪动。它们亮亮的，有风，有月，有泪，有笑容。

第一幅

母亲、琳琳和天杰迎风接雪向前行。画中，母亲近60岁的样子，着一件紫色的羽绒服，抄着手，未戴头帽，任雪花拂面，笑意吟吟。在她的左侧，是我大哥的女儿琳琳，11岁时的模样，红袄、蓝裤、绿围巾，边走边仰脸开心地看着奶奶。在母亲右侧是我的爱子，5岁的天杰，蓝色羽绒服，手拿着奶奶给买的玩具，快活无比。

这是我1999年春节时的记忆。那时，恰好回家探亲。父母对我们一家三口从数千公里赶回来过年分外高兴。全家人整日里喜气洋洋，年味儿也比往年浓了许多。我刚被调到湖北工作时，天杰才2岁。他在朱家是长孙，爷爷奶奶自然舍不得。临走那几天，爷爷奶奶流了不少泪。几年后，我们回来时，境况自然变化很多，天杰也能独立行走了。母亲身体很硬朗，状态也好，整天有使不完的劲儿。下屋里，父亲规整年货；厨房内，母亲蒸豆沙包、糖三角，妻子则在一旁打下手；我在卧室内擦玻璃。5岁的天杰跑到外面堆起雪人来。门前被扫得干干净净，中午的阳光透过寒冷的天空，绽放缕缕暖意。雪人眼睛是核桃，耳朵是橘子瓣，鼻子则弄了根胡萝卜。天杰开心地打量着自己的“杰作”，拍着手跳着脚开心不已。一会儿，他又跑进屋内，把衣帽架上的棉帽子拿了出去。雪人戴上棉帽子，顿时精神起来。天杰笑着喊着。想想天杰也怪可怜的，在北方出生却跟着我到湖北，很难见到雪，堆雪人成了他儿时的梦想。对他来说，能在故乡堆雪人，也算一件难得的事。见他进进出出，我有些不放心，索性放下手中的活儿跟他出去。待见到那雪人，也不禁大笑起来。

小县城平素空寂寥落，只有过年时才多出一些繁华。要说过年，还真就得数北方。灯红雪白，室外寒冷室内却温暖如春。一桌可口饭菜是母亲的爱，围坐一圈是全家人的情。祖孙三代品尝美味佳肴，其情融融，其意暖暖。那些天，是母亲最幸福的日子。除了忙着给全家做好吃的外，白天她还经常领着天杰和琳琳上街买些好吃的好玩的。母亲走在中间，两个孩子一左一右，一起向前走着。画中，母亲面容慈爱、脚步轻盈，琳琳文静乖巧，天杰天真可爱。瑞雪飘飞，画面渐渐入梦。入梦了，就不想醒来。醒来了，母亲就不在画中了；醒来了，那美好的时光就不再来了。

第二幅

除了老杨树、大水塘、打谷场、五六间茅草房和生产队外，村西头还有一家收猪站，坐落在公路旁，成为画中最醒目的景。

前些年，我曾写过几篇关于故乡的文章，有老杨树，有大水塘，有打谷场，有生产队，唯独没有这家收猪站。不是没了印象，主要是一种失望。10 年前初回故乡，收猪站还立在村西头，当时着实兴奋了一番。再回故乡时，收猪站却变成了一座沙石厂，心情顿时黯然。朱江叔说：“现在都不愿养猪了，赚不了几个钱，还是办厂子划算。”想想也是，既然没有人愿养猪，还留个收猪站做啥？可没了收猪站，村西头就少了生气；没了收猪站，村西头就少了旧岁时的那种念想。

记忆中的村西头炊烟不散，家家户户人丁兴旺。我是村西头的孩子，自然对收猪站有着清晰的印象。村子是乡政府所在地，选村西头建收猪站也是便于运输。在那些年的村西头，养猪自然成为各家各户不可或缺的营生。收猪站是村西头的“公办点”。几位工作人员都有工资，出入体面，吃得也好。收猪站的炊事员隔三岔五去生产队捡豆腐，一捡就是一盆，让人艳羡也惹人眼馋。春天，我们家里抓回三头猪羔子，母亲看了下屋里半袋儿麦麸子不夸堆儿①，就用两升粗粮换了一麻袋谷糠。猪小，吃得却不比大猪少。母亲精打细算，每次喂猪时只放少许麸糠，哄着猪吃。待到夏天，为了喂猪，一放学我就背筐挎篓去采灰灰菜②。成群的孩子到野外采猪菜，那些孩子里就有我。采灰灰菜时，可玩耍也可捉蝈蝈，还可掰回几穗嫩苞米。当然，那嫩苞米定要藏在灰灰菜里，要是被看青的宝叔发现就惨了。宝叔还不可怕，可怕的是老海叔，站在村西头凶神恶煞地专门检查我们的篮子和口袋。这时的村西头一点儿也不可爱，这时的老海叔一点儿也不可亲。

猪羔子长得不易，中间夭折了两头。全家人小心翼翼，细心照顾，却也仅剩下一头。猪圈要干燥，猪槽子要清洗，猪食要调和均匀，真比照顾个活人还要费心。秋天到了，猪长出了膘，毛光光亮亮的，走起路来一摇一摇的，煞是喜人。收猪站砌了一个不到两米高的台，供赶猪上车用。到了寒冬腊月，猪长大了长肥了，母亲狠狠心，将猪赶到了收猪站。称重后，猪就被工作人员驱进了大猪圈，等县里的汽车来拖运。我家饲养的那头猪，就是从大猪圈里被驱到高台上又被赶进汽车里的。汽车从村西头驶出很远，我似乎还能听得到我家的那头猪在气哼哼地叫。

---

① 指数量少，不够用，是方言。

② 灰灰菜一般指藜，可作猪饲料。

第三幅

3 岁的天杰举着一联创口贴兴奋地向我跑来。他边跑边喊："爸爸，有创口贴了……"

1997 年夏，全家三口在湖北生活了两年。我虽考到地税局，但全家还是暂居在彩板厂的宿舍，还要住到 1998 年春。宿舍是一栋平房，在厂子南端，单独有个大门，在此居住的还有三五家企业职工。围墙外是大片的稻田，只有一条小路还杂草丛生，荒凉而无奈。最可怕的是经常断电。企业经常停产，电费交得不及时。春秋还好说，夏天热风扇转不了，冬天冷电热器燃不着。大人也就罢了，天杰却跟着遭罪。白天，妻子领着天杰在厂区里玩耍；晚上，一家三口窝在宿舍里忍着热耐着寒，凄凄苦苦，度日艰难。

对生活的艰辛，天杰没什么感受，整天快快乐乐的。也就是在这个时期，他把近两万字的《新三字经》一字不差地背了下来。每到双休日，天杰就嚷嚷着要出去玩，我和妻子领他或去厂区，或上街，或爬山。天杰 3 岁，正是可爱时。不仅我们喜欢，就是当地人，一见他也眉开眼笑。湖北公路四通八达，人贩子偷孩子事件屡有发生。我叮嘱妻子看好天杰。妻子紧紧拽着天杰的手，时刻都陪在左右。时至今日，我还和妻子打趣："你知道你在湖北时最大的贡献是啥吗？"妻子笑答："当然知道，最大的贡献就是没把儿子弄丢了。"我们哈哈大笑。笑罢，我发现妻子眼里有泪花在闪动。

阴雨连绵，屋顶漏了。外面下大雨，屋内下小雨。我想去找企业后勤人员修一下，但转念一想，自己已经不在企业了，再去麻烦人家似乎不妥。就对妻子说，等天晴了花钱雇人修一下吧。可天还是不晴，大雨不下小雨滴答。那天下班，刚到家却见妻子在屋顶上搬弄着瓦片。我心一惊，连忙把自行车撇到一边，喊她下来。妻子是登梯子踩围墙上的屋顶，这个柔柔弱弱的人怎么敢爬高干这样的活儿？我的心有些酸。妻子说：“马上就好，马上就好。”天杰在一旁跳着脚喊：“危险，妈妈小心。”大男人和小男孩，竟然眼睁睁地看着一个女人干这样的活儿！我愧疚得眼泪都要涌出来了。妻子弄好了那漏雨处，才从屋上小心退到墙边，待她将要踩到梯子时，脚却一滑从梯子上滚了下来，好在我在下面扶得及时，妻子的手只是被划了一道小口。天杰惊呼：“妈妈手出血啦，快上医院呀。”我慌忙把妻子搀进屋进行包扎，心内沮丧，嘴里不知说什么好。妻子问：“天杰呢？”我一惊，忙跑出屋，天杰已不知去向。

我和妻子惊慌失措，顺着墙边小路一起向厂区外的街道跑去。刚拐过厂区，但见天杰从公路旁的一家诊所里跑了出来。他小脸通红，举着一联创口贴兴奋地喊：“爸爸，有创口贴了！有创口贴了！”我跑上前一把将他抱到怀里，久久不忍放下……

我有三幅画，风萧雨骤中渐成厚重的记忆。在不息的岁月中，这三幅画时不时地呈现在我的眼前。它们有时朦胧，朦胧得如诗如梦；有时清晰，清晰得让我心颤。我知道我还会经历一些刻骨铭心的事儿，还会绘出更加生动的画儿。而这三幅画，我要好好地装帧起来，好好地把它们悬挂在我的生命里，让它们到地老天荒时也不褪色。

白桦树

我爱树木胜于爱花草，在所有树木中，白桦树当数最爱。

“在我的窗前 / 有一棵白桦 / 仿佛涂上银霜 / 披上一身雪花”，每当品读叶赛宁的诗，我的思绪就会在塞北的天空上飞舞。其实，初识白桦树还是在 20 世纪 80 年代。那年寒假，我随父亲去山上拉烧柴。说是拉烧柴，倒不如说是拾柴，拾山间枯死了的倒木或者是站干木。顺着蜿蜒的小路走进森林，在寻找可拾之柴时，眼前忽然一亮。不远处，一大片一大片白色林木深深地吸引了我。看我痴醉的样子，父亲笑了。他说那是白桦，树皮易燃，沾火就着。哦，白桦，多么富有诗意的名字。再看看她们的模样，果真是“毛茸茸的枝头 / 雪绣的花边潇洒 / 串串花穗齐绽 / 洁白的流苏如画”啊。在早岁的记忆中，白桦树给我留下了深刻的印象。

白桦树一年四季都充满浪漫，富有朝气。春天，她从沉睡中苏醒，洁白雅致宛如天使，在优美的乐章里跳着欢快的舞，把生机洒向人间；夏天，她枝繁叶茂，郁郁葱葱，装点一片青山绿水；秋天，她心高气爽，美醉天地，披挂一片金黄；冬天，她不畏严寒和肃杀，傲雪迎风，高洁不可冒犯。与落叶松、樟子松、柞木、杨树们在一起，白桦树总是那么耀眼，那么爽目。不信，你可以到她们身边看一下。枝叶扶疏，优美婀娜，亭亭玉立得如少女般，让人爱怜又浮想联翩。看到她，你就会产生一种冲动，一种要好好保护她的冲动。你靠近她，再靠近她。靠近她时，你就闻到了那沁人心脾的气息。靠近她时，你会为她身上那些美丽的眼睛所吸引。那可不是什么一般的眼睛，那是她奉献给大自然的无数颗守望之心啊。

母亲在世时，对白桦树情有独钟。她总结白桦树有“三个耐”：耐活，命很硬，不娇气；耐看，颜色美，不华丽；耐烧，热量大，不塌架。那些年，母亲特喜欢在白桦皮上做文章。她不厌其烦地给我们兄弟几个讲抗联战士用桦树皮写入党申请书的故事，讲童话王国里白桦树舍身救松鼠的故事。可白桦树真能像人一样有生命吗？我不信，可又不好去否定母亲。母亲喜欢用白桦树皮做工艺品。那年，心灵手巧的母亲就用白桦树皮做了一个精巧的烟笸箩，让喜欢抽旱烟的祖父高兴了好些天。在短暂的生命里，白桦树总是追求一种希望之光。无论身处哪里，阳光是否明媚，雨露是否充足，白桦树都平和淡定，无所奢求。母亲操持着繁重的家务，相夫教子，孝顺公婆，无怨无悔，任劳任怨。她就像白桦树一样，默默地承受着生活里的艰辛。春夏秋冬，寒来暑往，一天又一天，一年又一年，白桦树长高了，也长粗了。可母亲却未能等到白桦树们的回报，在一个普通得不能再普通的夜晚，悄然离开了这个世界。

白桦树脆弱，却始终坚贞不渝。她不似柞树那般三心二意，也不似柳树那样轻佻浮躁。她有她的魅力，她有她的品格。阳春三月也好，寒冬腊月也罢，白桦树都默默地坚持一种操守，坚守一种精神。1941 年夏至 1942 年春，东北抗联三路军三支队，像白桦树一样，在大兴安岭深处不断发展壮大。在残酷的斗争中，他们克服各种艰难，英勇无畏，浴血奋战，不断痛击侵略者。1942 年 3 月，三支队百余名抗联战士，在大兴安岭库楚河沿岸遭遇数倍日伪军的伏击。从清晨奋战到黄昏，抗联战士们打光了所有子弹，宁死不投降。除少数战士突围外，余下都壮烈牺牲。如今，在烈士们血染沙场的地方已矗立起一座高大的纪念碑。它就像白桦树一样迎风挺立，不屈而圣洁。

如果说松树是大兴安岭的衣衫，那么白桦树则是大兴安岭的裙子。

时光荏苒，岁月更迭，白桦树的风采已令森林世界为之倾倒。她无私无畏，独具个性，在万千树丛中屹立不倒，满怀热血，挥写芳华。在不老的时光中，她安守朴素，甘于平凡，一生静美，不负生灵万物。20 世纪 60 年代，8 万铁道兵开发建设大兴安岭。他们冒着零下 50 多摄氏度的严寒，蹚着齐腰深的大雪，背着帐篷，扛着粮食，在崇山峻岭中开路，在雪岭冰河上架桥。“热血横扫漫天雪，汗水化透千层冰。”他们就像白桦树一样，行进到哪里，哪里就会出现一道耀眼的风景。在数十年开发建设中，大兴安岭的白桦树一茬又一茬，一代又一代，虽然历尽艰辛和坎坷，但是依然执着生长。他们“献了青春献终身，献了终身献子孙”，把自己的根牢牢地植入这片热土中。站在加格达奇北山公园中的铁道兵开发纪念碑下，我久久不忍离开。生长在群山峻岭中的白桦树，不正像开发建设大兴安岭的老一辈吗？我爱白桦树，我为她的情怀所折服；我爱白桦树，我为她的风范而倾倒。我知道，白桦树会老去，但是她的纯美之光永远不会消亡。

车在公路上行驶，路两侧的白桦树飞逝而去。车内，那支《白桦林》再次悠扬响起：“静静的村庄飘着白的雪，阴霾的天空下鸽子飞翔。白桦树刻着那两个名字，他们发誓相爱用尽这一生……”

文竹恋

我对文竹的眷恋可谓日深月厚。

初到湖北，到市场选购生活用品，意外地发现了这盆文竹。瞬间，我被她那玲珑清秀的样子深深吸引。我蹲下身，边和卖花人攀谈，边细心打量她。简洁的盆儿，独苗一根，微微几枝茎叶，似娇柔的姑娘羞涩而又俏丽。一阵寒风袭来，她轻轻晃了几下，孱孱弱弱悲悲切切，似有委屈说与清冷岁月。我连忙说："我买了。"卖花人连夸我好眼力，说他也喜欢文竹。不等他说完，我问："您要卖多少钱？"他竖三个指头："不是 3 元，是 30 元噢。"妻子想还价，我已毫不犹豫如数付款。那时的 30 元，相当于现今的 300 元。那段日子，妻子经常絮叨文竹买贵了，我笑："喜欢的，就不贵。"

少时，爱养花养草，曾言"恋花花香，恋草草美"。母亲曾嗔怪我："男孩子不能太爱花，爱多了怕老婆。"于是一改"初恋"，移情于仙人掌、君子兰。仙人掌带刺，扎了几回遂敬而远之；君子兰根肥叶大，耗时过多，不好侍弄。遇到文竹后，我为她的优雅和自然所吸引。多美呀，这郁郁的枝葱葱的叶，真似一位素装的少女秀秀可人。文竹入室，置于案上，从此天天相见，于无声处成了我的最爱。天杰 3 岁，常到书房转悠，小小年纪就对这盆与他同样稚嫩的植物有了好感。趁我看书，他用小手触碰起文竹上的枝叶来。我连忙制止，并启发道："咱家有四件宝贝不能破坏：一是妈妈，二是天杰，三是爸爸的书……"未等我说第四件宝贝，天杰就歪起小脑袋稚嫩地说：“第四就是爸爸的文竹！”我哈哈大笑。自此，我们父子俩就有了默契。再入书房，天杰就装出小心翼翼的样子，在文竹面前只看不摸，还不忘提醒我给文竹浇水。文竹一枝一叶舒展着腰身，细细端详，其姿态已越发袅娜。一阵清风从窗外习习而入，文竹上的枝叶轻轻浮动，似在欢笑又似在陪我吟诵诗文。她该与我有感应的，也定爱我的文字晓我的心声。异乡生活虽多新奇，我却经常愁肠百结思念家乡，尤其逢年过节，忧郁了心境，愁煞了天空。文竹甚为理解，每当我苦坐书房时，她就像知音一般，枝繁叶茂慰藉我不失信心，蓬蓬勃勃昭示我不断前行。给父母打完长途电话，想家的心绪更为烦乱。走进书房，却难以静心看书，索性关灯独坐，任思念肆意蔓延。月光悄悄映入书房，如水一般洗去我脸上的愁云，也照亮了一旁的文竹。借着明澈的光，我仔细端详起她来。月光中，文竹清清雅雅，婀婀娜娜，那秀枝丽叶在微微颤动。她知心而至美，温情而有爱，似在为我轻轻地释放一种爱怜。我的心情渐渐豁朗起来，所有的烦恼烟消云散。

文竹纤纤绵绵，如帛似玉，默默地陪我度过了难忘的时光。那年夏，我调回家乡，很多家什，包括书籍都一同打包邮寄。一些俗物，包括几盆盛开的花儿都送给了左邻右舍，唯有这盆文竹我却按着不动。妻劝道：“路远，带着也不方便，送人吧。”我摇了一下头，继续忙碌。妻子知道我的性格，确定好的事绝不再更改。就这样，我们一家人毅然启程。一路上，妻子照看天杰，我呵护文竹，共同把新的期待系于千里风尘，任凭辗转颠簸，我们的心依然如一羽长箭奔向思念的家园。

回乡后，我赶紧给这盆在南方生长的文竹换盆换土。盆是精美的紫砂造，土是地道的北方黑。施肥浇水，精培细育，悉心呵护，希望文竹长出一派新貌来。不知是水土不服，还是我不够细心，文竹无精打采，蔫蔫的没了原有的生气。妻子不无担忧：“南方的文竹在北方能活吗？”我说：“只要她有灵性，就能活下来。”可文竹仄着枝斜着叶，颓废着神萎靡着态，任我怎样热切呼唤，仍是一副无精打采的样子。我有些不满："你睡吧，睡你的江南春梦吧。"言罢，就再也不多看她一眼。时光流淌得很快，不多几年，我的挚爱双亲相继离世，我的家园黯淡无光。那几年，我就像赶考一样，刚从一场悲痛里走出，却又跌入另一场伤怀中，整个人都被无尽的哀愁笼罩。文竹因我的失魂落魄，更没了精神。她所有的枝叶都溢满了清苦，似半梦半醒，无一点灵秀。失望中，我将苦闷的烟灰往她盆里弹，将残茶剩水倒给了她。我心说：父母都走了，你也走吧。

文竹似有无数的委屈想对我说，我却不予理会，任由无边的悲情蚕食我脆弱的心。入春后，文竹忽然坚强地打起精神来。她拼力挣脱悲怆的囚笼，在死亡的边缘勇敢地挺直了身。那发黄的原有针叶开始脱落，纤枝细蔓上悄悄长出一片新绿。这是何等的新绿啊，深深浅浅，密密匝匝，从枯萎的尽头拼力点燃了重生的希望。我精神为之一振，人生的树干难免有枯枝萎叶，遭遇磨难不可怕，可怕的是自绝生命。心有春天，何惧萧条？文竹走向复活的一搏，正是凭借迎新的信念和抗争的斗志才完成了自我拯救。

多美的文竹，多可贵的意志。我蹲下身，屏住呼吸，轻轻地注视着她，欣赏着她。文竹瘦了，她弯弯曲曲，柔柔弱弱，在承受无数的委屈和压抑后，没有放弃她的主人，硬是在艰难的苦行中活了过来。我惭愧我自责，回家乡后，我没注意文竹的丝丝变化，更未关爱文竹的成长。因我的冷漠，她在成长的岁月中承受了过多的孤寂与煎熬。她虽无妩媚形态，也不俊美挺拔，却散发幽幽的情丝换来满屋新色。文竹，对不起，我让你受苦了。内疚中，我用心与文竹对话，那泪花渐渐迷蒙了我的眼。倏忽，一阵清风入室，文竹轻轻摇了一下，那新嫩的枝叶羞涩地触到了我的脸。我激动得长吁了一口气，所有的欣喜都写到了脸上。

文竹快乐地成长，我终于从汹涌的伤痛中走了出来。我给文竹买了一支古色古香的花架，而后慢慢地轻轻地将她放到上面。在洁白墙体的衬托下，文竹身上的纯美得以淋漓展现出来。真的啊，她身上所有的美都是我所想所盼的。观赏你一眼，受用我一生。你的貌你的形，都不如你的品，你有多纯美，就有多可亲。有你所在，夫复何求？我会好好地照顾你，保护你，谁也别想玷污你，伤害你。文竹似乎听懂了我的话，瞬间将所有的清丽洒向墙体。我惊呼：文竹啊，你是一盆盎然的花儿，更是一幅蓬勃的画。

那夜，我睡得很香很香。梦里，文竹一头秀发，喃喃地呼喊着我，娇娇地向我走来。未待我回应，她已扑进了我的怀中……

霍霍粥记

东方有粟，西方有薯，相隔万里。经颠沛历波折，聚北方乡土之上，加油加料，旺火烧清水煮。上下翻腾香气萦绕，两刻后成稠一锅，名曰霍霍粥。

入秋后，母亲就会给全家人熬一顿又一顿由小米和土豆混合在一起的霍霍粥。谷子产量低，小米很金贵。而挖土豆时，垄沟垄台上则到处都是大大小小、白白胖胖的土豆，不一会儿就装满一麻袋。故熬粥时，自然是多搁土豆少放小米。母亲质朴纯净，熬出的霍霍粥香气扑鼻。母亲手巧，切土豆也能切出一种工艺来。或块或条，大小一致，与小米在一起翻江倒海在锅里煮，炊一灶艰辛烟火，炼一缕苦日子的甜。煤油灯下，一碗碗霍霍粥总能把全家人拢在一块儿，虽生活寡淡，却也能吃出个美食大餐的味道。

那年月，哪家锅里的饭也不多。秋收时，一些人家又忘了青黄不接的苦日子，像过节一样添食加量。张大嘞嘞就曾大言不惭："每天要不吃它几碗小米干饭，浑身就不得劲儿。"土豆虽然家家有，却分"文吃"和"武吃"。文吃一般都在土豆刚下来时，有节制地挖几个回家做菜吃，武吃主要指集中挖土豆时，除了放开量炖、炒菜外，还可以烀着吃。土豆挖回家，吃法就从文变成了武，吃剩下的则喂猪。反正，人不能挨饿，猪也不能挨饿。为了省小米，做霍霍粥时就多放土豆。母亲说，吃不穷穿不穷，算计不到就受穷。那些没被刨坏、较大且周正的土豆，母亲绝舍不得做粥。做粥的，多是歪劣破损的。母亲熬霍霍粥，绝不浪费，更无挥霍可言，霍霍的只是那粥的名。

自家的土豆挖了好几麻袋，似乎够平常吃的了。可母亲想，米缸不满，再多的土豆做霍霍粥也不夸堆儿。秋风刮了起来，天冷落了大地。母亲扛起工具领着几个孩子走出家门，走向早已萧条的田地。因耐不住辛苦，一些人家就省去了遛土豆[①]这个环节，翻出来的土豆被收回去了，没翻出来的土豆还埋在土里。母亲一下一下刨着地，汗水顺着她俊秀的面颊簌簌流淌。她在前面遛，我们几个跟在身后捡。秋风把不远处杨树趟子[②]里的树叶都吹了过来，一枚一枚，金黄金黄的。遛出来的土豆装了一筐又一筐，那条麻袋都快装满了。风吹乱了杨树叶儿，也吹乱了母亲的头发。母亲那饱含艰辛的脸上，时不时泛出收获的喜悦。

遛土豆遛的不仅是一种辛劳，还能遛出一个人的品行。李老怪从不遛土豆，自家的土豆早在十多天前就起完了，宁可让那些埋在地里的土豆烂掉，也不让别人来遛。见我们在他家地里遛出这么多的土豆，顿时眼红起来。他站在我们面前，早没了平素里的那份和善相，耷拉着一张驴脸，说什么老天爷还没给他腾出遛土豆的工夫，却让外人抢先把土豆遛没了。我气不过和他讲理，母亲却连忙制止。她陪着笑对李老怪说："大叔，你别生气，遛出这袋土豆我们不要了，都还给你。"李老怪阴着的脸霎时开了花儿："嘿嘿，这咋好意思呢，这咋好意思呢。"我们刚要走，李老怪却又道："这一麻袋死沉死沉的，我咋弄回去呀！"母亲扭过头："没事，一会儿让孩子他爸来帮你。"

---

① 指通过工具，将剩下的土豆从土中翻出。

② 指成排的杨树，或指其间的过道，是方言。

倘若没了小米，那霍霍粥只能叫土豆粥。谷子收割后，谷子地一片苍凉。村小学每年组织学生为生产队捡粮，名曰勤工俭学，捡到的谷穗要背到场院称秤。分量由班主任、生产队会计和学生本人分别记录。年末分红时，学生也能收获惊喜。当然，我的这份惊喜都拿到供销社换了小人书，不提也罢。在短暂的一生里，母亲勤劳节俭，从不贪人便宜。她常说，做人要有骨头，只要你勤快，就不会总受穷。在母亲的操持下，那些年家里的日子虽说艰难，但全家八口人却从未挨过饿受过冻。虽说颗粒已归仓，但母亲还是抱着一份希望。集体捡粮后，生产队允许私人捡粮。母亲领着我们在谷子地里仔细寻找着踅摸着，最终总能捡到一篮半筐谷穗。不远处有片谷子地刚割完，成捆成捆的谷子戳在地里还没拉走，幼小的弟弟不知什么时候在那里偷拽谷穗。母亲见状，急忙跑过去，扬起手就是一巴掌。弟弟大哭起来，母亲哪儿管那个，又将弟弟篮子里所有的谷穗倒在捆堆上。母亲余怒中又冲弟弟喊："你这哪儿是捡粮？分明是偷！嫌捡得慢啊？嫌慢就别在这儿给我丢人现眼！"秋风飒飒，弟弟的哭声连同母亲的骂声传得很远很远。

霍霍粥非名吃美食，比不上今天大江南北的这个养生粥那个保健粥。它没有花里胡哨的名称，也未形成什么品牌注册什么商标，却在艰难的日子里管你温饱，养心养胃保你康健。它出身清贫，藏在岁月中却不失品性。它不烦琐不张扬，简单的工艺里藏着朴素的思想。与它同时闪光的，还有那种积极的生活态度和诚实的品质。我为什么喜欢回忆儿时的一些事情呢？我想，除了岁月静好外，还有一种对生活里美好瞬间的怀念。真的，我喜欢霍霍粥，喜欢霍霍粥的味道。它就像母亲的气息，温暖而亲切。我怀念母亲，怀念祖孙三代同桌进餐的日子。我想，只要心里装着母亲，装着整个家族，我的霍霍粥就会香气不绝，甜美悠长。

时至黄昏，妻子问晚上想吃啥？我说，简单点儿，熬几碗粥，几碗霍霍粥。妻子懵懂，我却敲打键盘道：

时至沸腾，米烂粥熟，百吃不厌。酒楼住小店藏，展颜值示体态，属天地美味至尊，实名盛誉。浊气散尽清气上扬，还思粗茶淡饭，常念霍霍粥。

采摘录

儿子带回两张采摘票，说是区里发的，凭此票可参加周六的乡村采摘节。家住城区，久未体验乡村生活，能参加乡村采摘活动，我和妻子自然都很高兴。天公却不作美，周六一早大雨倾盆。深一脚浅一脚在雨中采摘多扫兴，遂不无遗憾地进入梦乡。

儿时的采摘是美美的梦。春末，青黄不接。上年储存的白菜、土豆都吃没了，全家人只好就着咸菜和大酱下饭，三餐寡寡淡淡，日子清清苦苦。母亲在前院菜园子里精耕细种，一禾一苗，浇水施肥，像哺育她的儿女们一样，植一园子鲜嫩的菜。没过多久，母亲种的韭菜就下来了。祖父将这溜儿韭菜当成了宝，割头茬韭菜自然由他老人家亲自操作。祖父戴着老花镜，蹲在菜园子里割着韭菜，一下一下，小心翼翼。割的程度，也只有祖父把握得好。头茬韭菜嫩，割得少，不包饺子也不炒，不年不节的，只打韭菜酱。要管够吃，要吃到端午节。韭菜切好炒个半熟，盛来半碗大酱倒进锅里，一大碗香喷喷的韭菜酱很快出锅了。韭菜酱好下饭，温暖又踏实。从此，割绿油油的韭菜成了我童年里最美的采摘梦。梦里，祖父割下来的韭菜可真多；梦里，母亲炒的韭菜可真香。

一到夏天，菜园子就成了全家的乐园。紫色的是茄子，绿色的是辣椒，它们比赛似的长着。黄瓜架下，花儿黄，叶儿绿，蜜蜂嗡嗡地飞来飞去。一根根绿油油的鲜嫩黄瓜，带着倔强的刺儿伸展着健美的肢体，像朝气蓬勃的少年。母亲端盆摘黄瓜，脸上满是知足和喜悦。那时，新摘下的黄瓜用手撸两下，直接吃也不会闹肚子，那味道特鲜美。母亲摘的半盆黄瓜，可不是为了这样简单地吃，是要切黄瓜丝再吃的。记忆中，母亲的刀工一直没差过，土豆丝、萝卜丝、黄瓜丝，不用借助切菜器，单凭一把菜刀，母亲就可以切出细细的丝来，绝不比现今各大小饭店厨师的刀功差。黄瓜很快被切成了长短一致、粗细均匀的丝，撒上盐面和炸好的辣椒油，味美的黄瓜丝就成了。前些天在餐馆里吃饭，我特意点了一份黄瓜丝。不说切得如何，就说拌的，用筷子一夹直滴答水，食欲顿时索然。

在菜园子里采摘是一种享受，而在自留地的采摘则不轻松。一到秋季，红小豆、大芸豆、葵花子还有土豆，都成熟了。一家人早晨起床连饭都顾不上吃，就到地里忙碌，中午就在地里简单吃几口自带的干粮。太阳消失在地平线后，一家人才左挎右掮摸黑往家走。在收获的道路上，父亲走在最前面，几个孩子走在中间，母亲则走在最后面。村头，人们投来艳羡的目光：瞧，这一家人，大人辛劳，孩子们也勤快，是个正经过日子的人家。屋檐下，堆满全家人采摘回来的果实，它们不时闪动着收获的光。在采摘的日子里，全家人心往一处想，劲儿往一处用，顺利度过了艰辛的日子，终于迎来红火的时光。

儿子知道我喜欢吃香瓜，特意说采摘项目里有。在阳光灿烂的日子，走进散发泥土芬芳和香甜气息的瓜地里采摘几只香瓜，那可真是美的享受。想起了和小伙伴们半夜到生产队瓜田里偷瓜，想起了瓜地被承包后，多摘一个香瓜就被看瓜人无情追打，也想起了到姥爷看的瓜地里被拒摘瓜的情景。心很堵，伤感之情在半梦半醒中弥漫着。那年，家住邻村的姥爷承包了几亩瓜田，成了神气的看瓜人。母亲当时高兴地对我们说，姥爷除了种白糖罐、花道道、大青皮香瓜外，还种了金贵的西瓜，到时候包你们吃个够。想着小人书中，人们在下雨天，头顶西瓜皮在水中嬉戏的样子，我禁不住笑了。我们坚信，有姥爷看瓜，我们一定会摘回一只大大的西瓜。

瓜熟的日子到了，母亲让我和哥哥带了一条面口袋去找姥爷。我和哥哥一路上兴奋得像小燕子，很快就到了八里外的瓜地，到了香气扑鼻的瓜地，到了由姥爷主宰的瓜地。远远望去，那苫着茅草的瓜窝棚是多么亲切啊，那一望无际的瓜园又是多么鲜亮啊。姥爷不在窝棚里，我兴奋地喊："姥爷——姥爷——"姥爷从瓜地里站起身，他一手提着土篮子，一手拿着一只刚刚摘下的香瓜。见我们来了，似乎不太高兴。他把一篮子香瓜送进窝棚，半天才走出来："你们怎么来了？"哥哥满脸通红不敢言语，我大胆地说："妈妈说瓜熟了，姥爷会给我们摘几个瓜的。"姥爷却道："你妈知道个啥？""可姥爷你刚才摘……"没等我说完，姥爷已不耐烦："好啦好啦，别说啦！那篮子瓜是送人的，等过些天再说！"在瓜熟时，年少的我们徒步走了八里地，在姥爷看守的瓜园里，一只瓜也未摘成，一只瓜也未尝到。我那美丽的采摘梦，被无情的水泼醒了。我们委屈地往回走，那空荡荡的，又何止是一条面口袋啊。母亲生了几天闷气后，还是没忍住，跑到姥爷家哭闹了一场。

采摘的是果实，采摘的又何尝不是一个梦啊？枕头湿了，是雨水？哦，是泪水。梦啊，你让我尽情地回忆难忘的采摘岁月吧，也让我再尽情地怀念一回母亲吧。为了给全家人采摘最美的果实，母亲风里来雨里去，春播秋忙，早出晚归。待到收获时，她却匆匆离世，把无尽的悲伤留给了我。儿子，外面的雨太大，今天的采摘节我就不参加了，允许我在梦里寻一处晴好的地方，续写我生命里的采摘故事吧。

挖玉竹

夏日沉闷，忽然想起儿时挖玉竹的事，很多情景就像放电影似的开始在眼前晃动。

玉竹，叶扁而呈椭圆，貌美清秀，花为灯笼串，采后留根，清洗晒干为药。《本草纲目》有云："萎蕤，性平，味甘，柔润可食。"这萎蕤，指的就是玉竹。故乡那座黄土山像老中医的药箱，装着诸如黄花、苦参、防风、桔梗等众多中草药，而玉竹最为常见。以前，挖玉竹还属极少数人的行为，那年暑假，乡供销社忽然贴出通知，要高价收购玉竹。村里沸腾了，村民们很奇怪，那不显山不露水的玉竹咋就一下子成了香饽饽呢？当教师的父亲平素不健谈，深知声动不如行动，别人还在议论，他已筹划着去挖玉竹了。

父亲找来一只小筐、两条面口袋和几把小铁锹。挖玉竹很辛劳，每天早出晚归，中午饭只能带到山上吃。母亲忙着和面烙饼，面不足就掺些小米饭，这烙出的饼就成了饭饼。饭饼比不上面饼好吃，可也比粗饭香。母亲这哪儿是准备挖玉竹的饭呀，这分明是一种犒劳。小到一根针，大到穿衣吃饭，母亲都精打细算，而该花费的又绝不吝惜。我缠着母亲多烙几张，好跟着借光吃。哥哥在屋外磨锹，祖父在屋内一支一支地为父亲卷着旱烟，以备挖药累了抽。纵然那玉竹难使家庭摆脱贫困，可全家人还是动手忙活起来，仿佛要挖的不是玉竹，而是全家人的希望。昏暗的油灯下，那亲情的光芒显得格外明亮。

天微微亮，父亲领着我和哥哥出发了。说实话，我吵着闹着要去挖玉竹绝非勤快，而是惦记母亲烙的饭饼。对我这点儿心眼，全家人自然明了。祖父就笑我说，没半个锹把高能干个啥。我是不会干啥，可我喜欢上山，上黄土山。黄土山离家八里，坡度舒缓，块儿头不大，乔灌草木竞相茂盛，松柞椴杨楸枫柳一应俱全，俨然是座宝山。冬，它风吟雪诵，树摇木摆，坡上坡下幽幽暗暗，狼走狐行互不侵犯；春，杏李竞相绽放，布谷鸟声声不绝，野菜鲜嫩秀色可餐；夏，它郁郁葱葱，清爽宜人，山花漫山遍野五颜六色，雨后的林中，油蘑榛蘑层出不穷，提篮采菇，流连忘返，猛抬头，几只野鸡却在几米外闲庭信步，不以为然；秋，山核桃、野栗子、山楂果次第成熟累累不绝，树叶们绿的、黄的、红的、褐的，在金风中晃成了童话世界，倏忽，一只松鼠穿林而过，好不热闹。

太阳升起时，我们拢住脚步。阳光一环环映着，晨起的黄土山温润祥和，几声鸟鸣过后，成片的鸣唱就此起彼伏。父亲在草丛中很快找到一株玉竹，样子果真很美，那串蓝蓝的花儿上还挂着露珠，清清灵灵的。父亲给我们示范挖药，锹不能离玉竹根远也不能过近，远则费力，近则伤根。父亲一锹下去，从枝叶到根须，一棵完整的玉竹呈现眼前。父亲将玉竹根部掰了下来，抖掉泥土，将其装进小筐里。父亲教着，我们学着，四周草丛里的蝈蝈们为我们此起彼伏歌唱加油。父亲直起腰，观察着我们挖玉竹，所有的欣慰都写在了脸上。

临近中午，我们挖的玉竹整整装了一面口袋。带来的水喝到了一半，我就吵着吃饭饼。父亲放下铁锹，拍拍手上的土说："走，我领你们到大架子上吃饭去。"听到要上大架子，我和哥哥好不兴奋。大架子是黄土山上唯一一座防火瞭望塔，因防火形势好，罕遇滥砍滥伐现象，已没人在上面值班。这大架子说是叫瞭望塔，倒不如叫观景台。村西头有童谣："大架子，观景台，黄土山上等你来。"啊，我不仅上了黄土山，还可以到那期盼已久的大架子上观风景。不多时，我们就登上山顶来到大架子前。大架子三层 12 米高，纯木制结构。建塔多年，它风里来雨里去，像一名哨兵忠诚地守护着黄土山，守护着方圆几十公里的美丽风景。寂静中，它成了黄土山上的一个标志。

黄土山毓秀，艳阳天正好。父亲将面口袋里的玉竹倒在大架子前晾晒。我和哥哥则迫不及待地顺着大架子上的台阶往上攀。父亲不住地提醒我们慢点上，又不放心，索性拎着饭盒和水也跟了上来。初次上大架子，我的心怦怦直跳，满脸灿灿的。上到第二层，我往下一瞧，哎呀，黄土山把我举起来了，坡上坡下的树都被我踩成了小草。我吓得一屁股坐在台阶上。跟着上来的父亲说："男孩子要有股劲儿，别停下！"我哆嗦着站起身，扶着台阶硬着头皮往上攀，眼睛却再不敢往下瞅。是的，男孩子要有股劲儿，不能停下！一瞬间，父亲的这句话刻到了我的心里。打那以后，这句话不断地提醒我、激励我，成为我人生坚定行走的思想动力。终于到了大架子顶层，父子三人围坐着，吃着香甜的饭饼，开心胜于过年。一道道美景，不得不使我向远方眺望，年少的幸福旋即如风荡漾。黄土山尽收眼底时，我发觉我的乡村从缥缈中清晰起来。原来，站得越高，相隔的距离就越近啊。

我问父亲，玉竹除了能卖钱外还有啥好处。父亲吸了一口烟道："玉竹可真不一般，它能安神养心，治心火、疗肺热。要是把晒干的玉竹切成片长期泡水喝，还能延年益寿，作用可大了。"见父亲有了兴致，我就吵着让父亲讲故事。父亲爽快答应："很久以前，地主张三财剥削穷人，抢男霸女无恶不作。一次，他抢来一个叫竹花的姑娘做小老婆。竹花人穷志不短，怎能嫁给恶人呢？趁人不备，她连夜逃了出来。张三财领着狗腿子追啊、找哇，就是找不到。"讲到这儿，父亲问："你们知道竹花逃到哪儿去了吗？"我和哥哥你看我、我看你，都摇了摇头。父亲笑了："呵呵，竹花逃到咱们的黄土山里来了。自打竹花躲到黄土山后，渴了，她喝清泉，饿了，就吃这漫山遍野的玉竹。没过几年，竹花变得比从前还漂亮，像七仙女似的。”我插话：“那后来呢？”“后来，竹花就化成玉竹上美丽的花儿。”讲到这儿，父亲语气深沉：“玉竹清贫，却有着高贵的品质。它不贪图富贵，枝繁叶秀花香，有骨气不狂放，把为咱们老百姓造福的根深深埋在土里。只要老百姓需要，它就毫不犹豫地把全部的生命奉献出来。有了这么美的玉竹，我们的光景就会慢慢好起来。”

开学前，我们挖的玉竹足足晒了三大麻袋。送供销社时，我们特意借了一辆手推车，低调惯了的父亲骄傲了一整天。而我，则在挖玉竹中学到了很多东西。玉竹的美以及玉竹身上的品质，让我终身受用。我怀念挖玉竹的日子，也珍惜如玉竹般的蓬勃岁月，更会把父亲那关于玉竹的故事讲给我的孩子听。

母亲的菜园子

母亲有片希望之地，那就是她辛勤耕种的菜园子。

菜园子一年四季光景明朗。春，它萌生新芽；夏，它盎然悠长；秋，它果实沉醉；冬，它静谧端庄。一年的心血，全家人的奔头，母亲把菜园子打理得如诗如梦满园飘香。积雪消融后，暖风吹干了园子，也吹动了母亲的秀发。母亲开始给园子松土。一下一下，小锄头有节奏地在土里翻动着，汗水顺着母亲的额头一滴一滴往下滑。土松了，地更厚了，坚硬了一个冬天的菜园子被母亲亲切地唤醒了。风拂着母亲的脸，母亲的脸闪动起明亮的光。松完土耙完地，母亲在园子里一趟趟、一条条、一块块地培垄划沟。那专注的样子，就像一名小学生，在一张洁白的纸上认真地画着田字格。园子里的土地，边倾听母亲那颗圣洁的心跳动，边温温顺顺燃出复苏的希望，能舒的舒、能展的展，拼着力漫出松软的香。

播种的日子到了，阳光暖暖的，风也暖暖的。母亲盘起秀发开始点种。点种的工具，是一米多长的小竹竿，上面拴着一个葫芦头，葫芦头底部有无数细细的孔。那葫芦里当然不是药，而是上好的菜种。母亲一手攥着点种工具，一手拿着一根小木棍，在垄上点种。“啪啪啪”，小木棍轻轻地击打在小竹竿上，那葫芦头底部均匀地撒出一粒粒饱满的种子，安稳地落到预定的垄上，随即被母亲用脚轻轻培上土。她这哪儿是点种啊，分明是在跳一曲优美的田园舞。在春的旋律中，母亲用粒粒饱满与片片殷实，细心地绘出一幅有诗的画，写出一首有画的诗。“啪啪啪”，一声声清脆音，恰似母亲与菜园子的真诚对话。母亲在点种，更是在膜拜一场即将来临的希望。这希望是母亲的依赖，更是母亲全部的生命。

种了一块韭菜、两垄生菜、三垄白菜、四垄小葱、五垄辣椒、六垄黄瓜、七垄茄子后，母亲又在园子的周围种上了一圈豆角和牵牛花，母亲骄傲地看着自己的劳动成果，满面春风。有蔬菜有花草，要是再有棵果树岂不更好？母亲狠狠心，用十颗鸡蛋换来一株杏树栽到园子的一侧。春风呼呼地刮了起来，刮得蓝天发了黄，刮得大地起了皱，而母亲的菜园子却安好如初。原来，头天晚上一听到话匣子里的天气预报，细心的母亲就连夜在园子里苫上了一块块大小不一的塑料布，让土壤和种子多了一层保护膜。种子在泥土中快乐地孕育着一场春梦，让满园新色悄悄萌芽。多日的风天过后，阳光像被水洗了似的，灿灿地照在菜园子上。母亲小心掀去塑料布，给干燥的土壤轻轻洒了一遍水。没几天，菜园子发生了细微的变化。起初，冒出星星点点的绿，慢慢地，星星点点的绿就变成了一块儿一块儿的，最终连成了一大片。这绿，嫩嫩的，柔柔的，亮亮的，着实惹人喜爱。一夜春雨飘落后，所有的绿都开始疯长。母亲抚了一下被清风吹动的秀发，欣慰地笑了。

菜苗一破土，麻雀就呼三引四地光顾菜园子，试图啄食母亲精心培育出的希望。母亲做了两个一米多高的假人插在园子里，假人头戴草帽，身穿外衣，煞是好看。麻雀果真不敢再来搅扰，孩子们却不时跑到园子前张望。小白菜和生菜长得最快，不到几天，就可以摘了。母亲摘了几把鲜嫩的小白菜和生菜，又炸了一碗鸡蛋酱。晚上，全家人便可以吃到入春后第一顿宝贵的青菜了。杏树活了，吐了芽也开了花儿。那花儿开得可真多，灿烂灿烂的，风一吹，满园花香醉倒全家人。怎奈树小禁不住春风吹，几天后，杏花就落了一地。一树倏忽萧瑟，母亲徒增忧伤。花儿落了，就结不成果了，全家人哪儿还能吃上甜杏呢？

已近端午，韭菜嫩绿如茵。家中一年里首次收割果实，母亲准备好小盆和刀具，庄重地邀请祖父前来收割韭菜。请尊长采撷希望，是对一家之主的尊重，更是对菜园子的敬畏。晚上，或两盘清香的炒韭菜，或一碗浓浓的韭菜酱，都是全家人追求幸福生活的写照。品尝难忘的韭菜佳肴后，母亲又到园子里锄草培垄。茄子和辣椒长势不佳，不仅稀稀拉拉，个别的还蔫头蔫脑。母亲决定进行二次栽培。母亲在茂盛的垄上间苗，再将间到的苗栽到缺苗的地方。母亲忙完后，进屋提来一桶水，像哺育她的儿女们一样，小心翼翼地给新栽下的苗浇水。多年以后，我问母亲为啥乐此不疲侍弄菜园子，母亲道："菜园子是我的梦啊。"母亲这样培育菜园子，对她的孩子们又何尝不是如此呢？

眼看黄瓜苗长高了，母亲抱来一捆修理得溜光水滑的秫秸秆，在黄瓜垄上搭架子。母亲花了半天时间，又整装又结实的黄瓜架就搭好了。站在黄瓜架前，母亲似乎看到了一条条鲜嫩的黄瓜翠滴滴地挂在黄瓜架上，娇媚地等着母亲采摘。是啊，再过些天，黄瓜秧就会爬上黄瓜架，黄瓜秧上就会开出一朵朵小黄花，小黄花上就会结出一根根小黄瓜。很快，全家人每天就可以吃上水灵灵的黄瓜啦。待秋后，一直舍不得摘的几根又长又粗的壮黄瓜就成了黄瓜种，被母亲笑吟吟地摘下来放到窗台上晾晒。黄瓜种打皮掏瓤，籽晒干做种，瓜肉则做汤吃。那汤酸溜溜的，喝一口，浑身立马清清爽爽。在母亲的憧憬中，黄瓜架下必将为全家人圆一个幸福的梦。

菜园子里不仅有鲜嫩的蔬菜，还有盛开的鲜花。盛夏，各类蔬菜争先恐后走上餐桌，菜园子里除了黄瓜花、角瓜花、倭瓜花外，还有其他的小花惹人怜爱。紫的是茄子花，白的是辣椒花，粉的自然是豆角花。茄子和辣椒不用搭架子，倒是不断往上蹿的豆角需要支撑。于是母亲又找来一根小木棒戳在墙边。这下可好，除了靠墙生长的豆角顺杆爬外，那些牵牛花们也跟着一起拼命往上爬。牵牛花五颜六色，像一只只小喇叭，也不知道是成群的蜜蜂惹的还是风吹的，她们时不时地发出温温雅雅的声响。嫌菜园子不够热闹，母亲又将我们捉来的几只蝈蝈放进了菜园子。这下可好，整个菜园子都沸腾了。天一亮，蝈蝈们就唱起歌来。到了中午，它们叫得更欢了，一阵胜似一阵，此起彼伏，不绝于耳。

母亲是不会轻易让她的孩子们进入园内的，倒不是怕孩子们嘴馋偷摘黄瓜，而是担心孩子们踩到菜秧、碰落菜花。入秋时，母亲才让孩子们自由出入菜园子，才手把手教孩子们采摘丰收的果实。紫色的茄子，绿的、红的或半绿半红的大辣椒和小辣椒，还有那鼓满豆荚的豆角，都被孩子们从秧上摘下来，即便不小心拽断枝干，母亲也不会嗔怪一分。收获下来的蔬菜，吃不完的就切丝晾晒，腌制成咸菜。母亲晾晒的豆角丝，可以吃到第二年春天。母亲腌制的蒜茄子，酿造的韭菜花，都是全家人百吃不厌的酱菜。

黄瓜罢园了，茄子、辣椒、豆角摘净了，抱心的大白菜也砍了下来，母亲开始细心清理她的菜园子。她一下一下地用力拔秧除根，不留一丝残余在地下，因为，明年的菜园子还要延续母亲的梦。

心有彩虹

稍纵即逝的美，除了昙花外就是彩虹。倘若她们能让你感动一回，那就不是缺憾，而是一种幸运。

夏日，雨说下就下，尤其在北方偏北。这里，白天雨少，晚上雨多，每次历时都不会久。为了方便避雨，我最近索性选了一处离家近的地方锻炼。此处原是公安局所在地，不设栅栏不砌围墙，很开放很亲民。办公楼前是几十棵品种不一、高大茂密的树，弯弯曲曲蓬蓬勃勃，把整个院子衬得格外幽静。楼前的场地不大，跨度也就百十来米，运动却足够了。听更夫介绍，公安局搬走后，这里一下子搬来九个部门，都是政府的事业单位。白天人们进进出出的，很是热闹，可一到了晚上却冷冷清清。我说，政府办公场地，在这里锻炼不好吧？更夫笑言："锻炼身体，算不上打扰。"

长这么大，我最推崇两个词：一个是"居安思危"，一个是"未雨绸缪"。用在锻炼上，"未雨绸缪"自然就变成了晴天也带伞。不下雨，雨伞拿在手中；若遇下雨，小则撑伞继续锻炼，大则转身回家。半个月持续高温后，雨终于一场接一场地降了下来。晚饭后，又和妻子带伞出门锻炼。大雨过后，院子里的空气格外清新。零落的雨滴，在地上的浅水中散成花儿。雨未尽，那就举伞行走，此时，我们的心中都升起关山横渡的豪迈来。

彩虹是少年的憧憬，是青年的浪漫，更是中年的期待。

我不好体育，步入中年后，最喜爱的运动除了爬山，就是徒步。不为锻炼身体也非减肥，只为预防痛风。那年，右腿膝关节突然疼痛不止，连续多日行动艰难。去医院查，却查不出所以然，但我坚信是痛风。不少人质疑，说痛风一般都在脚部，尤其是脚趾居多，没听说膝关节痛风的。可自己的病自己心里清楚，我对患痛风深信不疑。疼痛时，我就连喝两大杯小苏打水，几分钟后，膝关节果然不再疼痛。那期间，恰逢去山东看父亲。父亲见我这般痛苦，就说我平时缺少运动。父亲行走蹒跚，而我未老却行路不便，心情那个糟啊，甭提了。从山东回来后，膝关节疼痛渐渐缓解。但人不能好了病就忘了疼，我痛下决心，坚持每天徒步锻炼。早起难，就晚上运动。起初是散步，每晚 3000 米，速度比较舒缓，可走着走着，速度就快了。一个多月后，走的路也由每天 3000 米增至 6600 米。徒步行走毕竟区别于散步，广场人多不便，而马路人行道则早已成了停车场。我只好绕城区外围走，掐时间掐距离，不达数量不罢休。这样走了不到两个月，忽一日正行走中，右膝关节内“唰”一下似水流下，整条右腿瞬间轻松了许多，我欣慰地笑了。自此，我风雨不误，坚持徒步，膝盖再也没疼过。

时至今日，我依然怀念童年时的那道彩虹。当那道彩虹出现时，我拼命向她奔跑，可还是无法接近她。我盼望自己长大，长大了，就可以大步流星追赶上那道彩虹。

百余米的跨度，一来一回，至少有 200 米。我对妻子说，这距离也就 70 来米，来回顶多 150 米，我们每天坚持走 30 个来回如何？妻子表示同意，可没过几天还是狐疑起来：“我咋感觉来回不止 150 米呀？”我自信状：“我的脚步是有数的，不会错。”妻子不再怀疑，我走在前面，窃笑不止。以前，走一个固定的 6000 多米，用一个半小时，还是在步伐放不开的状态，可现在身处此地，院落平整，没遮没拦，脚步加快，耗时一个半小时，距离显然超过 6000 米。见妻子淡然的样子，我不好意思起来，锻炼的时间摆在那里，妻子怎能测算不出距离呢？只不过妻子憨厚，由着我的性情罢了。想到这儿，我放慢了脚步，和妻子并肩行走起来。

好景不长，锻炼了不到一周，院子里的人多了起来，除了一两个遛狗的、三五个耍双节棍的、七八个打太极的，还拥入一群跳交谊舞的老年人。一阵嘈杂一阵乐曲，安静旋即被打破。怕影响心情，再锻炼时就带上了袖珍收音机。这款收音机能播放 MP3 音频也能收十多个电台，是前些年妻子给我买的。除了出差携带外，我轻易不带它外出。如今它面露斑驳，我依然爱不释手。有了收音机，行走不寂寞。我一直喜爱中央人民广播电台“中国之声”频道，它让人知天下晓世界，开视野醒脑筋，尤其听到那些令人振奋的消息，心情就格外地好，行走得也坚定了许多。正走着，收音机里传出某地“暴走团”行走时被车冲撞的新闻。暴走，不正是我这徒步吗？我心里不是滋味。这几年像我这般“暴走”的人日渐增多。在不影响公共秩序和安全的前提下，锻炼身体，自然应该提倡。可这件事让我怎么评价呢？我长吁一口气，对妻子说：“还是咱们这般好，自己走得安全，也不妨碍他人。”

我盼望生命里有彩虹出现，就像期待明媚的阳光一样。

雨住了，我和妻子拢起伞加快行走。天空渐渐晴朗，空气格外清新，我和妻子脸上写满轻松。忽然间，一道缤纷的彩虹在我们的头上腾空而起。她赤橙黄绿青蓝紫，当空不停地舞动着，把世间最温情最美丽的光，直白壮丽地展现了出来。我和妻子情不自禁停下脚步，尽情地欣赏这幅动人的画，仿佛彼此都置身于绮丽的梦幻中。而彩虹呢，已在笑容里将我们共同的梦想连在了一起。童年时追赶彩虹追得一塌糊涂。母亲嗔怪：“男孩子不要迷恋彩虹。”我问：“为啥不能迷恋彩虹？”母亲说彩虹挂在天上无法触摸，迷恋自然会伤心。起初，彩虹离我很远，远得需要我翘首遥望也难以企及。后来，我开始跋涉，跋涉得义无反顾。在我将要疲惫时，我发现这道彩虹却离我越来越近。为了跃上这道彩虹，我奔跑我呐喊，直到精疲力竭，直到热泪盈眶。风雨兼程几十年，这道彩虹终于鲜活地呈现在我们面前。这哪里是彩虹啊，分明是我和妻子共同用汗水浇筑的绚烂景观。此时，我和妻子都被彩虹深深感动着。她非梦非幻，是能伸手触及的生命果实，满篮飘香，累累醉人。

彩虹是善良之光，圣洁之光，希望之光。天上的彩虹自然短暂，可生命中的彩虹定会长久。我和妻子加快了脚步。我们深信，心中有彩虹，生命才会熊熊燃烧。

土豆花开

在我眼里，大兴安岭上最温暖的花儿，是带着泥土芳香的土豆花儿。

初到林区，家安在县城外一个叫塔南的小镇。家里没自留地，连最普通的土豆都要花钱买，日积月累，开销很大。暑假里，父亲在离家5里多的草甸子上，一锹一镐硬是开垦出两亩多地。到了第二年，当土豆花在这片新地盛开时，父亲那忧郁的脸上露出了少有的笑。

土豆开花，是对土地的赞美。大兴安岭林稠草密，土质有机养分多，种出的土豆口感特好。有朋友说，东北的最北，西南的最南，种出来的土豆都好吃。我问为啥。朋友说：“你想啊，都是在污染最小的地方生长，能不好吃？”大兴安岭种植土豆一般都在“五一”前后，比南边大平原要晚些天。母亲从地窖里选出土豆种，连夜削栽子。我问：“栽子是什么？”母亲说：“栽子就是土豆的种子。”我又问：“栽子开花吗？”母亲说：“开，开好多的花儿，还结好多的土豆。”我笑起来，满脑子不是花儿，而是秧下可爱的土豆们。一个土豆可以切四五块栽子，每块栽子都有个芽窝。没窝的土豆不能发新芽，母亲就是这样认为。把土豆栽子运到地里后，父母领着我们兄弟沟垄、刨坑，落种、埋土，入肥、覆土，一忙就是大半天。大兴安岭春天风大，父亲担心土豆栽子被风刮出来，于是，每天下班都要拎把铁锹到地里维护。在父亲的心里，他维护的哪儿是一块儿地，分明是全家人的希望。

风吹乏了，远处的山岭渐渐绿了。往年杂草丛生的地方，冒出了大片大片绿油油的新苗。最兴奋的当数那群牛马。它们被放牧人赶着，打地头一过就贪婪地停下来咀嚼着鲜嫩的土豆秧苗。父亲给牧人买了几包烟，牧人方才上了心。再打此地头路过时，他吆喝得格外起劲，手中的皮鞭也“啪啪”作响。牛马们心有不甘，却也只能挪着蹄子往前走。周末一到，父亲领我到地里修垄锄草。汗水顺着父亲的面颊滑落，为新苗助力生长。轻风一过，土豆地旁的小树林沙沙作响，似在唱一首希望之歌。一群鸟叽叽喳喳飞过，似去报喜。我丢下小锄头，跟着飞鸟跑到一边玩耍。在父亲的锄下，秧苗比赛似的往上蹿。啥时候能吃上新鲜的土豆？玩累了的我有些郁闷。父亲似乎知道了我的心思：“别急，土豆花开时，你准能吃上新鲜的土豆。”

一场雨过后，土豆花开了。起初，白的、紫的，还有淡红的，星星点点浮在土豆秧上。没几天，土豆花就爆满了田地，远远地就能闻到它沁人心脾的香。土豆花可真好看，每一朵都是“五角星”，每颗“五角星”中央都支出一根长长的花蕊。这花蕊上还涂着一层金黄的粉，惹人爱怜。我满眼都是土豆花。蹲在一朵紫色的土豆花儿前，我眯起眼深深地嗅着。啊，这花儿除了香还有些甜。我睁开眼，用手轻轻触动那根花蕊，竟沾了一指金粉。天空朗朗，土豆地里有了乾坤。我问父亲，为啥有的土豆秧开紫花，有的开白花。父亲说，品种不同呗。开紫花的，土豆是紫皮；开白花的，土豆是白皮。我笑了，想起母亲的话：紫皮土豆像地瓜，吃着面，适合炖；白皮土豆水性，适合炒。父亲在几棵粗壮的土豆秧下挖了一小筐土豆，挖后赶紧把土培上，悉心得就像呵护他的孩子们一般。挖出来的土豆像婴儿的小手一样，嫩嫩的惹人喜欢。轻风吹拂土豆花，倏忽间，整个土豆地波浪翻滚。我仿佛闻到了红烧土豆和酸辣土豆丝的香。真的，我不忍心伤害这些可爱的土豆们，怎奈食欲早已伴着土豆花的芬芳，在口中不停地起伏。

父亲说，土豆花开得太盛会影响生长。想想也是，养分都跑到花儿上去了，土豆还能好吃得了？父亲大把大把地掐着土豆花，我却开心不起来。好不容易长出花骨朵，又开得这般灿烂，说掐就掐了。我站在地头儿喊：“爸，别把花儿都掐光啦！”父亲应声：“行，给你留几朵。”父亲掐得很仔细，那掐下去的土豆花，并未被父亲狠心丢弃，而是被他装到了篮子里，带回家做鸡饲料。要吃新土豆，最好是炖和烀。我拿着一把土豆花，跑到母亲跟前：“妈，我想吃土豆。”母亲笑：“好，晚上给你做土豆炖茄子。”我不喜欢茄子，可母亲说，这样吃最能吃出土豆的新鲜味儿。我心里巴不得母亲给我单独做素烧土豆，可话到嘴边，却没说出来。土豆花越来越少，我心里徒增一分感伤。土豆花多美啊，从土豆发芽生苗，它就开始孕育美。当泥土里的土豆渐渐长大时，它就像朴素的少女，带着清新的气息，热诚地向人们传递收获的消息。这消息，快乐而亲切，温暖而充实。

土豆花一开，地里的蝈蝈们就闹翻了天。我是多么爱听蝈蝈们的鸣唱啊，父亲却担心我踩坏土豆秧，不让我进地里捉蝈蝈。父亲将一块草垫子递给我：“你就在地头儿听蝈蝈唱个够吧。”我坐在草垫子上嗅着一阵浓似一阵的土豆花香，耳畔则是蝈蝈们一浪高过一浪的鸣唱声。恍然中，我回到了故乡，回到了和小伙伴们在田间捉迷藏的时光里。听着嗅着，不知不觉，所有的土豆花都跑到了空中。它们一朵一朵不停地旋转着，越转越快，转来转去，转成了一个大花篮。呀！大花篮里装满了嫩嫩的土豆，有紫皮的，有白皮的，一个个宛若可爱的小娃娃。小娃娃们不停地笑着唱着，那声音像蝈蝈们的鸣唱一般清脆。而我，不知啥时候也变成了一朵土豆花，在空中不停地唱啊舞啊。父亲把我摇醒时，太阳快落山了。哦，我做了一个梦，一个与土豆花开有关的梦。打那时起，我眼里的土豆花都是有声音的花儿。

有声音的花儿，都结朴实的果。大兴安岭冬季漫长，土豆成了艰苦年代的主要蔬菜。那时，林区几乎没有楼房，家家都挖个小菜窖，不大，却能装几麻袋土豆、几十颗大白菜和几筐萝卜。我家客厅地板下就有个小菜窖。三天两头，母亲就让我下窖拎土豆。拎出来的土豆灰不溜秋的，一摸一手土。母亲擅长粗粮细作，煎炒烹炸炖，总能做出可口的饭菜。印象最深的是母亲做的酸辣土豆丝。她切的土豆丝又细又均匀，出锅后还不断。我打小就不吃荤，连用荤油做的菜都不吃。母亲想用荤油炒菜骗我，可我没等入口，一闻就吐。母亲只好给我做小灶。母亲把土豆切成精致的小块儿，用金贵的豆油过一下，再加料加酱油熘炒。当一大盘红烧美味端到我面前时，天下所有的珍馐美馔都黯然失色。

土豆花开始凋落，土豆秧渐渐发黄，该起土豆了。起土豆可是个累活儿，至今想来还心有余悸。从早到晚，全家老少一起在土豆地里紧张地忙活着。累了，坐在麻袋上歇一会儿；渴了，喝几口白开水；要是饿了，就啃一根大麻花。这大麻花可稀罕，不年不节的想吃都难。为了让我们兄弟几个铆足劲干活儿，母亲这天格外大方，买了二十多根，那大麻花吃着也格外香。日落时分，全家人硬是从地里起出来十多麻袋土豆。父母乐呵呵的，可我却快乐不起来，因为起完土豆，父母还要领我们去地里遛土豆。这个遛，是要用二齿子、三齿挠子在地里翻腾，翻出落下的土豆。我倔倔地刨着地，还时不时地故意把土里的土豆刨坏。那带窟窿眼儿的土豆，多是我的“杰作”。父母不满，我索性跑到不远处的河边玩起水来。3 年后，我 17 岁。斯时，老山战事正酣。我和父母吵着要当兵。父亲“哼”了一声，不理会我，继续低头遛土豆。母亲则停下手中的活儿：“想去你就去，别以为离开你，家里就不种土豆了。”可我年龄不够，当不成兵，只好埋头学机械制图。18 岁时，我技校毕业。这一年秋，家搬到了县城里，土豆地离家更远了。起完最后一垄土豆，父亲忍痛把这块曾疯长了多年土豆花的地，连同全家人守护的耕耘梦一同送了人。打那儿以后，家里吃的土豆都从菜市场上买；打那以后，我再也没见过土豆花。

又到了土豆花盛开的时节，行走在芜杂的街市上，心里揣着一片开满土豆花的田园。这田园，不仅有我年少的记忆，还有父母领着我们度过的日子。

稠李子熟了

树叶黄，野果香，秋色映山梁。一串串豆粒般大小的黑果，悠悠地挂在树上。远远望去，它们就像层林中的黑眼睛，调皮地向你眨着明亮的光。

大兴安岭秋果并不多，稠李子算是一类。初到大兴安岭，家里的菜园子就栽着几棵稠李子树。它们歪歪扭扭，其貌不扬。都到了晚春，枝上才渐渐绽放出白色的小花儿。它们一朵一朵，一簇一簇，散发出阵阵馨香，沉寂了一个冬天的菜园子顿时神清气爽。母亲问邻居大姐，这是啥花，开得可真文雅。邻居大姐说，树叫稠李子树，花儿叫稠李子花，果叫稠李子果。不知道是咬音不准，还是压根儿就该这般读，邻家大姐硬是将稠李子念成了臭李子。臭李子？那闻着咋不臭？我好奇地问。邻家大姐摇头。有个“臭”音，我对这树就没了好感，只愿它结个不臭的好果。一点一点，一粒一粒，稠李子悄然出果，没几天，嫩嫩的幼果挂满了枝枝丫丫。可长着长着它就不长了，不长也就罢了，还变黑了。结的那果没有山里红大，样子也不如山丁子①美，跟个药鸡豆子②似的。我不死心，跑到菜园子里摘了一颗放到嘴里。哎呀，可真涩！我连着吐了几口黑吐沫。

---

① 指山荆子。

② 指鼠李，也叫老鸹眼。

望着菜园子里的稠李子树，我心里长出一片不开心的草。我缠着父亲栽几棵樱桃树、沙果树或者杏树。父亲说：“没熟的果子咋能不涩？大兴安岭气温低，不是栽啥都能活。”看我闷闷不乐的样子，父亲笑了：“好吧。”他缓缓坐到炕沿上，用火柴点了一支旱烟，深吸了一口后，就慢悠悠地讲起故事来。刚开发大兴安岭时，正是数九寒天，岭上岭下到处飞雪。别说行走，就是想找条路都难。可铁道兵们没有被吓倒，他们在恶劣的环境下，爬冰卧雪，战天斗地，硬是在莽莽群岭中建出一条壮美的铁路来。可有多少人知道，这条大动脉平均每前进一公里，就要牺牲一名铁道兵。有位铁道兵，特爱吃大兴安岭的稠李子，还没熟，他就摘着吃。不仅自己吃，他还爱给战友们吃，谁要是不吃，他就硬往人家嘴里塞。战友们送给他一个外号，叫“稠李子”。那年，部队建呼玛河大桥。正是稠李子熟了的时节，河两岸结满了又黑又亮的稠李子，可上游却发起大水来。一时间，洪水滔滔而下，将岸边建桥用的木材卷进了河里。为了抢救国家财产，铁道兵们乘船打捞木材。行至河中，船不幸被激流打翻。岸上值班的“稠李子”见状，毫不犹豫地跳入冰冷的河中，在把一名战友救上岸后，他又毅然向河中奋力游去。怎奈水流湍急，一个浪头过后，“稠李子”就不见了踪影。当战友们在下游找到“稠李子”的遗体时，他的衣兜里还揣着几串没来得及吃的稠李子……

父亲眼睛湿润了，我则抽泣起来。这哪儿是稠李子啊，分明是铁道兵们用生命换来的最宝贵的生命果实。父亲告诉我，要在大兴安岭扎下根活下去，光好看不行，还要耐寒有毅力，这样才会茁壮成长。到了秋天，稠李子熟了，它就会变甜的。我默默倾听，父亲娓娓叙说。为了纪念英勇牺牲的战友，铁道兵们在英雄的墓前栽了一棵稠李子树。第二年春，这棵稠李子树开满了像雪一样白的花儿，离它很远就能闻到馥郁的香。到了秋天，稠李子树叶黄了，它的枝丫上高挂着又黑又亮的果。风一吹，它们就不停地抖动着，似乎在向人们喊：“快来摘吧，稠李子熟了！”

和大兴安岭结缘的人，谁人不知稠李子？哪个没吃过几粒黝黑饱满的果？雨后出彩虹，北山公园越发清新。沿着林荫小路，我拾阶而上。当高大的铁道兵纪念碑呈现在眼前时，我的激情从打开的闸门里奔涌而出。这哪儿是纪念碑啊，这分明是一座展现大兴安岭精神的圣洁之塔。静穆中，我发现，北山公园除了郁郁葱葱的樟子松、落叶松、杨树、桦树和柞树外，还生长着一棵棵稠李子树。这是怎样的树啊，欣欣之木，不灭之躯。低调而随和，不显山不露水，平凡而朴素。大岭上，山林中，河岸边，它都不独揽秀丽，更不汲取过多养分肆意生长。早在远古洪荒时，它就适应了风饕雪虐，适应了寂寞与荒凉，它已将自己的根牢牢地扎在了大兴安岭的冻土中。

能在大兴安岭生长的树，都是坚强的树。寒冷的日子，稠李子树挨冻受苦，医天地之苦，疗四方之病。春风越岭，稠李子绽放容颜，终于回报大岭灿烂的笑。风吹，它落花；雨落，它结果。那娇嫩闪光的果，颗颗盈动，吹弹可破。它不仅黑得明亮，也甜得醉人。稠李子熟了。在父母操劳下，全家人很快摆脱了生活的艰难。我们兄弟几个先后成家立业，成为了对社会有用的人。

思春天有其涩，候秋天得其甜，稠李子到哪儿都不失本色。那年，我在湖北工作。母亲给我打电话："想不想吃稠李子？要是想，妈给你邮点儿去。"我脑子里一下子闪出那圆溜溜黑乎乎的豆豆来。我连说："妈，您可别邮了，怪难看的，让人笑话。"放下电话后我才反应过来。母亲这哪儿是要给我寄稠李子，分明是提醒我：无论走到哪里，都别忘大兴安岭，别忘生活在大兴安岭的爹和娘。殷殷切切，我终于在父母的召唤中回到这片哺育过自己的土地。湖北朋友问，好好儿的，干吗要调回去？我笑，一方水土养一方人，大兴安岭的稠李子怎能离开脚下的山和岭啊。

这些年，小城没少栽稠李子树。稠李子树生命顽强，栽了就活。斯是树的好运，也是小城的福音。稠李子熟了，不必入山入岭就可随处与其相遇。我与妻子在甘河公园散步。荫荫浓浓，树影婆娑，正走着，妻子用手指道：“瞧，稠李子！”路旁果真有一棵高大的稠李子树。它可比当年菜园子里的稠李子树高大了许多。那上面结的果也比原来的黑，比原来的亮。妻子在树下兴奋地采摘稠李子。我大声提醒：“洗了再吃。”妻子捧了一把稠李子，用纸巾擦出几粒让我吃，我摆手，可她还是塞到我嘴里一颗。我嘟囔：“你咋就跟那位‘稠李子’一样呢？”说完，赶紧抿住嘴里的稠李子。哎呀，只这一抿，它就化了。

稠李子熟了，乐坏了一群南方来的老知青。昔日里，他们把美好的青春献给了大兴安岭，献给了茂密的大森林。当年，他们曾在繁忙的生产之余，尽情采摘稠李子。有的在树下摘不过瘾，干脆骑到树杈上摘。手上攥着稠李子，嘴里吃着稠李子。有的男知青吃完稠李子，悄悄跑到女知青身后猛一咳嗽。女知青一回头，男知青一呲牙，满嘴的黑吓得女知青“妈呀”一声撒腿就跑。那时的岭上，到处飘着稠李子的香。收工时，知青们采了一盆又一盆稠李子，把它们储藏起来。天冷了，下雪了，封山了，知青们就会端出冻得莹莹闪光的稠李子，围在熊熊的炉火旁一口一口吃起来。此时的稠李子涩味已尽，只剩下悠悠的甜。吃着它，知青们仿佛回到了遥远的家乡；吃着它，仿佛见到了想念已久的爹和娘。

小街商事正红。蓝的是都柿，粉的是野草莓，紫的是山葡萄，那黑的，就是刚刚成熟的稠李子。我蹲下身，捏了一粒放入口中。润润的含着一种涩，那涩中还沁着几分甜。我情不自禁地感叹道：“这哪儿是稠李子，这分明是生活的滋味啊。”

第四辑　花儿黄

达子香

临近办公楼，一阵花香随风袭来。我精神一振，下意识向楼前的花坛望去。昨日下班时还没开的达子香，一夜之间已次第绽放。我欣喜地走过去，一朵一朵地欣赏起来。

初见达子香是随父母到大兴安岭安家落户后的第二年。大兴安岭的春天来得晚。家在县城边，不远处的山坡上除了斑斑点点尚未消融的雪，就是灰秃秃的林木。见我在门前怅然，母亲走过来说："这里有山有水有树，还有花儿，咋还不高兴？"我说："这里除了雪花，哪儿还有别的花儿呀？"母亲笑了："会有的，这么多的山，哪儿能没有花儿？"母亲可真神，没过几天，山坡上果真开起了大片大片粉红色的花儿。这些花儿就像新生的婴儿，努力睁开眼睛，新奇地打量这个世界。当我走到她们身旁，这些花儿都对我报以温暖的笑。这笑有多温暖啊，它让我年少的梦多了一缕芳香。

达子香是大兴安岭最普通也最耐看的花儿。她枝短叶小，花儿多为五瓣，粉红淡雅，花蕊细长。在苍茫的群岭中，她就像位女神，静美端庄，典雅大方。那几年，我们全家七口人，仅靠父亲微薄的工资度日，艰难可想而知。见父亲眉头紧蹙，母亲就劝："再苦的日子也要过，再累的路也要走。雪化了，达子香的花儿能不开？"母亲通情达理，总是支持父亲教好书育好人。母亲向来勤俭，每花一分钱都要精打细算。我理解母亲，她这不是小气，而是在帮家里减轻负担，哪怕这负担微乎其微。在孩子们的学业上，她却毫不吝惜花钱。我刚上初中时，心里老想买本《现代汉语大词典》，可一看定价相当于父亲一天的工资，就不再奢求。细心的母亲得知我的想法后，二话不说，领我走了五里多路赶到县城的新华书店硬是把词典买了回来。母亲说，只要为了学习，家里就是不吃不喝也要供你。母亲总是鼓励孩子们一心向善、一心向上，像达子香那样真诚，那样给人以温暖。见邻居张老太太粮食不够吃，母亲狠狠心，硬是把家里结余的半袋白面送了过去。母亲心地善良，这品质没有任何雕琢，就像达子香自然纯美。日子渐渐好起来，孩子们相继成家立业。本可以享受天伦之乐，可母亲却在达子香盛开时溘然离世。跪在母亲的墓碑前，我捧着大把的达子香，泪水簌簌流淌。母亲啊，您闻一闻，闻闻这花儿有多香!

春末夏初，山岭还萧萧瑟瑟，达子香已率先绽放。那盛开的达子香如母亲一般，默默地展现自己清新的美。她不畏严寒，也不事张扬。短暂的生命里，她甘于寂寞，把朴素的美全部献给了一山一岭、一草一木。母亲热爱大兴安岭，也热爱生长在这里的达子香。她生前常感叹，在大兴安岭生活的人都是好样儿的，能冒着严寒坚持为国家做贡献，哪儿是常人能做到的?达子香盛开时，母亲经常向山岭眺望。母亲知道，在她的视线里，一定有漫山遍野的达子香。达子香名不见经传，她不似牡丹富贵，也不似玫瑰娇媚，更没有桃花可爱。大兴安岭开发建设以来，达子香把自身的芬芳都回馈给了大兴安岭。这种回馈，无疑是一种恩泽，也使大兴安岭不再寒冷，不再寂寞。想着母亲，念着达子香，我不知不觉走到了北山公园。母亲在世时，北山公园尚能见到达子香，可后来随着游人增加，公园里的达子香几近匿迹。不仅如此，城区周边也难见达子香。若想欣赏达子香，非要到城区以外不可。看来，发展与保护缺一不可啊。看园人老张是大兴安岭的第一批建设者，退休后就志愿当起了这里的看园人。老张是我的忘年交，知道我喜爱达子香，一见我就喜滋滋地说：“达子香开啦！”啊，达子香开了，公园里还有达子香吗？老张看出我的疑惑，又补了句：“这两年保护得不赖，除了复活的，还有不少是后栽的，反正够你瞧的啦。”

北山公园深处果然有达子香。起初她们星星点点，没几天就连成了片。老张见我不再黯然，话也跟着多了：“现在这里的达子香没成气候，还要等几年。你不知道，大兴安岭开发那阵子，每到这时候，岭上岭下到处是达子香。花儿一开，整个人就跟蹚在花海里似的。”我问：“那时可以随便摘随便采吗？”“你得有时间呀！大家都忙着生产，哪儿有闲工夫采呀？”老张沉吟了一下，又说：“记得有个小伙子，偏要给连队帐篷里美化环境，采花入了迷，木头倒了都没看见。唉，可惜了！”老张有些伤感。不难想象，在那个年代，开发建设者们对美好生活该有多渴望啊。

越是艰苦，达子香开得越是美、越是香。与其说开发建设者们像达子香，不如说他们本身就是达子香。在大兴安岭，只有达子香堪称美丽使者。为了聚集美、奉献美，达子香年复一年激励和召唤着万千英雄儿女投入到大兴安岭开发建设中，达子香不仅使他们站稳了脚，为共和国支援了无数优质木材，还使他们献青春、献终身，为新时代林区发展提供可靠的人力保证。春回大地，沉寂了一冬的达子香就绽放开来，美了山，美了岭，美了所有人的心。“吃水用麻袋，开门用脚踹，男女同穿戴，五黄六月吃干菜……别看条件苦，精神很愉快。”老张动情地唱出声来，我的眼睛有些模糊。当年开发建设者们的乐观精神同母亲身上的品格该有多像啊。时下，总有人唱衰东北，唱衰东北经济。一时消极言论甚嚣尘上。难道唱衰者就不知道，在他们妄加评论之时，大兴安岭还有数十万儿女正忠诚地坚守着自己的家园吗？不要以为达子香只惜春，要知道，早在严寒时节，她就踏上了奉献的征程。任饕风虐雪，她坚强生长，默默积蓄美的能量。哪怕风一阵强似一阵，雪一次比一次狂，也囚不住她生命的灿烂。一绽放，她就全身心把生命点燃。在点燃生命的过程中，她迎来了无限的春色，还有群岭上丰沛的光。

寂寞的不再寂寞，荒凉的不再荒凉。大兴安岭是宝地，过去是，现在是，将来还是。哪怕风料峭了山岭，达子香依然闪动着明亮的眼，把大美兴安照亮。我热爱达子香，她身上有母亲的风格，更有大兴安岭特有的芳香。我怀念母亲，也倍加热爱达子香。这种热爱，是对母亲，对大兴安岭精神最朴实的颂扬。

牢记一种美，是为了激发更多的美一同绽放。拾阶而上后，我来到北山公园最高处。老张说："这两年大家都重视达子香了，很少有人去乱采乱摘。"清风徐来，公园里散发出馥郁的香。"达子香在唱歌呢！"我有些情不自禁。见老张疑惑不解，我又道："花散香时就是在唱歌。"说完，我笑了，老张也笑了。达子香真的在歌唱，她唱得是那样轻柔，那样舒畅。在她的歌声里，大兴安岭万木复苏，天蓝路广；在她的歌声里，万道霞光穿透苍山峻岭，挥就豪迈诗章。

"瞧，那边的达子香开得更好！"顺着老张手指的方向望去，数十里外的映山红滑雪场，各路滑雪健儿正开展训练。在他们附近，漫山遍野的达子香正如火如荼竞相怒放。

大白山

大兴安岭有座名山，它有顶无尖，体高态峻，南陡北缓，西高东低，半山以上浑浑圆圆，积雪难融，皑皑呈状，故曰大白山。

车出呼源小镇向西南行驶不到十分钟，大白山就赫然映入眼帘。我总认为，在大兴安岭不会找到太高的山，一般来说几百米高就算不错了。那首《走上高高的兴安岭》写得也不够确切。大兴安岭咋是高高的呢，把“高高”改成“绵绵”还差不多。在湖北那些年，经常有人问我：你们的大兴安岭高吗？我解释说没多高，一般都是几十米到几百米，没有太高的。可眼前的大白山，海拔明显超过了千米。算我孤陋寡闻吧，算我轻视了大兴安岭的山。不挑战一下大白山，就白在大兴安岭待了。走近它，走近它，我大步地向大白山走去。

大白山不是一下子陡起来的。山脚下一条两千余米的简易栈道平稳地往山上铺，它缓缓的，走在上面很轻松也很舒服。不说女人走在上面多出款款相，单是男子走在上面也会多出一分风雅来。这种感觉没多久，栈道就走完了。而山却也忽然有了坡度。刚才的树还是高大挺拔，可往上走，树的躯干与姿态都发生了变化。大白山的树像苍苍的老者，历经风霜却富有思想。山道越来越窄，两侧的林子越来越密。落叶松、樟子松、杨树和桦树等树木拥拥挤挤，姿态万千。山高必难攀，山高树难伐。要是每座山都这样高，我想大兴安岭的树木还会密一些、多一些。攀着攀着，高大的树渐渐少了，低低矮矮的树已不是一棵棵，而是一丛丛的了。乍一看，它们就像一盆盆静态的景。这就是偃松灌丛和赤杨偃松灌丛。这些低矮的树在渐起的坡上不似长着，倒像给山坡披了一床被。它们互相较着劲儿往上长，在山石突兀处不停地迎送风雪，沐浴星辰，即便少了勃勃生机，却也着实耐看。

大白山树茂石盛。石盛之山，要么有花岗岩，要么有火山岩，而大白山二者均有。藏也罢露也罢，凡有裸石，其貌虽苍然，却无奇丑之状。即便喜爱收藏石头之人来此，也难提起多大兴趣。要是有玉石该多好，我想。可大白山真的不产玉石，倒是有人在河滩上拾到过玛瑙原石，加工后其形才奇，其状才怪。山路向上，树渐渐稀疏起来。林间裸露出大大小小的岩石，白的、黑的、黄的、褐的，散散乱乱。一块块如风化了的魂、湮没了的躯，又似断了的刀、挫了的锋。蹲下身拾起一块石头，凉凉的冷，暗示大白山上有雪未消融。寻雪，雪一定在乱石上方。石上有寒意，寒意养冰雪。雪还真的出现了，不是那一捧一捧的形，而是成了银块块、银坨坨，白得让人心动。大白山真的快成银山啦。正涌起一分欣喜，四下却起了雾。起初那媚着的阳光，也渐渐消失了。

大白山的云雾是出了名的美，很多摄影爱好者常以拍到大白山的云雾而得意。云有形，雾无状。大白山的云雾出于林没于林。云起时，雾敛在林中。一旦时机成熟就涌出来，白团团的，伴云一起在山腰游动起舞。我在云雾间行走，山路却逼逼仄仄。坡有些陡，额上的汗多了起来，却无热感，温度与高度向来成反比，大白山也不例外。越往上攀，身上越觉得冷。刚上山时，还是一件 T 恤，现在只好将外衣从背包里拿了出来。背着和抱着一样沉，能穿在身上就绝不背在身上。雾起起伏伏，一团一团，一片一片。所有白的石，白的雪，都笼罩在银白的世界里。陷入跌跌宕宕的雾里，我的思绪渐渐缥缈起来。

天晴山有风，天阴山有雨。在大白山上赏树、赏石、赏雾、赏雪，都不如感受一场突降的雨。正想着，天真的下起雨来。雨“啪啪”地打着树敲着石，似在吟一首快乐的诗。我从背包里拿出折叠伞，撑起时雨就大了。高山有本性，不沐风雨也难成高山。换一句话来说，能在高山上感受雨的垂落，也是别有情调的事。雨中的我，在景色中不知不觉地醉了。慢慢地攀，浅浅地醉，一把大伞在山上攀，树摇一下，伞摇一下。整个人都入了画。山路却越来越陡，越来越泥泞。爬山不怕高，就怕心情糟。要是心绪不宁、心情不佳，那就惨了。腿弯身弓就着陡的坡，毁掉了诗情画意，也糟蹋了一路行程。庆幸没选择南坡，南坡比这北坡还要陡，倘若选择南坡，即便心绪再宁、心情再好，恐怕不及山腰，就要打道回府了。这样想着，脚下又轻松了许多。

春经风，夏经雨，秋冬满雪峰。作为伊勒呼里山脉的主峰，这些年，大白山就像一位走红的明星，知名度远远超过了自有的高度。岭内岭外的游客除了乐于观赏，还多了一份挑战的动力。能登高不是问题，问题是登高后能否像高人一样也有了高度。贾平凹是真正的高人，他登山多，比如太白山；我不善临高，登山少，比如在大兴安岭生活这么久了，至今才上大白山。贾平凹有太白山，他是贾平凹；我有大白山，我还是我。登完了大白山，咱再去登太白山吧。这样想着，情不自禁地笑了。雨却歇了，在雾的衬托下，大白山就像一幅水墨画。吸一口新鲜的空气，我彻底地醉了：贾平凹，我在您身后亦步亦趋，不知能否跟得上，倘若真的跟不上，您也不要笑我这个不太合格的登山人了。

几只大鸟从林中飞起，鸣叫几声后向远处飞去。原来是飞龙鸟。大白山多禽多兽，兽有黑熊出没，野猪乱行；禽有松鸡掘地，飞龙腾空。飞龙是鸟，貌似鸽子，头小，颈短，胸凸，脊平，趾有鳞如龙爪，故得此名。飞龙鸟味美肉鲜，清末曾为皇家贡品。既然是珍品，也就难逃遭捕杀的命运。那些年一入冬，一些人就进山捕杀飞龙鸟。一天下来，多的能打下来几十只、上百只。有一段时间，大兴安岭的飞龙鸟几乎被捕杀殆尽。近水知鱼性，近山知鸟音。因山高路远，大白山就成了飞龙鸟匿身的最佳去处。可随着路况不断改善，大白山也不安宁了。好在没过多久，国家对野生珍奇动物加大了保护力度，大白山上的动物们都过上了安生的日子。

山一程，路一程，气喘吁吁上山顶。在登上山顶的一刻，一道阳光穿过云层映到我的脸上，像是为我点赞。大白山真是一座美丽的山，它南依大平原，北连大林海，在伊勒呼里山脉上就这样轻轻地一卧，俨然成了岭上的岭、山上的山。其高有云雾飞，其低有河流过，滋养四下树与林，造福一方人与物。如此有意蕴的山岂不是神山？阳光渐渐增强，亮亮丽丽冲散了成团成片的雾。脚下延绵起伏的群岭，像大树脚下的根须自豪地盘亘着。任万千的树呼风唤雨，任百条的河流淌奔忙，大白山真的就鲜活了起来。山顶一侧，一座坚实的防火瞭望塔正忠实地矗立着。在高山之巅，还有如此高大的塔，岂不是高高在上览风光的写照？我要登上这座高山顶上的塔，在云蒸霞蔚中把所有的风光一网打尽，满载收藏。

那夜，提笔作诗几句：

北国有高岭，名曰大白山。登高可望远，入境知岁寒。挟木于坡上，持态在云端。览尽人间色，方知是兴安。

写完，掷笔一旁。早年若专攻诗词，兴许已成李杜级的大师矣。妄想之余，我已笑出了声。

菜墩儿

生活在大兴安岭，谁不知道菜墩儿啊。憨憨厚厚，敦敦实实，自打从山林中跑到厨房里，它就成了精。

那年，我从湖北调回大兴安岭，母亲从200多公里的塔河赶到加格达奇，没带别的，手里拎的就是菜墩儿。在南方待了八年，厨房里切剁都用竹料砧板，既别扭又累手。曾在电话里和母亲说起这事，母亲只是一个劲儿地劝慰我入乡随俗。入了乡却难随俗，最终还是打道回府。没想到，一回大兴安岭，细心的母亲先给我拎来这个特殊礼物。

小时候，家在农村。家家日子过得都很清苦。但是再清苦，每家都有个菜墩儿。1982年春，随父母到大兴安岭，原有的菜墩儿一下子获得了解放。大兴安岭木材丰富，能做菜墩儿的原料自然多得很。那截好的菜墩儿又大又结实，上面的年轮有的都近百圈，那一圈可就是一年啊。大兴安岭树茂林密，树龄都很长，棵棵长得瓷实硬朗。柳木啊、椴木啊，站着蓊蓊郁郁，沧沧桑桑，锯倒后观其断面，同心环间无赘肉，年轮层次递进分明。任你揪着眉毛扯着胡子转圈看，咋看咋是做菜墩儿的好材料。

叮叮咣咣，一日三餐，小到白菜土豆，大到排骨牛肉，管它千切万剁，刀砍斧削，菜墩儿都来者不拒，毫不畏惧。刚到大兴安岭时，有学生来家找父亲补课，看到母亲在清洗一个七凹八凸的老菜墩儿，就二话不说跑回家，拎来一个又大又圆、平整结实的菜墩儿。身为教师的父亲说啥也不要。见那学生尴尬的样子，母亲端来一盆从老家带来的黏豆包：“孩子，这是大黄米做的，给你爸妈尝尝。”学生嘟囔着：“一个菜墩儿也不值啥钱，我爸从山场弄回好几个呢。”学生说的一点不假，那时的大兴安岭，谁家也不缺菜墩儿。有的人家存了几个，甚至十几个，用了一年半载，见墩儿面不平了，就扔到炉灶前当了烧柴。

不消菜的色，不沾肉的腥，菜墩儿有着山里人的质朴和山里人的坚强。成墩儿前，它在荒凉和沉寂中迎风斗雪几十年，甚至上百年；成墩儿后，它又放下身段在灶房里将生命的芳华展露无遗。那些年，大兴安岭的菜墩儿没少外流。山里人朴实，走出大山就想表达心意。左提右揽，不管人家是否喜欢，总要相送几个。大兴安岭的菜墩儿结实耐用，就连远在几千公里外的湖北人都知道：在菜墩儿上切菜，发出的声音比在砧板上切菜有节奏感。可大兴安岭的菜墩儿在湖北却很难立足。初到湖北，我带了几个菜墩儿送人。不久发现，人家依然用砧板切菜，那菜墩儿却不知去向。我心里嘀咕，却不便询问。没过多久，家里的菜墩儿居然长了毛。这才恍然，原来北方的菜墩儿不适合南方的潮湿环境，几天不用，都能长出“绿叶”来。于是，被迫更换砧板。竹木砧板比菜墩儿轻快，可轻快不等于好用，那切菜时发出的声杂沓苍老，听了让人心慌。妻子在砧板上剁排骨。一刀下去，“咣当”一声，砧板弹了起来，一大块排骨掉在了地上。

喜欢用菜墩儿，喜欢它的自然，更喜欢它的敦实。大兴安岭木材好是好，可并非啥材料都适合做菜墩儿。有好樟子松之俊美者，爱之成瘾，满屋子家具都是樟子松做的。感觉还不过瘾，又弄来樟子松料的菜墩儿。初次使用，就急不可耐地剁馅儿包饺子。饺子馅儿够鲜亮，却满满的松树油味儿。大兴安岭河岸边多生长一种落叶乔木，有白桦的姿态，有鱼鳞松的衣衫，躯干为褐色，枝条深红，有“兴安报春使者”美誉，俗称红毛柳。红毛柳做菜墩儿好是好，可经不住长期采伐，日渐稀缺。因护河能力强，国家将其列为三级重点保护植物，一些人只好退而求其次，打起了普通柳木和柞木的主意。即便如此，林业管理部门也不让伐了。

俗话说，三分炉灶七分墩儿。任你厨艺高超，任你食材绝好，没个平实舒展的菜墩儿试试？朋友有表弟叫猛子，人长得膀大腰圆，粗粗拉拉，却为国家二级厨师，厨内刀工十分了得。中不溜儿的土豆，在猛子手中去皮，斩成片，“唰唰”作响如雨落竹林。顷刻间，一捧土豆丝在菜墩儿上丝丝如发，码得板板正正，不散不乱也不断。几年前，饭店老板交通肇事被抓，饭店关门歇业时欠猛子一个月工资。老板娘要给猛子打欠条，猛子摆摆手，走进灶房里把平时用的红毛柳大菜墩儿拎了出来：“工资免了，把这个给我吧。”这个红毛柳菜墩儿猛子用顺手了，人有了感情，菜墩儿也有了灵性。而后，不管猛子走到哪儿，风光也好，颓唐也罢，他都不嫌弃不放弃这个红毛柳大菜墩儿。而红毛柳大菜墩儿也很争气，任切砍剁砸，都面不改色，硬是支撑着猛子翻过了一道道坎儿。去年，猛子当了饭店的老板。开业那天，猛子将这个陪他征战南北的菜墩儿洗得干干净净，挂在了饭店大厅中最显眼的位置，与供奉的关二爷和财神爷享同等待遇。

天下炉灶，菜墩儿功不可没。有那么一阵子，我每每在餐馆吃饭，总要装作不经意的样子，瞧瞧人家厨房里的菜墩儿。弄得人家以为我是暗访卫生的，服务态度立马热情起来，那菜码也大了许多。当然，也有的把我当成偷艺者，险些挨揍，不说也罢。菜墩儿要用好，还要保养好，而保养却是一门学问。善良勤快的母亲干啥像啥，用啥爱惜啥。一个好菜墩儿，在母亲手中一用就是十几年。对保养菜墩儿，母亲自有妙招。什么“新菜墩儿要用盐水浸泡两天再用”，什么“别可一个面上切菜”，什么“每次用完要及时清洗”等。别说，经母亲这一保养，那菜墩儿还真的结实耐用，且越用越好用，还不干裂。

自打猛子当上老板后，那被奉若神灵的菜墩儿却不知啥时开裂了。猛子就像自己的肉被人割了似的，放下大老板的派头，亲自上阵刷洗和浸泡，直到索性给菜墩儿安上铁箍为止。猛子的菜墩儿是红毛柳的，这种木料并不值钱，话说回来，值钱的菜墩儿也很难见到。听老辈人讲，黄菠萝料的菜墩儿最值钱。黄菠萝虽喜阳光耐严寒，大兴安岭却不常见。父亲曾在呼玛河岸边的灌木丛中弄回两根匀称的黄菠萝杆，爱不释手，后都做了锹把。这锹把可真结实，一用十几年，铁锹头都烂了，锹把完好无损不说，还磨得锃光瓦亮。小时候曾在黄土山上见过黄菠萝，只知它是做锹把和镰刀把的好材料，却不知它生长的艰难。人们哪儿有耐心考证黄菠萝的生命啊，为了一时之需，便迫不及待地将它据为己有。真要是把它保护起来，让它长粗，那可值老鼻子钱喽。不说做家具，单说做菜墩儿也够稀奇的。祖父生前说，乾隆爷下江南，御膳房里的菜墩儿就是用黄菠萝做的。

周末，有南方文友来电话索要大兴安岭菜墩儿。我爽快答应，立即到城区农贸市场一通转悠。哪儿还有菜墩儿的踪迹啊！向商家询问，答曰："现在谁还去林子里截菜墩儿啊？不蹲'笆篱子'才怪。"不死心，又跑到各大超市探究，不觉大长见识。超市里各式各样时尚的砧板，一字排开，接受我的检阅。我问服务员有无菜墩儿，服务员说，这些还不够你选的？我说，这个怕要弹起来吧。服务员笑答："厂家都处理过了，不会乱跳的！"哈，连砧板也踏实起来啦。

回家路上，我给文友打电话，说大兴安岭不产菜墩儿了，谁要再锯菜墩儿肯定受罚。文友问，那你家用的啥？我说，当然是母亲生前留下的菜墩儿啦。那不是菜墩儿，那是我的念想。刚进家门，我就兴奋地说："媳妇，咱家的菜墩儿快成绝版啦，你可得仔细地用啊。"

有关雪的散碎印象

雪　歌

我盼望下雪，就像盼望一个盛大的节日。

终于下雪了。轻轻拉开窗帘，雪花在窗外飞舞着，就像我那飞舞的记忆，肆意而浪漫。终于可以把雪的莹洁放在口中细细品尝，终于可以在雪的世界里感悟大自然冰凌般的味道，也终于可以在雪的世界里放声歌唱了。

我没有淡忘雪的色彩，也未曾淡忘雪的姿态。银装素裹，洁白如云。景色装点如梦如幻，气息清凉沁人心脾。我记得雪的模样，就像记得我的老朋友；我记得雪的模样，就像记得我童年里的时光。真的，只有雪的色彩简简单单，只有雪的生命无牵无挂。飘荡后，沉寂下来的不是雪，而是整个世界。在雪降临的瞬间，整个世界多了一份沉寂，少了一种期待。空中的雪飘飘洒洒，自由自在。降临大地后，雪却多了一份责任。它来到了这个世界，并未打算改变世界原有的色彩，也并未打算长期占有这世界上的一丝空间。只因这世界本来很喧闹，因雪的到来，天地间却多了一份寂寞。

其实，清白的总有些冷，雪也不例外。外面的世界很精彩，外面的世界很洁白。一个人可以做到踏歌起舞，却不见得能踏雪而歌。雪是一种奢侈的礼物。不见得任何地方都能获得一场雪，不见得所有人都能欣赏到一场雪。不知不觉，城市、乡村，平原、山区，都被雪装饰一新。在雪的点缀下，群岭、山坳，公路、街道，一切的一切，似乎多了一道耀眼的光。我痴痴地欣赏着、品味着，直看得雪使山川手舞足蹈，直看得雪使江河不再奔流。雪飘飞着，我的心在空中舞动；雪飘飞着，我的心在空中歌唱。哦，白茫茫的滋味里自有白茫茫的芬芳。

我珍爱雪，就像珍爱梦中的姑娘，就像珍爱即将逝去的青春时光。这雪让我的浪漫更加晶莹，这雪让我的纯真更加悠长。我是雪的弟子，我是雪的儿郎。在这奔腾的雪国里，我有如雪般的羽翼，我有如雪般的衷肠。我怎能把雪抛弃，又怎能把雪遗忘？天地造物，自然给予了我生存的空间，也教会了我如何去歌唱。风、雾、雨，还有这皑皑的雪，都足以令我感动不已，又无限遐想。春夏秋冬，总还有洁白的时候；滚滚红尘，总还有一尘不染的记忆和弥足珍贵的馨香。

我喜欢收藏雪，我喜欢记录雪。我收藏雪，其实就是在收藏人生的光，就是让生命开花，精神绽放；我记录雪，其实就是焕发一种光彩，就是让灵魂自由飞翔。降临时赤裸，离去时孤独。生与死的道理，朴素而简单。一个人该有雪的气质，该有雪的胸怀，该有雪的轻松，更该有雪的洒脱。若如此，行走在雪的世界中，就敢和世间所有的凡尘斗争，就敢和世间所有的冷漠较量。我始终坚信，这个世界还有很多是干净的，除了这雪以外，还有一切美好的理想，一切真诚友好的善良，以及冰清玉洁的希望。真的，在雪的映衬下，人间的欲望不可泛滥，更不该有交换的市场。走下去，把雪来记载；走下去，把雪来收藏。一种景色，就是一种人生态度；一种景色，就是一种人生境界。

我的态度不会因雪而冷漠，我的真诚只会因雪而荣光。雪歌一曲，激情在雪中燃烧，生命在雪中绽放。

雪 路

大雪降临后，路就不再袒胸露骨。

山也寒了，水也瘦了，而雪后的路，怎么看都有些臃肿。当然，石阶也好，小径也罢，都是路的延伸、路的换装。

雪成了路的财富，路却痛苦不堪。毕竟路是大地的一种标记，却因雪的覆盖和遮掩而少了许多优势，甚至被搞得面目全非。但雪终究不会让这路走失，更不会让这路沦丧。雪是没有恶意的，它不会因为自身生命短暂，就蓄意制造一种混乱。它是为了洗涤路面上的所有风尘，才这样甘于沉沦，才这样义无反顾。

我始终相信雪是有声音的，否则，你踩在雪路上，脚步怎么能那样同声调地歌唱？真的，对于路而言，雪不在于色彩，而在于旋律。有人喜欢走宽阔笔直的路，有人喜欢走蜿蜒通幽的路。对于路而言，什么人走不是重要的，重要的是要有风格，要有品性。我理解路的良苦用心。毕竟，有的时候路所承受的责任要比雪大得多。特征流失，风韵尚存。雪和路浑然一体，其优美之态如飘带，像银蛇，似云梯。弧线多么流畅，又多么鲜明。没有不凡的轮廓，哪儿有流畅的美和独特的媚？

有雪路的地方，往往获得幸运，伴随吉祥。雪路的终点可以构思，雪路的起点却无法省略。选择一条雪路，目的不是为了行走，而是使自己融入一个清新的世界。无论怎样，在雪路上行走，纵然阻力再大，终能使你轻松。

雪路是一种存在，是一种姿态，更是一种象征。有了雪路，天和地就有了传送福音的媒介，就有了沟通信息的桥梁。雪路尚未成形时，天对地而言，高不可攀；地对天而言，难以驾驭。雪路一旦呈现，天和地合二为一，融为一体。天地成了一个世界，一篇秀美的文章，自然有人爱分享。

其实，雪路是准备一次奉献的。没有再好的形式，比在雪路上留痕更鲜活。一行行一串串，简简单单却奥妙无穷。有了雪路，大自然的思想变得清纯；有了雪路，人世间的道理变得更加明朗。路多了一份冷清，尘埃却不再嚣张。不知不觉，你会发现雪路富有哲理，即便思绪不够清晰，也还顺理成章。雪路培养诗人，成就哲学家，更能塑造史学家。在雪上记下一分公正，路就会多出一分圣洁，天地之间就会留下一片清白、一片希望。

雪路的价值不在于行走，而在于欣赏。雪路不是沙漠，不是绿洲，不是海洋；雪路是白帆，是羽翼，是月光。与音乐合奏，雪路就是一首轻灵的歌儿；同烈火燃烧，雪路就是一片灿灿的霞光。在雪路的搀扶下，即便经常跌倒，你也不会遍体鳞伤。雪路使弱者充满自信，雪路使强者更加坚强。

走上雪路，你就走上了一条圣洁荣光的路。

雪　桥

我走过很多桥，独于雪中过桥尚属首次。

这世间也没有谁会无端地拒绝桥。纵然你有再多的阳关道，在桥的面前，你都会放慢脚步，甚至驻足停歇。桥自有桥的轮廓，桥自有桥的体态，桥也自有桥的诱惑。或直或弯，或平或隆，不同形状的桥，都能为你架起一道希望，为你拼出一片光彩。雪桥的诱惑力不仅源于桥的本身，更源于身临雪的世界。桥因雪而淡然，因雪而刚毅。雪中的桥，不仅有着坚强的体魄，更多出无限的魅力。

在雪桥上品味哲理，感受人生，会收到意想不到的效果。没有雪的桥是乏味的，没有桥的雪则是单调的。雪桥重在一个雪，过桥重在一个心情。心绪不宁，心境不佳，你就是走过再有魅力的桥，也会索然无味。

在这种情况下，你的视线变得模糊，焦点变得散淡，重心就出现了失衡。迷蒙中，一种莫名的惆怅从雪中袭来，从桥上涌动。纵然桥的弧线多么优美，多么有韵味，你也会感到一切都是那样轻飘飘，那样白茫茫。在雪桥上，要平静，更要平和。雪塑造了桥的清冷，桥汇集了雪的灵性。我未悄悄过往，这雪却纷至沓来；我不是匆匆过客，这雪已成为一种厚重的生态。我不会忽略桥上的景，我要时刻关注雪中的态。

有桥皆图画，无雪不诗文。驻足风雪桥上，心境豁然开朗。桥有时很孤独，尤其是在下雪的时候。雪自有雪的飞扬，桥自有桥的积淀。在雪的弥漫中，桥的身姿越发显得婀娜；在桥的呵护和衬托下，雪似乎在瞬间平添了一种柔情。透过茫茫世界，向远方望去，感触顿生。天下最难做的文章，除了支离破碎的记忆外，就是这在桥上飘飘洒洒的雪了。在这样的境界中，桥自然是画的龙眼，雪自然成了诗中的韵。慷慨挥洒，景色壮观。桥入了画，雪成了诗。

“寒花带雪满山腰，著柳冰珠满碧条。天色渐明回一望，玉尘随马度蓝桥。”（唐元稹《西归绝句》）古人在桥上赏月，我则在桥上赏雪。荡扬洒脱的雪，清冷孤傲的桥，结合在一起，自然生出无穷的浪漫。飞扬飘逸的花朵，在桥上留下的是同一种情绪、同一种独白。苍茫万物，人生百态，雪中尽情飞舞的，不是生命的璀璨还会是什么呢？倘若你稍不留神，你那灵感、你那思绪就会稍纵即逝。当然，这不是雪的过失，也不是桥的过失，这只是大自然留给雪桥之伏笔、之悲哀罢了。赏雪在于角度，感受桥则在于品性。即使雪停了、雪化了，我也要珍惜它。毕竟，没有这座桥，我就无法欣赏到这么美的雪。

雪桥是一个梦，雪桥是一首歌。雪与桥相互依存，秀美一身。在桥上赏雪，兴致无限；在雪中品桥，回味悠长。

岩石上的画

那年秋天去西戈采山，我第一次见到了岩画。

西戈位于大兴安岭腹地，山高林密、石奇壁峭，呼玛河蜿蜒而过。顺着逼仄的山路艰难行走，待登至山之顶，一道面南背北的石崖赫然矗立。正午的阳光暖暖地洒在崖壁上，斑斑驳驳中一幅幅暗红色线条组成的图画隐隐现现。其画有树木，有花草，有虎狼，有野猪和狗熊，也有人物，几无装束，持弓射箭，头上还有圆圆的太阳、弯弯的月亮，各自独立而又成一体。我很好奇，初以为哪家顽童采山时用画笔随意勾勒而成，待上前用手拂拭，却又积尘簌簌而落。再观看，只见其画流露出一种朴素，粗犷中散发出苍凉。试着擦，却未有一丝变化，完全是久经岁月打磨的品相。

回家后，我把在石崖上看到的画说给父亲听。父亲沉吟片刻说："你看到的可能是岩画，是远古时代的。"我惊讶不已，难道远古时期大兴安岭就有了人类？父亲说："咱们刚来大兴安岭时，老校长说过，别看咱大兴安岭荒凉，一万年前就有了人类。有人类生存过，就一定会留下这样或那样的痕迹。"父亲说的老校长，喜好考古，对大兴安岭历史挺有研究。看来，这片被古人称作大鲜卑山的神奇之地，不仅是拓跋鲜卑入主中原的龙兴之地，还是远古文明的发祥地。我见到的这些岩画，哪里是什么简单的画，分明是大兴安岭历史变迁的佐证。

在那样寒冷还那样遥远的时期，居然就有了人类，真不可思议。我忽生奇想，远古时期的大兴安岭或许还是古人类的繁华处呢，就相当于现今的沿海城市。你看，能弄出这么多的画来，说明他们很乐于集会，乐于崇拜。否则，西戈岩石上就不会画有太阳神和日月星云了。在湖北，有朋友和我讲荆楚大地的历史。我说，我们大兴安岭的历史不比你们这里短，你们这里有人类时，我们那里也有了人类。我心里还有一句话没好意思说：我们大兴安岭人从古至今都不怕冷，不仅能在地下留下生命的痕迹，还能把遥远的画留在石头上给现代人欣赏。

躺在床上怎么也睡不着。发现是探索的开始，探索是研究的必然。不是吗？大兴安岭岩画不说遍布每道岭，但从南到北已发现不下几十处遗址，能供人观赏的就达两千余幅。这些岩画，线条多为淡淡的红，绘制方向大体一致，内容千奇百怪，除了前面提及的内容，还有不少祭祀场面。不仅画里有，而且岩画一旁也多有平整的场地，小的能容几十人，大的可容几百人。一旦需要祭祀，必是手臂叠影、呼声震天，其形、其状、其音、其效自然与山林石木相融合。我深信不疑，远古人虽身处蛮荒之地，崇天拜地敬仰神灵之情却最朴素也最直接。

20 世纪 70 年代，有个叫赵振才的考古学者，曾两次到大兴安岭考察。当他在密林深处的石崖上发现红线条的岩画时，如获至宝。根据考古经验，赵振才很快得出结论：早在远古时代，大兴安岭就有了人类。大兴安岭地盘大，面积相当于一个浙江省。俯瞰全境，其貌绵绵延延，凸凹起伏。每一道岭，都弧线舒缓，风采俊秀。有云雾有雨雪，有寒冷也有热火。千道长岭孕育万种风情，时光环环星云飘飘，大兴安岭那些画在石头上不仅没褪色，反而在文明时代里散发出熠熠的光。为了探寻岩画遗址，国内外一些岩画专家、学者和岩画发烧友，经常成群结队徒步到深山密林。有时，一来一回长达数月之久。岭与岭之间，低低洼洼狭狭窄窄，想找一块儿平坦宽敞的地方都难。偶有河谷宽阔，却蜿蜒分流。在这样的环境里想探到远古时代的遗迹，无疑大海捞针。可千真万确，那些岩画就散落其间。森林也好，湿地也罢，遇河流得过，遇巨岩得攀。除了山岭纵横、树密草深外，还有蚊虫叮咬、野兽出没。山山水水沟沟坎坎，淫雨飘零寒风吹彻，万千艰辛都抵不住那些岩画所发出的诱惑。

早闻北山洞岩画考察奇闻，遂决定前往探求究竟。大兴安岭呼中区碧水镇西北约两公里有北山，高数百米，几近陡峭。一旁的呼玛河哗哗作响，在不远处打了一个弯后奔流而去。近观加远眺，我仿佛蹚在历史文化的激流中，万千思绪成浪花奔腾向前。往山上攀行，待至山腰处，一形似三角的狭窄洞口裸露于眼前。此洞，就是震惊岩画考古界的北山石洞。石洞里面黑漆漆有些森然，让人望而生畏。那年，由国内岩画专家学者组成的考察队，小心抑或说是虔诚地进入北山神秘洞穴。在灯光投射下，一个能容纳数百人的洞穴呈现在队员眼前。石壁上，石头上，星辰日月，花草树木，飞禽走兽，人物劳作，祭祀场面，以及各种神秘符号，比比皆是。考察队员们激动万分，都瞪大了眼张大了嘴，看得口干舌燥，看得如醉如痴。意外的发现，又添了惊喜的收获。除了岩画外，考察队员们还在洞内发掘了大量的石片、石核、石叶、石镞、水晶料、玛瑙珠、玉石等，尤其是对于一枚青玉刃的发现，让大家兴奋不已。这是远古时代非常罕见的玉器，两面起刃成弧形，上面居然还带着包浆。若将此物视为那个时代的“镇岭之宝”，我看一点儿也不为过。

在考古界，都知道碳 14 测年法。此法，主要依据研究对象上沉积的碳酸盐物质，了解其尚存的碳 14 含量，再推算出有机物死亡的年龄。据说此法可追溯到几万年前。这就够了。几十万年前的不研究了，咱只研究几千年几万年前的。通过测量考察，最终得出结论：北山洞穴中残存的岩画年代久远，时间跨度为一万年左右，为新石器时代遗迹。

风吹不散，日晒不干，任无数时光成圈绽放，石头上的画仍然可见。我曾向时任地委宣传部文化产业办主任的牟海军请教岩画弥久尚存的原因，牟海军说：“这是远古人将一种叫赭石的矿物质碎成粉末，再加上动物的血调制而成的。”怕我没明白，牟海军又补充了一句：“赭石是远古人比较常用的染料。”哦，原来如此。远古人不仅情商发达，还很有智慧。说心里话，起初见岩画，给我的感觉就像小时候用粉笔在村西头土墙上画的画一样，十分稚嫩，有时还令人忍俊不禁。可作为万年之前的画，再笨拙，再简约，在当时也是一种较高的艺术表达。动作的嘁哩喀嚓、语言的哦哦啊啊、歌喉的吼吼哒哒，总比不上画上去的鲜活生动。何况，那个时代能有资格在石头上画画，也不是件容易的事。至少要由部落或族里的艺术人才来绘制，而且是那种没有污点、深得大家信任的才行。

站在岩画前，我感慨不已。早在万年之前，岩画就成为人类特有的文化交流方式。换言之，看似原始气息最强的大兴安岭，文明之火却早就被点燃了。一个地方繁荣发展，总比落后冷清要好得多。万年前的大兴安岭是什么样？肯定很原始很荒凉。人口多少不计，但居住得肯定很分散。一万多年过去了，大兴安岭的人口数量也不算多，三县四区总人口加在一起，也才几十万。除去偏远、冬季寒冷等因素，人口少的原因还得要深深探究一下。没有人气，林子再密，岩画再多，也不能说生机无限。

画在岩上，图已入脑。那年春节，我从湖北回黑龙江过年，和父亲又谈起西戈偶遇岩画的事。父亲说：“这是你发现了的。没被发现的，藏在犄角旮旯里的不知还有多少。林子大了，靠人去察，啥时候能察个完？”岁月漫漫长长，一幅画一串符号，藏在岭间画在石上，隐在丛林里和洞穴中。没有时光隧道，没有穿越神功，不焦不虑，静静地等候着一种探索和发现。多么希望，我们的岩画考察者们不放过每一处岩石，不遗漏每一个可能有岩画的地方。通过细致的考察，好让大兴安岭的万年史清晰再清晰，让世界都知道大兴安岭远古人的生活原貌，了解他们的文化、风情与习俗。我们难以预测人类未来的发展，但转回身，我们还是可以在史海尘沙中捞出一些逝去的痕迹。

那天，牟海军在朋友圈里转发了某科技公司进行岩画数据采集和地理信息测绘的消息，读来精神为之一振。全站仪、无人机、高清相机等都用上了，真是太好了！对记录图、照片影像和空间数据的完美利用，已将岩画的三维镜像完美地呈现给了世人。

可惜，父亲不在了。若在，他定会因此多出一份快乐。

塔头甸子

那是凝的形、固的态，一团一团相拥相抱。暖了，就衬得春光美；冷了，就冰得天地凉。

车出加格达奇，顺着加漠公路一直向北行驶。两侧掠过的，除了成片的树林，还不时闪出一片片低洼地。低洼地上嵌着众多似小丘的馒头包。这些馒头包顶茅立草，大小不一，可谓鳞次栉比、错落有致。这些馒头包连起的洼地，就是大兴安岭名不见经传的塔头甸子[1]。

未到过大兴安岭的人，很难想到大森林里还有塔头甸子。我不知道大兴安岭的塔头甸子是怎样形成的，但既然形成了，就肯定有其存在的理由。这些塔头甸子不比草原上的广阔，若是把它们累积起来，却也坑坑洼洼占了不小的地盘。塔头甸子形貌简单，一丛丛，一片片，一团团，一座座，绝无层次感。春时，塔头甸子被残雪覆盖，清冷沉寂，弥漫荒凉；夏时，塔头甸子豁然开朗，鸟飞蝶舞，蛙虫鸣唱，簇簇新草连成一片，偶有百合脱颖绽放；入秋后，疾风穿林而过，塔头甸子渐渐枯黄，风一吹，走散了生机，淡漠了时光；待大雪封山时，塔头甸子清冷萧瑟，惨淡淡白茫茫，偶有马爬犁驰过，铃儿一串响远方。

塔头甸子并不孤独，它们与山岭、树木、河流一同构成了大兴安岭独特的风光。初到大兴安岭时，我常随父母到山林里采蘑菇和野生蓝莓。

① 东北地区的俗称，也叫塔头墩子，是一种高出水面几十厘米至一米的草墩。

那时，对大森林的印象最深的不是密密匝匝的树、铺天盖地的蚊蝇和盘在树上的蛇，而是铺在林子边缘的塔头甸子。大兴安岭的山不算高，远远望去一岭一岭卧着酣睡，树木茂密，林中却不干爽。完全干爽的塔头甸子是不存在的，低洼处，塔头甸子上都存着一汪水，浅的几捧就干，深的几桶也挑不完。浅的清可见底，深的神秘难测。在上面行走，不留神一脚踩空，干干爽爽的鞋立马就湿，心情一下子就糟了。

在塔头甸子上行走，夏日战战兢兢，冬天也不轻松。白雪覆盖下，看似一马平川的塔头甸子危机四伏。那年，跟父亲到山里拉烧柴，用锯截好一根倒木，用绳子捆好后从林子里往外拖。枝枝丫丫的树林，不是扯掉了头上的棉帽子，就是划伤了冻红的脸。心很烦，但还是要往前走，不走，烧柴就拽不出去。年少，穿衣戴帽注意打扮，但艰难行走后再难顾及个人形象。索性歪戴帽子，拽着倒木深一脚浅一脚往前走。走着走着，林木稀疏起来，再走几步顿时一亮：一大片塔头甸子呈现在眼前。塔头甸子被雪盖得严严实实、亮亮晶晶。有坦途行走，能不轻松？于是，拽着倒木撒着欢往前走。忽然，脚下“噗”的一声，脚已踩入塔头间的冰窟窿里，整个人扑倒在地。待父亲连忙赶过来把我扶起时，半条棉裤都湿了。

塔头是死了的土，甸子是生着的地。甸子上，塔头身拓躯展，大片大片向四周蔓延，似要蚕食万千群岭，吞噬无边林木。那次，在火车上遇到一位上海老知青，一听我是大兴安岭的，就兴致勃勃地讲起他当年在北大荒当知青的事。他说北大荒到处都是塔头甸子，起初人工开垦，遭了不少罪。一把铁锹挖下去，塔头纹丝不动，只好用镐刨。光刨还不成，还要用手薅塔头上的草。那草可不是柔软的，上面有无数刺，要是不戴手套，手可就惨了。哪儿比现在，拖拉机一上去，啥甸子也都给你“突突”成“顺毛驴”了。他边说边笑，虽是轻描淡写，却也把垦荒岁月里的艰辛道了出来。

塔头甸子是施展抱负的平台，也是坚强不屈的见证。1941 年年末，百余名抗联战士，顺着大兴安岭伊勒呼里山东南方向行走，行至库楚河畔一处塔头甸子，遭到了日伪军的伏击。寒冷的冬天，抗联战士不畏牺牲，与敌人进行殊死搏斗，直到弹尽粮绝。那场战斗打得异常惨烈，敌我双方伤亡惨重，塔头甸子上的雪都被染红了。一阵阵寒风掠过，塔头甸子似有悲壮之鸣而久久不散。80 多年过去了，当年的塔头甸子旁已建起一个叫劲松的小镇。小镇旁，一座近 6 米高的纪念碑拔地而起。每到清明节，人们不约而同地来到纪念碑前进行祭扫。烈士无悔，生者无愧。不能忘却，不要忘却，也不敢忘却。昔日的塔头甸子上，在浴血的瞬间，就开始传唱一首不屈不挠的颂歌。

“茫茫的大兴安哪，生长着繁茂的大森林。天蓝哟水也清，远处走来了我采山人……”一曲山歌响起时，塔头甸子一派安详。采摘时节，成群结队的采摘人在塔头甸子上走着、唱着、笑着，都柿、蘑菇、木耳装满背篓，弥漫于塔头甸子上的荒风野味散发出阵阵清香。

倘若说大兴安岭草木摇摆有歌声，那么这歌声里的低音就出自塔头甸子。春秋两季，即便在塔头甸子上行走也不能带火。对大兴安岭而言，星星之火可以燃成片，却燎不成原。除却道路、村、城镇等因素外，塔头甸子功不可没。塔头甸子是大森林的缓冲地带，也自然成了天然的防火隔离带。为降低火险，每到春秋季都要烧荒，而烧荒地多选在面积较大的塔头甸子上。一把熊熊火，荒草亦烧尽。塔头甸子黑黢黢一片，看了不免让人伤怀。烧荒后，若塔头甸子附近着火，只要风不大，火就很难蔓延。2006 年坎都河林地着大火，有着多年扑火经验的林场副场长王老三，带着几名工人抢先把林子旁的塔头甸子烧了个底朝天，待汹汹而来的大火燃到塔头甸子前，登时丧了气。烧塔头甸子，给扑灭山火赢得了宝贵时机。

位于大森林，纵横群岭间，与天地相连，与河流通脉，塔头甸子成了大兴安岭的华盖、大兴安岭的肺。塔头甸子旁篝火正旺，父亲蹲在篝火旁帮我烤湿了的棉裤和鞋。披着父亲的棉大衣，我的身心都暖暖的。我说："塔头甸子真骗人！"父亲笑："你可别怪这塔头甸子，这可是大森林里的肺啊。"父亲说，塔头甸子能给大森林增添养分，要是它干涸了，大森林就不舒服了；要是没了它，大兴安岭就会塌，就会垮。我静静地听着父亲的话，渐渐感觉到塔头甸子多出了一份可爱来。金木水火土，塔头甸子在大兴安岭五行生态中独树一帜。日耕月犁，塔头敦实厚重，塔头上的劲草离离苍苍。行走在塔头甸子上，纵然形单影只也会走出一派繁华。毕竟，找到了塔头甸子，自然就接近了河流。但凡接近河流的，生活就有了奔头。

塔头甸子上温暖的亲情已成岁月中最宝贵的财富。如今，父亲走了，我已中年，而那辆拉烧柴的手推车却留给了过去的时光。群岭依旧在，年华付水流。在无限怀念中，父亲生前那些朴实的道理显得越发珍贵。有友知我好写，就相邀乘直升机饱览大兴安岭风光。我恐高不敢鸟瞰，谢绝了朋友的美意，失去了空中欣赏壮美兴安的机会。这些年，大兴安岭的生态环境日益好转，保护青山绿水初见成效。而那些若隐若现的塔头甸子，不经意间已成了大兴安岭上长存的魂、不灭的魄。

塔头甸子努力与群岭、林地和河流相融合，纵然有的地方融合得很生涩，甚至不够自如，但它仍心平态静，安安然然，馈生命之氧于群岭，输活力之源于自然。车至漠河城南 16 公里处，路边闪出一座近 30 米高的观景台。观景台附近，就是有着"九曲十八弯"美誉的原始生态湿地公园。观景台有个很有气魄的名字，曰腾龙阁。不需探究名字的来历，只要登至顶层，就会寻到答案。我与家人兴致勃勃登上观景台，只见蜿蜒的额木尔河似一条长龙，在辽阔的湿地上昂首升腾。随着长龙舞动，山翠岭绿，云缭雾绕，大美兴安如梦如幻。

天杰不停地给我和他妈妈拍照。我说：“儿子，别给我们照了，你把镜头对准这无限的美景吧。”我知道，天杰的镜头一定会把这九曲十八弯的仙境一网打尽；我也知道，在这精彩的画面上，除了有额尔古纳河和群岭草木外，也一定会有蕴藏兴安岭万道霞光和无限风情的塔头甸子。

林间蒲公英

林子大了，蒲公英就有了安乐窝。

大兴安岭人习惯把蒲公英叫婆婆丁。婆婆丁冒芽时茎很短，一圈嫩叶几乎贴着泥土向外伸展。那嫩叶长得细，窄窄的边缘形若锯齿，又如起伏的波浪。似乎一出生，蒲公英就承载着托岭举木的心志。那几年春，母亲总会领我到附近的山上挖蒲公英。那时，坡上坡下，林里林外，到处生长着可爱的蒲公英。我年少贪玩，挖蒲公英不专注，往往我还没挖几棵蒲公英，母亲的小筐却装满了。母亲是不攀我挖蒲公英的[①]。在春意渐浓的日子里，她像勤劳的蜜蜂，为全家人酿造无尽的甘甜。

蒲公英食之微苦，咀嚼中却能品出一丝甜，一如那时淳朴的生活。春风浮动，蒲公英蓄势待发。施工连队进驻大岭深处没几天，帐篷周围就长满了蒲公英。连长喊我："小秀才，你先别急着实习，赶紧跟老张挖几天婆婆丁。"老张是连队食堂管理员，这几天挖了好些蒲公英。连队单调的餐桌上，除冬藏的土豆和大白菜外，多了份能蘸鸡蛋酱下饭的蒲公英。见我有些不情愿，连长又道："婆婆丁败火，根儿苦叶儿甜。"我说："还开花呢，根儿苦花儿香。"说完，我俩都哈哈大笑。想必连长也想起了电影《苦菜花》里的台词。可蒲公英离开花还有些天呢。我的加盟，使老张挖蒲公英的劲头儿更足了。起初几天，我们都收获满满。可

① 意为"母亲不与我攀比挖蒲公英的数量"，此处"攀"字用法为东北地区俗语。

挖着挖着，我就有了懈怠。我是来实习的，又不是打杂的，啥时摸方向盘啊？我不耐烦地站起身，掸了掸膝盖上的土问：“够了吧？”老张不吭声，蹲在地上边挪动着身子，边挖蒲公英。我把挖蒲公英的刀片丢到篮子里，往手中吐了两口吐沫，“蹭蹭”几下爬到一旁的树上。可这树早已干枯，僵身硬躯装不朽。我踩着树杈站直身，正想来个手搭凉棚眺望远方状，只听“咔嚓”一声，树杈断了。我“啊”字刚喊出，人就摔了下来。树下的老张反应够快，他敏捷地伸出双手，用力接住了我。可那断杈却重重地砸在了他的右脚上……

多亏老张奋不顾身相助，否则，真不知自己会被摔成啥模样。每每想来，除了心有余悸外，满腹都是感动。老张救了我，他却一瘸一拐近半年。那段日子，老张经常把蒲公英捣碎，敷在脚上佐以疗伤。蒲公英亦甘亦寒，清热解毒，缓解了老张的疼痛，也减轻了我的思想压力。祖父生前说，别看婆婆丁不起眼，那《本草纲目》里可有它的说道儿呢。祖父还说，婆婆丁药物作用大得很，不仅咱们汉族人稀罕，就连少数民族的人都把它当成宝。我和老张采来的蒲公英，除了给连队职工蘸酱和炒肉吃外，还被晾晒成干，在三伏天用来给大家泡茶喝。连长夸我：“小秀才用干婆婆丁沏的茶比咖啡都好喝。”

不到一个月，蒲公英的茎高了，叶儿也长了。在它的上面悄悄开出几枝金灿灿的小花儿。这是何等的小花儿啊，叶间还存着淡淡的苦，花蕊却散出甜甜的香。苦尽甘来的小花儿，在蓊蓊郁郁的世界里正如菊绽放。夏风穿林而过，它轻轻摇摆，远观近瞧惹人怜爱。我俯下身细细欣赏，为它默默祝福。我感知蒲公英生长的艰辛，风摧雨残中伶仃独步，茕茕寂寞里无可问程。倘若厄运来临，除了横遭践踏还将若何？老张说，婆婆丁花儿可以腌着吃，也可以酿酒。我说，可别糟践它了，那弱小的花儿你怎能忍心？连队生活艰苦，蒲公英尤显可贵。在难忘的实习之余，我挖的蒲公英最多。也就是在那时，我真正体验到建设大兴安岭的自豪，也切身体味到连队大熔炉里的温暖。

蒲公英花是我见过的最温暖的花儿。它不事张扬，把最朴素的美献给了丰饶的群岭和茂盛的森林。芳菲尽洒处，它仰无私俯无愧，调和了千林万木，慰藉了无边芳草。那年，来自南方的160名如花女知青，在大岭深处扎根落户。她们满怀壮志，组建女子架桥连，战冰雪斗严寒，劈岭凿石，趟河打桩，克服常人无法想象的困难，硬是架起大大小小数十座坚固的桥梁。而她们，则被称赞为兴安岭上的“铁姑娘”。当年，英国《泰晤士报》的记者来大兴安岭，惊愕之余，拍下了那幅“铁姑娘”们在25米高的龙门架上作业的经典照片。

一旦长在深山处，就植根大岭间。大兴安岭的春天来得比较晚。都到了5月，树木还是一副苍凉的样子。可就在这时，“铁姑娘”们欣喜地发现林间有新绿正星星点点破土发芽。午休时，“铁姑娘”们欢快地跑入林间，兴奋地挖着这些可入食、能解馋的蒲公英。在她们永不褪色的记忆中，大兴安岭的蒲公英格外香。蒲公英开花后，“铁姑娘”把它们采来插入瓶中，让阵阵幽香在营房内萦绕。望着绽放的小花儿，“铁姑娘”们的目光除了坚定，更多的是憧憬；望着绽放的小花儿，“铁姑娘”们的面颊除了娇羞，还有灿烂的笑。近来，我造访女子架桥连营房旧址。营房早已人去屋空，四下杂草丛生。来时兴奋的心情，被落寞的气氛冲得一干二净。艰苦岁月宣告终结，红火的劳动场景淡出发展的视线。味有甘苦，运同天地。从20世纪60年代初到现在，一个甲子快过去了。近60年，大兴安岭从千年沉寂到蓬勃兴盛，不仅为共和国贡献了巨大的物质能量，也培育了一代又一代杰出儿女。在几代人的持续奋斗中，大兴安岭已成为世人瞩目的生态环境保护样板。当苍鹰从高空掠过，我仿佛听到了“铁姑娘”们那渐行渐远的清脆的歌声，我的心情一下轻松起来。

叶儿绿，花儿黄，林间有蜂采蜜忙。我放轻脚步向林间走去。我知道在我的前方，除了欣欣的林木，还有俏姿勃发的蒲公英。它们要破土，要生长，更要开花。那花儿金黄金黄的，远远就能嗅到它淡雅绵长的香。这香，透着大兴安岭人不灭的精气神。

兴安的雪

一片一片，银如烟，白似雾，在群岭上纷纷扬扬飘荡。这是大兴安岭入冬后的第一场雪，它来得正是时候。

初见兴安雪，是1982年的深秋。年少的我跟父母在大兴安岭上收白菜，虽是热火朝天，却因远离故乡而心情黯然。上午，天还晴着，可到了下午就阴起来。温度瞬间降了许多，风也硬了，刮在脸上生疼。我停下手中的活儿嚷嚷着要回家。父亲说："要下雪了，得抓紧把白菜收回家。"我噘着嘴，硬着头皮在寒风中继续收白菜。大白菜足足装了一卡车，正准备上车，手背却凉了一下，一朵晶莹的雪花亮亮地呈现在眼前。"下雪啦！"我仰起脸兴奋地喊起来。雪花一朵朵在空中绽放，远处的山岭，近处的树林，所有的景色，都在雪中朦胧起来。当我们载着满满一卡车大白菜到家时，大雪已漫天卷地般把整个大兴安岭盖了起来。院落里，街道上，群岭间，到处都是雪，到处都是白色的纱幔。父亲真是想得周全，要是第二天收割白菜，那白菜还不得让雪给埋在地里呀。屋外大雪弥漫，仓房里摞满了刚收回来的大白菜。

一棵棵白绿相间的大白菜，在大雪降临时成了全家人喜庆的收获。也就是在这一天，我心里正式接纳了大兴安岭，将它视为自己新的家乡。温暖的炕桌前，我们听父亲讲铁道兵开发大兴安岭的故事。开发大兴安岭那几年的冬天格外冷，雪下得也猛。对大兴安岭而言，一下雪，就意味着漫长冬季的开始。冷的天，白的雪，外加寂静的群岭，让人感到孤独和恐慌。雪落兴安，没有大路，很多时候人都要行走在无边无际的密林中。踩着厚厚的雪，有时一脚下去，半截身子都被雪埋住了，难以跋涉。天冷、降雪，风也总是刮不完。风夹着雪，雪裹着风，冰天雪地中，开发建设者们咬紧牙向老林子深处开拔。腿冻麻了，手冻裂了，鼻子也冻红了，但人们还是坚定地往前走。往前走，前面的视野会更开阔。逢山开路，遇水架桥，雪中，人们行走出一条冰雪的弧线。高寒禁区，终于被这英雄的群体所突破。在他们的身后，是一条长长的铁路，还有纵横交错的条条公路，座座崛起的贮木场。父亲说这话时，我看到了他眼中闪动着晶莹的光，就像飘到我手背上的那朵雪花一样。

兴安岭的雪，为我带来了无限的诗情。即便雪再大，路再难走，我都能走出一道风采来。每次下雪，我都尽情地观赏，总试图把洁白的雪与多彩的梦融在一起。兴安的雪比老家大平原上的雪更加凌厉。它清澈而纯洁，飘逸而洒脱，把逶迤的群岭瞬间泼成一幅黑白相间的水墨画。雪花飘，梦儿摇，年少的热情迅猛燃烧。至今想来，兴安雪，应该是点燃我文学梦的使者。

“不知庭霰今朝落，疑是林花昨夜开。”兴安雪，把我从年少牵到中年。调回大兴安岭的那年冬，我在家中临窗而立。飘扬的雪花在窗外飞舞，我的心也仿佛变成雪花。雪越下越大，倏忽间，变成了晚春时节江南的梨花，一瓣瓣儿，慢慢地、轻柔地落下来，白了大地，醉了时光。

有一年，都到了11月中旬，大兴安岭南麓仍未下雪。在我心里，不下雪，那还是大兴安岭吗？尽管室内热气腾腾，可外面不见一抹洁白，着实令我不安。一连几晚，我都睡不踏实。一日下班时，忽然感到朔风强劲，云阴天暗，心中窃喜，这天要下雪了。果不其然，第二天一觉醒来，拉开窗帘，哎呀，窗外早已被厚厚的雪染成银色。我情不自禁找出相机，穿戴整齐，兴奋出门。我要把这珍贵的雪，收藏到我的镜头中、我的记忆里。可一楼的单元门却推不开。谁能把门堵上？我一急，用肩膀猛地撞开门。一大堆带着风的雪涌进来。这雪下得可真够大。小区内的雪差不多有半米厚，停在院子里的车都陷在了雪中。我惊奇地打量着这场丰厚的大雪，被它不同凡响的景象惊呆了。我在一辆小车顶上抓了一把雪吞入口中，一股特有的清凉和寒气旋即绕在舌尖。往外走，脚下发出“咯吱”“咯吱”的声响，仿佛自己又回到童年。小区外的街道就像铺了一条长长的厚厚的白棉被，偶有车辆行走，那辙印也显得富有情趣和诗意。路两旁的树也灵动起来，它们似一个个穿着洁白婚纱的新娘子，等候着亲朋的祝福。哦，兴安雪，这就是你的静美和纯洁。这场迟到的雪，让我兴奋很多天。我在银装玉砌的世界里尽情拍摄。银色的小桥，洁白的雕像，都在我的相机里美成了一幅幅灵秀的画。

春的风，夏的雨，秋的霜，都不足以释放大兴安岭内在的气质，只有冬的雪，才让世人领略到大兴安岭的高洁和纯美。

对大兴安岭人而言，除了对山岭和林木有特殊的情感外，就是对雪。大兴安岭的雪一般要到立冬后才留得下，提前下来的，很快就融了。持续半年的降雪，把大兴安岭人的性格塑造得格外豪放和洒脱。雪中，约上三五位好友，在温暖的酒馆里，满斟慢饮，情酣意畅，岂不快哉？冰天雪地，山岭是宝，林木是宝，浩荡的雪也是宝。如今的大兴安岭，因雪而生财，因雪而致富，雪带火了旅游业，壮大了冬泳队伍，拓展了运动场地。大兴安岭人巧用这壮美的雪，书写发展新篇章。雪，点染了北国群岭；雪，醉美了千里兴安；雪，塑造了大兴安岭人扎根边疆的坚强品格。

周末，雪悄悄降临，一朵朵洁白的小花在空中绽放。小城上空飘着雪，群岭间舞动着雪。绵延的大兴安岭渐渐被雪裹了起来，严严实实，不惹一丝尘埃。

早春入岭

车窗挂了一层厚厚的霜，却挡不住窗外向后闪去的群岭。前方不远处的山坳中，一座小镇在晨曦的白雾中若隐若现。

7点多，跑了6个多小时的绿皮火车，终于"哼哧""哼哧"地驶入了阿木尔。下车的旅客稀稀落落，我裹紧羽绒服，明显感到这里比大岭的南麓要冷许多。刚要出站，却听身后有人喊："朱哥？"我回过头，见是牟海军，遂新奇地问："你到这儿干啥？""朱哥，过年好！我前几个月就调到这儿啦。""到这儿？提了？""哦，是，到林业局当副局长。"海军腼腆道。"祝贺海军，真是年轻有为。"我由衷地替海军感到高兴。"朱哥，你这是？""哦，我到这儿看看朋友。"

走出车站，年味儿扑面而来。街道上，不时可见燃放过的鞭炮纸屑，家家户户门前张贴着春联，悬挂着红灯笼。我感慨道："还是小镇的年味儿足啊。"海军说："我请朱哥品一下阿木尔的年味儿。""好，那我就不客气了。"我跟着海军走进一家小吃店。店内炉火正旺，烘得人身上暖洋洋的。也许是过年的原因，前来就餐的人寥寥无几。我和海军选了靠窗户的地方坐了下来。"上车的饺子下车的面，来两碗热汤面吧。"没等海军点，我就先入为主。

"朱哥，你以前来过阿木尔吗？""来过几次，那都是很多年前的事了。"我笑着，渐渐陷入了往昔的回忆中。最早来阿木尔，还是20世纪90年代初，那时，这里的镇名还叫劲涛，而林业局叫阿木尔。我当时经常把它念成“阿尔木”。当然，大兴安岭的一些地名都是鄂伦春语的音译，阿木尔也不例外，意思是“黑水”和“高高的山峰”。黑水，是指境内200多公里长的额木尔河。在大兴安岭北麓，超过千米的峰，在阿木尔约有20余座。而高高的山峰，就是指海拔1396.7米的白卡鲁山。阿木尔林业局是大兴安岭大型国有森工企业，辖区林地面积达50.8万公顷，森林覆盖率达91%。1990年我初次到阿木尔，这里常住人口近3万人，仅林业职工就多达1.3万人。生产加工木材的企业，都非常红火。我的几个朋友那时都在这里工作，他们发的效益奖，比我的工资还高。那时红塔山烟属高档品，平时根本没几个人买得起，可他们几个经常买来抽。

热情的女老板端上来两大碗热气腾腾的面条，每碗里还卧了两个鸡蛋。小镇的人真实在。“朱哥，多吃一点。”海军让着。“好，我还真饿了。”说完，我夹起一个鸡蛋，一口咬了下去。

那个时代，别说是阿木尔，整个大兴安岭的生产效益都不错。可到了20世纪90年代后期，因生产加工木材的产业过于单一，林木资源日渐枯萎，整个效益一落千丈。此时以政企合一模式发展的阿木尔林业局，不仅要生产，还要承担文化、卫生、教育、医疗等公益事业，压力越来越大。要谈贡献，此时的阿木尔已累计为国家提供了950.3万立方米的商品材。支撑发展的，只有林业生产加工，产业非常单一。随着形势的变化，企业纷纷停产，职工生计成了大问题。一些人开始外出自谋出路。我那几个朋友都相继去外地打工、做生意，最远的都跑到了广东。

窗外，行人渐渐多了起来。从呼出的一团团白气来看，外面很冷。我对海军说：“咱们消消汗，聊聊。”我问海军现在阿木尔有多少人口，海军略沉吟了一下：“常驻的近8000人，职工约4000人。”海军一向严谨，这数据应该真实可信。“能坚持下来的人可真不简单，没少克服困难吧？”我说。“是的，林业局提出‘艰苦创业，奉献边疆；谋求发展，敢为人先’十六字精神，就说明了这一点。”海军一脸坚定。我忽然想到春节前网上的一则消息，一名回阿木尔探亲的在美留学生感叹：“家乡变化真大，道路变平坦了，街景变美了，楼房还刷上了新颜色，就连公交车也上道了。我为家乡骄傲，我是阿木尔人。”

女老板端上两杯自制的野花茶，清香迎面飘来。我问海军：“你到这分管什么？”“文化旅游、招商引资、全民创业、特色产业、林产工业。”“哎呀，这些可都是当前最重的活儿。”我想起海军在地委宣传部时曾负责文化产业。停止林木采伐后，阿木尔林业局没有坐以待毙，留下来的阿木尔人没向困难低头。他们调整产业，开辟发展新途径。也就是从那时开始，国家加大了对林区经济发展的扶持力度。最著名的，就是以实施天然林资源保护为重点的“天保工程”。可光靠“天保工程”，只能维持生计，很难实现发展新突破。阿木尔林业局把目光投向了林下资源上。阿木尔境内，到处生长着野生蓝莓。好的年份，储量能达5000吨，占大兴安岭的四成还多。父亲在世时曾说，大兴安岭的野生蓝莓，胜过长白山的小山参。前年初秋，在阿木尔工作的妹夫专门给我捎来一桶新鲜的野生蓝莓。我迫不及待地抓起一把直接入口，一阵质朴的甜登时遍布全身，那感觉就跟孙大圣在蟠桃园品桃子似的。妹夫说，野生蓝莓醒目健脑、增强免疫、减缓衰老。他还说，每天吃150克蓝莓，可有效降低患心脑血管疾病风险。这些年，阿木尔的野生蓝莓从每公斤10元开始逐年走高。到了去年，每公斤都达到了40元。所以，每到采摘季节，阿木尔人就都走出家门走入深山，一心采摘野生蓝莓。一个能吃苦的采摘工，每年可采上几百公斤野生蓝莓。从采摘到生产加工蓝莓冰酒、蓝莓饮品，阿木尔把蓝莓这篇文章写得洋洋洒洒。由此，阿木尔也多了一个雅号：蓝莓小镇。外出的几个朋友都跑回来做起了蓝莓生意。大岭人实诚，蓝莓产品知根知底，可亲更可信，怎一个“好”字了得？

除了大量野生的蓝莓外，当地还进行人工种植。我问海军：“现在人工种植的能有多少？”海军道：“种植的占比还不算多，但这也是林业局努力扩大的项目。”我赞同海军这一思路。毕竟众多人进山采摘，不易管理。伤林损木，对防火也不利。再说，种植的蓝莓，营养一点儿不比野生的少。倘若扩大人工种植，形成产业规模，那样的话，对抚育林木生长大有裨益。

“除了蓝莓外，阿木尔还有啥品牌？”“旅游！”海军侃侃道来：“这些年，从大兴安岭地区到阿木尔，没少下功夫来争取解决发展瓶颈问题。朱哥，你是知道的，咱们大兴安岭旅游资源太丰富了。阿木尔是大兴安岭南北线上的珠子，有丰厚的林区文化和历史文化。大冰雪、大界江、大森林、大湿地，还能看到极光天象。旅游发展基础雄厚，前景非常可观。”海军如数家珍，眼里闪着光：“我这次提前回来，就是要把节前局里确定的任务再好好谋划一下，把阿木尔的旅游业做大做强。”我理解海军此时的心情，作为土生土长的大兴安岭人，他对家乡的发展有着一份沉甸甸的责任。海军道出的湿地公园、蓝莓酒庄、红旗民宿、萨布素军马场、“中国北极岛”，不正是阿木尔旅游发展的坐标吗？要让旅游人数不断增加，除了打好品牌，努力使阿木尔成为大兴安岭旅游线路上最难忘、最精彩、最不虚此行的一站外，还有很多很多工作等着海军去做。

我和海军走出小吃店时，阳光尽洒阿木尔。年味儿十足的小镇正勃发着一股巨大的生机。这生机轰轰作响，无法阻挡，让天凝地闭的大岭澎湃起无限的春潮。

第五辑　花儿紫

东四的墨线勾勒

东四是条路

东四是条路，是一条不太规则的路。路不长，倘若寂静时在路的一端猛喊一嗓子，保准在另一端都能听到。可就是这条路，在小城里却享有很高的知名度。谁要是说一句“我家就住东四”，保准有面子。

我家就住东四。小城建设不足60年，有当地的老人说，小城先有南北，后有东西。南北走向的主路曰兴安大街，从火车站前，向北山缓坡而上近千米，算是小城初建时的主街。主街在小城招摇过市后，多条路应运而生。从空中看小城，东西走向要比南北走向宽敞许多，东西向的林海路、人民路、朝阳路，落落大方，有模有样，都有几公里长。有纵有横，方可规划。小城以兴安大街为中轴，往西的路依次为西一、西二、西三、西四，往东的路依次为东一、东二、东三、东四、东五、东六。无论咋划，小城这些南北方向的路间距都不大。而南北方向的路，最醒目的就是东四。说它醒目，不仅是它位于城区中心地段，有许多林林总总的商铺，更主要的是在它附近有一处面积较大的城市广场。

广场约有两个足球场那么大。刚到小城时，我就为广场宽阔的气势所震撼。别的不说，就说它西侧那尊由三棵不锈钢打造的“世纪树”吧，高21米，顶端还镶有19颗钢球，漂亮得足以让你感受到小城的蓬勃势头。一年四季，广场人流不断。不说火了多少年的广场舞，单说夏夜里那一波又一波的歌舞，就足以让人醉成仙。甜滋滋的音乐一放，整个广场就像刮起了阵阵清风，还没吹个透，忽而又漫上一波波水。年轻的撒了欢，年老的也展了腰。一些远离广场的居民，像着了迷似的，纷至沓来。越转悠越有兴致，越有兴致就越爱转悠。恋恋不舍地离开时，有的就会说："这个地方不错，要是能住在附近就好了。"于是，东四附近的房子一直很紧俏。

自打到小城，我几乎每天都要经过东四，不知不觉把路走成了古铜色。东四这个地方出行方便，到小城任意一处都不算远。当年选在东四附近买房时，父亲还健在。父亲把东四转了个遍，欢喜得不得了。见我犹豫，父亲就说："这地段不错，孩子上学和上街买东西都近，几步就能到广场，消食儿也方便。"父亲说的没错，住在东四附近免了很多烦恼，也省了不少时间。在这里居住，甚至都不需要买车。一年到头，东四就像一条哗哗作响的河，舒舒缓缓，清清凉凉，在小城中央欢快流淌。倘若你从东四走过，只要放慢脚步，就会体验到生活的轻松。

东四的名食，有烤羊腿、杀猪菜、清真火锅。烤羊腿有民族风味，清真更具许多讲究。倒是这个杀猪菜，看似粗粗拉拉，却是地方名菜。单是一个"炖"，就足以让人垂涎。我却不大喜爱这道菜。不是我的口味问题，是吃素的习惯所致。从小到大，连饺子都要吃素馅儿的，何况它还散发着一种"野蛮"和"血腥"味儿呢。倒是偶尔吃几口那菜里的酸菜、粉条，至于里面的白肉和血肠则不敢问津。烤羊腿吃着麻烦，杀猪菜又难下咽，在附近下馆子，清真菜就成了我的最爱。日久天长，清真餐馆上上下下都把我当成了回族兄弟。

东四有蔬菜店、医药店、宠物店、理发店，还有花草店。我好养花。刚到小城，父母从 200 多公里外的塔河县搬来一盆蟹爪兰和一盆君子兰。蟹爪兰入冬开，君子兰入春开，几乎没间断过。两盆花芬芳交映，两位老人却相继辞世。送花的人不在了，养花的人就没了好心情。没过多久，蟹爪兰和君子兰就蔫了，也不再开花。我走出小区闲逛，进了花草店。见店内一派生机，我精神为之一振。老板认识我，热情地招呼："哎呀，你们文化人肯定喜欢养花。"我说："咋说？"他说："文化人都爱美，爱美的人有几个不爱养花？"我问："你看我爱养啥花？"他说："君子兰吧，我给你打六五折。"我说："我家有君子兰。"老板说："那就买盆蟹爪兰，这花耐寒。"我说："我家有蟹爪兰。"老板："……你啥都有了，还上我这儿转悠个啥？"我说，看看你这里的花儿是咋开的。

刚到小城时，东四附近有两所小学和一所中学，那中学是全地区的重点学校。外围的孩子若想到这所中学读书，多是成绩优异者。我儿子小学和初中都是在东四上的，遂了他祖父的愿。学校离家近，儿子没遭啥罪。上中学时，每到体育课时，他还能溜回家看一会儿课外书。上高中时，东四那两所小学整合资源合二为一。又一年，那所中学也进行了体制改革。至于教学质量受没受影响，不得而知。儿子考上公务员后，陪我在东四散步。兴致勃勃中，他一会儿说"这是我的小学"，一会儿又说"瞧，这是我的中学"。等走到东四以外的坡上，他又说："这是我难忘的高中。"儿子啊，你能把小学、中学、高中都记得这般清楚，说明你对自己来时的路没有忘，希望你莫负东四好时光，行好人生路。

东四的文化气氛浓在小城是出了名的。广场、地区老干部活动中心，区文化旅游局都在东四附近，它们经常举办老年舞、东北大秧歌和各种纪念活动。单是一个蓝莓节，每年都把东四闹得热火朝天。那次向文化口的朋友建议，干脆把东四改名为文化路吧。朋友说，你的主意倒不错，但要是改了名，那东一，东二、东三、东五等，是不是也要改？我哈哈一笑："那还是别改了。包子有肉不在褶，东四挺好。"文化不仅要热一条路，还要提升整个社会品质，包括人的文化修养。正想着，却见一妙龄女子，黑衣白裤扭着身子，从路旁闪进小区，不见了踪影。

流阴夜攒，星辉辰映。时光把东四流成婆娑的影，淌成了婀娜的态。

自然的、非自然的，在这里都能找到身行影踪。喜怒哀乐，生老病死，风光也好颓唐也罢，最终依旧是秋月看惯，难舍春风。倒是东四路旁的那些杨柳早已摇摇摆摆成了气候。一到初夏，它们就扬起了白絮，像冬雪一般，在小城的上空漫天飞舞……

报刊亭

东四有座报刊亭，就在我家小区的斜对面。刚搬到小区时，报刊亭正火。

我好阅读，每见书店和报刊亭就欢喜。刚回小城那几年，自费订《读者》，却经常收不齐。问单位收发员，说没收到。郁闷了好几天。自此，再也不订报刊，想看什么，就到报刊亭去买。

报刊亭算是东四的公共设施。外观大小和早年的交通警亭、岗亭差不多。雪飞雨溅，人来车往，它总是在路口旁落落大方，范儿不失份儿不跌。起初，因属邮政局管理，报刊亭毫无例外地被涂成绿色，正面是邮政标识，侧面是征订报刊广告语。除了售卖报刊，报刊亭还设有一部公共电话。反正就是个亭，满足人们基本文化需求就是。过了一阵儿，很多人就对报刊亭失去了新鲜感。我刚到东四时，小城有三五家报刊亭，夏日里多在门前摆放一个冰柜，卖些饮料和小食品，不伦不类的样子。唯东四这个，除了报刊、电话外，别的啥也不带，专一而不溜号。

执掌报刊亭的是个老太太，鹤发童颜，金牙把门，一说话声音亮锃锃的。给她打下手的是个秀雅的中年女子，像个小伙计，对老太太温顺有加。我想她们不是母女就是婆媳，却没打听。咱买的是报刊，不搞社会调查。那时，互联网和手机还没普及，一些人经常跑到报刊亭买报刊、打电话。老太太热情主动，中年妇女不厌其烦，报刊亭整天人来人往忙个不停。我去买《文化历史》，老太太说：“一看你就是个恋旧的人。”买

《读者》，老太太说：“一看你就是个受过教育的人。”搭茬说话让人听着舒服。我有个习惯，别人翻看过的书绝不再买。中午到报刊亭买当月的《读者》，只剩下一本不说，还皱皱巴巴的。我询问还有新的没。老太太也不把我当外人：“这也没坏，不耽误你看呀。”我摇头，悻悻地买了份《青年文摘》后离去。晚上下班，风弥雪漫，我小心往前行。昏暗中，前面的报刊亭却亮起了灯，那中年妇女站在雪中张望着，见我走来就兴奋地挥起了手：“大兄弟，新《读者》。”我顾不得路滑，急忙走过去，接过她递来的崭新的《读者》。“在哪儿弄的？”我有些欣喜。她说是老太太下午顶风冒雪专门到邮政局大厅调换的。我想向老太太道声谢，可她早已回家。雪意涔涔，我的心暖烘烘的。

拿手机的人多了，到报刊亭用公共电话的人少了。这也就算了，可买报刊的人也少了起来。我一直以为，手里拿份纸质的报刊，啥时候都亲切踏实。力挺传统报刊，要从力挺报刊亭做起。进入腊月后，东四的年味儿浓得绸了整条街。刚到小城那几年，我非常喜欢浓浓的年味。每年从春节前半个月开始，每天都到报刊亭前询问《中国电视报》到没到，20 世纪末养成的习惯难以割舍。当月的《中国电视报》《读者》，还有《作家文摘》等，一份不落买个全。我打心里希望东四这家报刊亭坚持办下去，啥都有萧条的，传统阅读方式也一样。挺住了，过一段就会好起来。我和老太太、中年妇女说过我的看法，这是我的自信，亦或是我对她们的鼓励吧。

开春的一天，城管和老太太说城市要美化，这报刊亭绿了吧唧的影响市容，要么整改打扮下，要么就立马拆走。老太太选择了整改。邮政局都改革了，报刊亭该有个新模样啦。第二天，老太太和中年妇女弄来油漆，一起动手把报刊亭涂成了银白色。报刊亭上面的邮政字样也不见了，取而代之的是“东四便民报刊亭”。我去买报刊，城管正夸老太太“不占道经营，识大体顾大局，得保护，得支持”，别说老太太听了感动，就连我听了都有些感动。我问老太太小城里报刊亭还剩几处。她说："就这一处了。"我说："太少了。""啥是多啊？听说有的大城市，都把报刊亭清得一干二净。"老太太似有些庆幸也有些知足。我心里不是滋味。我曾和一位分管城建的领导探讨过：一个城市，不该只注重街区美化，还要在提升城市文化软实力上做点儿事，增加一些老百姓看得见摸得着用得上的文化设施。他问具体的，我说："那些所谓'有碍观瞻'的报刊亭，美化后就该保留。这可是小城必不可少的文化元素。"他不以为然："想法不错，可现如今有几个人还到报刊亭买报刊？"结果是各说各话，不了了之。直到今天，每当到外地出差，不去逛街市，却找报刊亭。找到了，总要买几份报刊，回到住处静静阅读。不知不觉，一身的疲惫卸得干干净净。

东四便民报刊亭便民是便民，却再无景气可言。一左一右的商铺生意都很好，但凡撑个门脸就赚钱。报刊亭利微润薄，一年到头低迷徘徊。赚不了几个钱，可它每天都要风雨不误按时开板营业。您还别说，平时报刊不好卖，但到了年跟前，报刊亭似乎又回到了前些年。《中国电视报》和《天下美食》卖得格外好。这时，老太太就念叨："要是天天都这样该多好！"中年妇女接过话："那是。前些年报刊亭光《生活报》就能卖不老少，整天忙得团团转，可心里有奔头啊。"我在一旁选报刊，听了心里很不是滋味，想说些安慰的话却不知咋开口，只买了一本新到的《读者》默默离去。报刊亭后的老杨树正发芽吐绿，可报刊亭啥时才能返春？

过了不久，报刊亭多了一个经营项目，买卖旧书。除了不收旧杂志外，其他的大到《新华字典》，小到言情小说和奇幻读本等，都纳入其中。5 毛钱买入，1 元钱售出。对旧书，我嫌不卫生从不购买，更不去触碰。可没多久，我却发现儿子也爱往报刊亭跑，问他，他说看有无课外读物。我警觉起来，突袭儿子卧室，很快从他床底下翻出几本破旧的

《盗墓笔记》。我问这书打哪儿弄的，儿子说花 1 元从报刊亭买的。我说旧书埋汰，儿子说看着还行。我吓唬他看这书会做噩梦，儿子说看着挺过瘾。过什么瘾！我气急败坏，逼着儿子硬是把旧书送回报刊亭。老太太不在，我不满地问中年妇女：“这些书都是盗版的你们也卖？”中年妇女不知所措，想和我解释什么，我“哼”了一声不再理会。打那以后，我经常查看儿子的课外读物，生怕有什么不健康不干净的书被他卷入家门。

报刊亭四四方方，颜色换了几次，但大小、形状和它的主人一直没换。老太太坐守报刊亭的次数越来越少，后来就不见她再来过。中年妇女一人不擅坚持，报刊亭开得没了规律，有时好几天也不开门。询问卖豆腐的老黄，他茫然地看着上板的报刊亭，摇着头说他也不清楚啥原因。

中元节的夜晚，我在十字路口给已故的亲人烧纸，发现不远处好久没开门的报刊亭亮起了灯。灯光下，中年妇女夹着一卷纸钱走出门，恓惶着身影蹲在路口烧起纸来。我心一沉，莫不是那老太太不在了？烟火中，昔日的记忆渐渐清晰，现实的轮廓却消逝在黑暗中。

老黄豆腐

东四这片，只老黄一家做豆腐。

东四人好把买豆腐说成捡豆腐。说买，就要花钱，没占便宜；说捡，虽花了钱，却似白捡的。我打小就爱吃豆腐，不管在哪儿生活，一见卖豆腐的，就眉开眼笑想捡上两块儿。小时候生活在农村，家里每年仅能分得几升金贵的黄豆，不敢多换豆腐，得留着下酱。每到秋后，母亲总是领着几个孩子在空旷的田野上捡黄豆。这可真是个累活儿，要哈腰蹲在地上一颗颗仔细地捡，有时一捡就是大半天，想起身时腰都快直不起来了。过年时，母亲把我们的成果收拾干净拿到生产队里，订了一板大豆腐和十来斤干豆腐。要是没黄豆，拿钱买也成，可节俭惯了的父母咋能舍得花那个钱呢？年少时对人生体味浅，自打捡上老黄豆腐后，才对人生有了深刻的感悟。

老黄豆腐因做豆腐的人姓黄而得名。在东四，老黄豆腐是个品牌。东四有句俗语，叫“老黄的豆腐——不愁卖”，大致是“皇帝的女儿——不愁嫁”的翻版。老黄不光做豆腐，还亲自骑三轮电动车卖豆腐。我到小城时，正是老黄勤恳经营时。到小城后，我每个礼拜都要吃老黄豆腐。从 1 元钱一块儿到现在 4 元钱一块儿豆腐，一捡就是 18 年。老黄的豆腐，咋吃都不腻。熘炒炖炸烧，任你变着法儿去吃。在这些吃法上，我最爱吃熘豆腐。其做法很简单，先用漂亮的水果刀，将豆腐切成方丁装进小盆，再用开水浸泡 10 分钟左右捞出。锅热放油，用葱姜花椒或大料炝锅，加少量开水成汤，料酒酱油白糖一起招呼，最后将豆腐下锅。咕嘟咕嘟一番炖，汤渐干，旋即勾芡。最好撒上绿叶葱花，关火放盐盛盘。那味道，给啥好菜都不换。

老黄一家三口，起早贪黑就靠做豆腐生活。我每天晨练都打老黄家门前过。他家在北山公园脚下，独门独院一平房。这时，宽敞的院子里晾满白花花的豆腐包，一家人正屋里屋外忙个不停。老黄性格好，不管多累总是笑呵呵的。老黄做豆腐不昧良心，做出的豆腐和他的人一样，鲜嫩敦厚，实实在在。老黄买来的黄豆，都是颗粒饱满、金黄浑圆。做豆腐前，老黄监督着老婆和宝贝闺女仔细挑选豆子，不让一粒坏豆子混入其中。老黄啥都好，就是好磨叽。真要不仔细挑豆子，老黄那张嘴磨叽起来，就像转动的磨盘一般停不下来。每天挑豆子，老婆和闺女宁可挑得头昏眼花，也不让耳朵受累。黄豆要好，水也不能次。那年，老黄花了一大笔钱，在自家院子里打了一口深水井。我喝过那水，比其他地方的水清纯甘洌许多。我和老黄说，你家这口井就像天然的泉眼，别说是做豆腐，就是直接灌装了卖都行。老黄眯着眼“呵呵”地笑，阳光溢满了他的脸。

起初没有电磨，老黄做豆腐主要靠小毛驴来拉磨。他将泡好的豆子不停地往磨盘中间倒，那头小毛驴伴着老黄忙碌的身影，一圈一圈地走个不停。老婆烧火，那口 12 印儿的大锅上悬着一挂大大的豆腐包。老黄把磨好的豆浆往豆腐包里倒。豆腐包摇晃着，扭动着，乳白色的豆汁从豆腐包中缓缓地往锅里渗。大锅煮沸，豆汁成浆，豆腐坊内热气腾腾。豆浆煮好，老黄用卤水点豆腐。他拿着那把长柄木勺，一下一下在锅里轻轻地搅动着，很快，豆浆就凝成了豆腐花。老黄将豆腐花盛进木托里，用包布将豆腐花盖严，再加木板压实。没多久，那鲜嫩的大豆腐就做得了。老黄用长木尺端端正正给豆腐打块儿。“小小豆子圆又圆，做成豆腐来换钱。人人夸我生意好，足斤足两才赚钱。”多年来，老黄打出的豆腐块儿从不缩水，即便成本高物价涨，老黄连同他的豆腐在东四还是分量不减，块儿头坚挺。

最耗神的是卖豆腐。每天，老黄要做 10 板豆腐，每板 50 块儿。这个量是老黄在实践中总结出的经验。豆腐少了满足不了需求不成，多了臭大街了更不成。信誉好的有生意做，可你只顾“好酒不怕巷子深”，牛哄哄等人前来捡试试？那些大小饭店哪儿有那个闲工夫照顾你，还不是得你主动送货上门？一送一捡，利益关系老黄心里清楚得很。每天，他先给东四各大小饭店送去 8 板豆腐。待送完后，时间就到了上午 10 点多。老黄再骑着电动三轮车，拉着剩下的两板豆腐到小区路口卖。他不喊也不吆喝，点燃一支烟，温温和和地等人惠顾。不一会儿，人们三三两两来到车前捡豆腐。老黄一说一笑，豆腐卖得稳稳当当干净利落。不消一个小时，那两板冒着热气的豆腐就卖光了。

要捡老黄豆腐得看运气。我多在双休日时才捡，其他时候要捡非预约不可。老黄配手机后，每次捡豆腐我都要先给他打个电话。若他已到路口，我则赶紧下楼。要是慢了半拍，那就捡不到了。我是真爱吃老黄豆腐，要是一周不吃上一回，就像缺了点啥浑身不得劲。老黄说岳飞也爱吃豆腐，熘豆腐、拌豆腐、炸豆腐、煎豆腐，都喜欢吃。我问，你咋知道？他说，刘兰芳讲的。我哈哈大笑，吃老黄的豆腐有当民族英雄的可能，好吧，我接着捡。

老黄豆腐好吃，东四的大小饭店自然受人青睐。小区对面的冷面馆，就常有老黄豆腐的“回头客”来吃。“回头客”一进门，往往喊上一句“来一盘凉拌老黄豆腐”，要是没了，怕是那冷面就会写到脸上。

好东西一出名就容易被假冒。老黄豆腐卖得俏，就有街道外的豆腐眼热。中午下班，忽然想吃老黄豆腐，急忙到路口处看老黄还在不，可此时的老黄豆腐不仅卖光了，怕也是被捡豆腐的人家吃光了。心不甘，走进菜店，却见案板上摆着几块豆腐，软软塌塌，不新鲜也不白嫩。问是不是老黄豆腐，菜店老板信誓旦旦：“绝对保真，假一赔十。”似乎看出我的心思，老板又道：“再好的豆腐，搁久了就这样。”信你，捡。可回家一尝，味儿根本就不对。老黄豆腐细腻甜润，而这豆腐渣了吧唧的，还有点儿涩。一块冒牌豆腐，让我恶心了好几天。我把这事跟老黄说。老黄一边给我捡豆腐，一边望着对面那家菜店，连“哦”了几句后不再言语。真不知他咋想的，不追究假冒的事也就罢了，没几天老黄居然将那家菜店发展成了老黄豆腐代销点，每天都匀出半板豆腐拿到菜店里卖。那菜店门前的音响就蹩脚地传出：“优质大豆腐，老黄指定售……”

最后见到老黄，是前年的春天。去捡豆腐时，老黄幽幽地说：“吃吧，这是最后一回做了。”我一惊，问：“咋啦？”“哦，没啥，我和老伴儿过几天要回老家养老啦。”我遗憾道：“那以后可吃不到这样好的豆腐了！”老黄笑答：“没事，以后我女婿做，他会按时来卖的。”“哎呀，女儿结婚了。祝贺你呀！”“是我招的上门女婿，也是我的徒弟。”老黄说他把手艺都传给了女婿，包大家吃得满意。我真替老黄高兴。有了老黄的真传，新的豆腐也不会差的。

可后来，我还是失望了。老黄回老家，女婿续了他的营生。小伙子很勤快，像老黄一样整天忙个不停，对前来捡豆腐者也时常笑脸相迎。没过半年，他鸟枪换炮，把老黄留下的那台电动三轮车换成了四个轮儿的“半截尾”[①]。装备强了，人更干净了。豆腐还叫老黄豆腐，可吃着，总感觉与老黄做的差了那么一丁点儿。至于差在哪儿，我也说不清。东四其他人似乎和我一样，也少了往昔捡豆腐时那热切劲儿。

秋风瑟瑟，落叶飘飞。大中午的路口处，老黄的女婿还靠在“半截尾”前大声吆喝着：“豆腐，豆腐，老黄豆腐……”

---

① 指一种尾部带车斗的小型汽车，是东北地区方言。

林城里

一

午后起床，我给自己沏了一杯热茶，坐到电脑前浏览网页，寻找关注的焦点。

每逢双休日，我轻易不下楼，一门心思将个人天地无限拓展。我并非排斥外面的喧嚣，其实，外面的景致我还是愿意欣赏的。只不过，我喜欢独自徜徉在四季比较自然的景观中。春夏秋冬，荣辱盛衰，从蓬勃复出，到兴旺鼎盛，到吵嚷繁杂，再到一派安宁，都让我更加淡然。祖父在世时经常说：人生一世，草木一秋。老人家一句话道出无数感悟。在体验大自然周而复始、交替更迭中，能静静地体味人生的哲理，该有多超然哪！

我这个人好静，尤其是到了中年后，对一切看得都比较平和，唯有创作的激情常在。我喜欢写真情实感的文字，没有琴棋书画诗酒花的浪漫，也没有柴米油盐酱醋茶的凡俗，有的只是我的感悟和经历。很多文字，只不过是对过往的回顾和总结，稍作加工后拿来让读者“品尝”罢了。这些文字中，我燃烧情感，放逐思想，把真实的自我放在稚嫩的空间，让他自然成长。我希望自己的文字成为一缕风一朵云，飘过高山掠过江河，如云舞动如鸟飞翔。看自己的文字在媒体上发表，人也欢喜心也歌唱。

对于作家而言，只有作品才是存在的理由。文字是流动的营养，它让我行走的步伐铿锵有力，让我的生命充满力量。我感谢这血液的自然涌动，以及它再生的能量。若有一天，我放弃了创作，就意味着告别了自我，告别了这个世界。

敲打键盘，文字似水，斜阳如歌，午后的天空更加高远。这一天，我过得很充实。

二

看电视节目，“肥皂沫”在各频道不停地飘浮。脱离史实的影视剧、低下媚俗的娱乐节目以及夸大其词的广告，让人大倒胃口。

怀念20世纪80年代的电视节目。那时候，一台小黑白电视机能聚齐全家人的目光；那时候，电视频道三两个，没有矫揉造作，更没有陈词滥调，即便有广告，做得也比较诚实；那时候，电影是真正意义的大片；那时候，文艺节目能贴近老百姓的生活；那时候，电视连续剧集数不多，却能让人挂肚牵肠；那时候，一打开电视，就能在节目中获得快乐；那时候，我还小，没来得及多多体味就走上了跋涉的路。

儿子小时候有过不同寻常的看电视节目经历。为了看电视节目，10岁的他竟然趁我和他妈妈上班之际，将藏在床底下那台20寸的电视机搬出来，将它放到与他身高接近的电视柜上；为了看电视节目，他将我布置的课外作业做得一塌糊涂；为了看电视节目，他没少挨我的打，至今想来徒增一脸苦笑。儿子长大了，长大了的儿子再也不喜欢看电视节目了。问他何故？他说，没啥好看的节目，那些花了巨资拍摄的所谓大片儿都很假。也好，儿子有自己的水准，何况现如今的互联网真的很发达，电视节目不好看，就上网看看视频和文字吧。于是，家里的电视机使用率越来越低，即便打开电视机，也只是我一人看看《新闻联播》《鉴宝》

《军事天地》等节目。当然，从网上下载一部老电影，再用超大英寸屏幕的电视机来播放还是很惬意的。一段时间里，我都如此操作，乐此不疲。

电视机是受众最多的休闲工具，播放的节目理应贴近生活、贴近实际，最好是生动活泼、让老百姓喜闻乐见的。即便插播广告，也要真实可靠，绝不能搞钓鱼性的欺诈。做不到这些，老百姓最终都会把电视机关掉。

顺便提醒一下大小广告商们，与其在电视上花大钱做广告，还不如印一沓宣传单到街市散发的效果好。

三

这几年，我对噪声的忍耐力越来越差。

在甚嚣尘上的噪声中，整个小城不住地颤抖。从起初的烦躁、愤懑到如今的无奈和麻木，经历了一个质的改变。敏感性在嘈杂中丧失，而情绪却在烦躁中蔓延。没多久，自己啥病都来了：心律失常、神经紊乱等，真是苦不堪言。

正常的建设施工，老百姓都理解也都能接受。不管你大兴土木挖地三尺，还是挖了填、填了挖拉链式作业，总得有个规划才好。那种无头苍蝇似的建设，那种为了赶工期而不顾老百姓生活秩序的野蛮性施工，最终只能败坏一个地方的形象与声誉。那天，正好是星期六，不到6点，我睡得正酣。突然，一阵猛烈的砸墙声把我惊醒。砸墙声一声强似一声，一声比一声刺耳。我穿着睡衣打开房门一看，几个工人正在楼梯内轮番用大锤砸着墙体。我询问究竟，回答很简单，改造供热管线。我问谁让这么早砸的，回答说是施工的经理让砸的。早耳闻城区供热系统实行分户改造，可本小区是近年建的，供热系统早已分户供暖，为何也要改？这不是浪费吗？我还想问，妻子将我拽进屋：“都不管，你管什么？”

是啊，都不管，我管什么？我烦闷地坐在沙发上点燃一支烟，狠狠地吸了一口。此时，墙上的时钟响了六下。你施工就施工吧，可总不能为了进度，一大清早地就开始扰民啊！再说了，你要施工，总得贴出一份通知，和居民们打声招呼不是？我说自己这两年的心脏为何不好，原来都是你们这群只顾私利抛弃公德的人造成的！

“咚、咚、咚”，外面砸墙声一下紧过一下，一下比一下猛烈。楼体明显在摇晃，我的心也跟着高一下低一下地跳动。“还有没有人管了？！”我大吼一声，吼完后，自己也愣在了那里。是啊，还有谁能来管呢？我索性把门打开，向那几个挥汗如雨的工人喊道：“别砸了！再砸我就报警了！”

岭　下

一

深秋，中国北方之北。醒来，像往常一样，吃点儿东西穿上衣服准备上班，忽然意识到自己在休假。于是，在电脑上一目十行地浏览当日新闻，点开播放器想听银河台的相声频道，却仍然暂停。那就去下载，下载一部总也下载不完的老电影。网上，我体味万象的纷繁；生活中，我感悟一种琐碎的平淡。没有咖啡可煮，只有面包可吃。那就对付着吃吧，把它想象成一次盛宴，品味甘美，感受幸运。此时此刻，这个世界上还有挨饿的人。我很幸运也很幸福，没有成为那挨饿的一族。

想念遥远的亲人，想发邮件却一时不知如何叙述。能有几位亲人相互惦念，是件幸福的事。休假前，我很想请一次探亲假去看看他们，与他们一起闲聊、逛街、饮酒、说无奈的人无奈的事。忽然意识到，外出很不易，车票难求，机票很贵，没有睡懒觉的地方。只好浪费话费，再次在电话里报喜不报忧，外加说些不咸不淡的话，让牵挂在空中奔忙。就这样，让手机絮絮叨叨得发热，话费还有，电量却不足。只好开始充电，让我的联系渠道保持畅通。忽然意识到，已近中午，我还要忙一件事。于是，走进厨房，开始翻腾起蔬菜、米面，点燃液化气，做一顿有滋有味的午餐。

阳光散淡，天空慵懒。奔波的路上，我与生活一道，相互不离不弃继续前行。

二

我在吸烟，吸一种焦油量不高的烟。

原本我戒烟很成功，忽然有一天压力激增，为了解压，我又把烟捡了起来。他们说我是给吸烟找理由，但如果没有这烟，我真不知咋度过那些繁重的日子。烟雾缭绕中，我以为身上充满一种更加男人的气息。

我何尝不想把烟戒掉？扔掉打火机，豪爽地把余下几条烟送人。可没过几天，我又买来新的打火机，想找人家索要那几条并不算太贵的烟，见人家有滋有味吸着那牌子的烟，只好作罢。我又开始吸烟，尝试吸一种焦油量很低的烟，可真的不过瘾，于是从一小时吸一支变为一小时吸几支。心中盘算成本，哪种烟更适合我的消费。可盘算来盘算去，最终得出：以生命为代价，其实吸哪种烟都不划算。

初冬，室内外温差很大，可我还要把窗户打开，就是为了及时放走那些挥之不去的烟味。打开窗户，烟味很快就能飘走。那一刻，我很痛快，心中的烦闷也随之消散。我也不喜欢令人厌恶的烟味儿。

我吸烟，吸一种自认为害己不害人的烟。我知道二手烟的害处，所以，我尽量不在他人面前吸，尤其是尽量不在女性和孩子面前吸。还是那句话，不害人，是我的底线。

三

故乡，我想你了。

村西头还好吗？老杨树们还健在吗？大水塘、打谷场呢？我知道，我的思念和所有牵挂都是徒劳的。村西头，老杨树被砍，大水塘被填，打谷场上也早已建起了砖瓦厂。童年里那些美好的景象，只能在梦中反复播放。

我承认，我一直未能从记忆中的故乡走出来。不是我步履踟蹰，是我深沉地热恋着生我、养我的地方。在匆忙行走的岁月中，无论走到哪里，我最难以忘却的就是故乡。在我的视线里，故乡的模样从未改变，更未模糊。所以我说，我的故乡其实就是我最大的一笔精神源泉和精神力量，它是我的最爱，更是我不灭的依恋。即便我走得再远，那颗眷恋故乡的心都与故乡一同跳动。我要多写故乡，写记忆中十分美丽的故乡。在我的笔下，故乡阳光明媚，故乡风清月朗，故乡花红柳绿，故乡五谷飘香。

故乡，我想你了。想你对我童年顽皮的包容与呵护，想你对我童年成长的关切与培养。饿了，你能给我烧一穗嫩苞米；渴了，你能给我扤[①]来一捧深井水。想你，让我夜晚去瓜地里偷瓜；想你，让我去黄土山上捡核桃；想你，让我在田间小路上捉蝈蝈；想你，让我与小伙伴嬉戏在大水塘……我是那样热切地想念着你，我的故乡。知道吗？在挥泪告别你的时候，我告别了你，也告别了我可爱的童年。故乡，请帮我拭去眼里的泪，让我回头再望一下，望一下你丰润的脸庞。故乡，每一次想念你，对你的依恋就一次比一次强。

故乡，我想你了。我还能回到你身旁吗，故乡？在梦中，离开你时我脚步匆匆，而再回到你身旁，我的脚步却很沉重，沉重得就像背负了一个巨大的行囊。故乡啊，只有你不嫌弃我这个游子，只有你才能热情地拥抱我满是疲惫的臂膀。走进村西头，我的眼泪终于打湿了枕巾。

四

我犯困，那种总也睡不够的困。

---

① 方言，指舀。

眼睛很涩，像即将干涸的滩。翻书，书跟着我的思维变得茫然；看电视，电视随着我的心开始惆怅。只好躺在床上数绵羊，数来数去，却随绵羊一道儿在荒野上迷失了方向。只好想美好的往事，美好的往事里也有淡淡的忧伤。

那就听“随身听”，让里面云集成一堆泡沫，或听评书、相声，还有二人转，把它们编织成一张硕大的网，网尽生活中所有的遗忘，让我痴迷一曲题为生活的乐章。我步入中年，心已苍老，像这个世界上未老先衰的经济，提前透支明天的朝阳，以及朝阳下一缕有限的金黄。心中有风，风在哭泣，旋转成忧伤；心中有梦，梦辗转成迷失的方向。在寂寞的小屋内，我走失成一片孤单的云，飘散前再看一眼檐下的霜。

我想再去睡一觉。在梦里，我只是古老荒原中的一首曲、一匹马，还有寒光闪烁的刀与枪。不可睡，我不可睡，睡去了，我怕惊动雪山上的虎豹，我怕引来森林中的豺狼。我就是一个弱小的人。在梦中，生与死对我不屑一顾，我也只能找一种沉稳的状态，淡然地审视着一群像我一样的人，没有非凡的仪表，没有华丽的衣装。这群人缓慢地走着，压抑着胸中燃烧的火焰和无限的欲望，向前缓慢地走着。走着走着，我就进入了梦乡。

我醒了，天却没亮。在尚未冷却的温室里，我的血压开始升高。我还想去梦中逗留片刻，却再也无法睡去。我只好披上睡衣，在客厅里轻轻地走来走去，模仿着梦中那跋涉的模样。

就这样走着，太阳终于从楼群中钻了出来。我粲然一笑，对太阳说：“你睡醒了？”太阳强打精神：“犯困，那种总也睡不够的困。”

五

我在修集中供热的暖气。

暖气热，但有一处叫“跑风”的开关在漏水。为了不让暖气憋闷，我经常打开这个叫“跑风”的东西，这样拧来拧去，终于有一天，“跑风”关不严了，开始流起了口水。它对我说，它要呕吐。

我知道暖气呕吐后，一定会饿。暖气经常泄水，每次泄水了，它的腹部都空空如也。过了几天，暖气开始注水，暖气说，我饱了。饱了好，总比挨饿强，我说。可暖气说，我身上不热。我问，为啥不热？它说，我憋气。那就放气吧，于是我就打开了那个叫“跑风”的东西，就这样一来二去，没过几天，来回拧，终于拧到“跑风”呕吐了。

于是，我屋里的计时工具，除了时钟嘀嗒作响外，就是这个叫“跑风”的家伙也开始“滴答”“滴答”友情伴唱。时钟、跑风，嘀嗒、滴答，开始二重唱，我的生活开始不淡定。总得有个解决的办法，我只好在楼梯处找一个解决方案。楼梯两侧的墙壁上到处都贴满了那种不干胶纸印制的小广告。这种纸张，似乎就是为小广告准备的，这楼道的墙壁，似乎就是为张贴小广告服务的。这就是一种时代特色吧。这一刻，我忽然对小广告有了好感。我打了第一个电话，人家没时间。我打了第二个电话，人家说 50 元，我还价 25 元，人家不干。我打了第三个电话，人家说上门维修至少 25 元，还要排号，现在真的很忙。我说，不要排号，我付 30 元，你来吧。那边说，你得准备好新跑风，还要把进出水的暖气阀门关掉。

我去街市上讨价还价花 20 元买了一个据说是质量上乘的快开式阀门，以取代那个滴答作响的“跑风”，好让呕吐的家伙彻底见鬼去。

我在家等候着水暖工上门，一起维修集中供热的暖气。

六

听音乐，把自己想象成飘飞的音符，像风像雨像雾，在空中自由飘飞，却找不到停歇的地方。

我不会配乐，否则我的生命肯定能吟唱很多浪漫的歌谣。我只会写一些不太浪漫却也充满感情的文字。文字里，我把自己想象成一个纯粹的人，放马，劈柴，看大海。在日出了无痕迹时，去倾听温柔的涛声，伴着阳光一同将心中的梦堆满沙滩，让沙滩去造一对儿生命的丰乳，感受细腻和丰润。

想起爱唱歌儿的季节。那季节花香四溢、鸟语萦绕，那季节热情洋溢、神采飞扬，那季节青葱素锦、无限芬芳。那季节太短暂，短暂得让生命来不及绽放太多的光芒；那季节太无奈，无奈得还没学会去面对，就让我直接与残酷的现实进行反复较量。

在残酷中，我的生命在吟唱一首通俗的歌儿，唱着这首歌儿，我的热血少了沸腾、少了张扬，多出了一份宁静，也生出了一种忧伤。面对纷繁的万象，我不再吟诗诵词，而开始整理跳跃的音符、铿锵的乐章。我期待有一天，自己创作一首能流传的歌儿，让世间所有善良的人一同歌唱。

音乐流成小溪，我在小溪前把自己蜿蜒成迷人的影子。我知道，从我的额头上轻轻掠过的，不是岁月中膨胀的痕迹，而是一去不回头的时光。我用心写着这首个性十足的歌儿，期待有一天它能成就我一生的梦想，更期待着它能召唤世界上所有的知音前来欣赏。真的，在流淌中，我把小溪想象成一位将要远去的朋友；在流淌中，我把自己倾听成一派自然的景象。在云起雾落的日子里，我这首原创的歌儿，一定会迎来风读雨诵、天吟地唱。

我终会老去，但我的歌儿不会老。毕竟它很真诚，情也最深，意也最长。

散落的花瓣

一

山色早已暗淡，琐碎的时光与片片黄叶在树林中被风来回地刮着，就像一场凌乱的梦，不知是该悄然离去，还是驻足徘徊。

这个秋天因闰月显得有些漫长，而漫长的季节总会让人不安。我缓步走上登山栈道，两侧的树林一派肃然，各自独立却又相互支撑，虽然身心疲惫，却依旧沙沙作响。阳光洒落在栈道上，树影越发婆娑。一群山雀飞过，四周安静了许多。停下脚步仰望天空，天空被秋光洗得清澈如水，山下的林城越发清丽。

沉默的天空下，那些飘落的树叶可真有灵性。我很少爬山，难得有此闲情游览。顺着阶梯一步一步往上攀，登山栈道与万千林木浑然一体。行走在如诗似梦的景致中，我感受着北国特有的风光，一身的倦意随着秋风一扫而光。按说栈道上应铺满黄叶，即便没有，也该是星星落落的样子，可栈道上真的找不到树叶的踪影。它们就像一个个过客，在风中飘飘悠悠，有影却从不留痕。我继续向上攀，高悬的栈道却越发陡峭，视野则越来越开阔。年轻时喜欢登山，步入中年后，也许有些疲惫，也许有些淡然，对登山渐渐失去了兴趣。渐渐滋生了几分惰性，似乎习惯了一种安逸。心中时常暗喜，闹中取静是一种兴致，处变不惊是一种美德，我这人岂不是超凡脱俗，随遇而安？

一只山雀，在前面的栈道上忽上忽下跳跃着，看那轻松的样子，我多了一分快乐。我停下脚步，微笑地欣赏着它的每一个动作。我想，这许是刚飞走的那群山雀中的一员吧。难道这只山雀也喜欢寻觅一种安静吗？我这样想着，对它也就生出一分爱怜。这只山雀显然也发现了我，在我看它时，它也不时地打量着我。我轻轻地吹了一声口哨，它竟然欢快地鸣叫了一声。我高兴极了，情不自禁地向它走近了一步，可它却一下子飞走了。我后悔自己没带上相机，若手中有相机，一定给它来一张特写。

要是我有双山雀的翅膀该多好啊。我这样想着，竟然像孩子一样笑起来。

二

坐在山坡上向下望，小城就像丰硕的果实，在山坳里散发着阵阵香甜。

小城在美中也有缺憾。在富有现代特色的建筑群中，矗立着一对计划经济时代留下的大烟囱，怎么看都显得那样不协调。本地人都有相似的感受：当火车即将驶入这座城市前，第一眼看到的不是林立的高楼，而是两座残存着工业气息的大烟囱。从 20 世纪 60 年代到现在，小城几经扩建，身材不断增高，这对大烟囱却一直倔强地扎着根。它们不仅给小城带来了无边的污染，也给小城的形象蒙上了一层阴影。

每年 10 月至第二年的 4 月，小城的供热系统就开始运转，而这对大烟囱就会不断地喷出一股股白色的烟。都说要搬迁，可多少年过去了，这对烟囱依然在小城中固执地守候着。越是登高，这对烟囱越醒目。我这个摄影爱好者曾多次拍摄小城风光，但每次拍摄都无法避开这对烟囱。拍的片子很美，可因这对烟囱从中作祟，大煞了小城的风景。情急之余，我从网上下载了一种修饰图片的软件，硬是将这对烟囱从照片上抹了下去。没了烟囱，小城可真美啊。

就像人生的境遇一样，坡上的景致一年四季各有不同。我想，我已经走过了春，走过了夏，现在即将向秋天迈步，当然，再往后还要迎接冬天。冬天一定很冷，但冬天肯定很宁静。那时，除了刺骨的寒风外，还会有干干净净的雪。不远处，一位老人拄着拐棍从山上蹒跚走来，我下意识地停下身，靠在一侧让他走过。他蹒跚走过时，向我看了一眼，像是自言自语，又像与我对话："年轻真好，上山轻快。"我冲着老人笑了一下，老人也冲我笑了一下。是啊，年轻真好，我虽然不再年轻，但和老人相比，我还真的很年轻。进入中年后，总感觉自己有些老了，不是身体老了，而是心境淡了，也缺少了原有的激情。人不可能只在春色中流连忘返，也不可能只在夏景中兴致盎然。一入秋色中，人自不从容。我想，有些惆怅有些无奈在所难免，只要能在秋色中从容应对、坦然前行就行。

不想了，任岁月更迭，爬山就是爬山，不为了领略风光，只为了身心得到片刻安静就好。

三

狭窄的小区，被数十台私家车挤占得满满当当，痛苦不堪。

四座七层高的楼房围成了一个所谓的四合院，四合院中居住着两百多户人家，彼此相互守望又相互陌生。即便有熟悉的，进进出出也只是打一下招呼，又匆匆忙忙各忙各的了。

一年里，任凭风霜雨雪依次眷顾，四座楼房都很稳固很周正，而局部的楼体却显出了一片斑驳。该重新粉刷一下了，可不知由哪个单位负责。我想着，在厨房里点燃了一支烟，吸了两下，忽然意识到了什么，赶紧打开排气扇。戒了几次烟，却都因意志脆弱以失败告终。在家里吸烟自然很放松，即便把满屋弄得烟雾缭绕，只要开一会儿窗户就可以了。可妻子一进屋还是闻出了烟味。唉，与其被她磨叨，还不如自己去厨房吸烟。吸完烟后，把排气扇一开，烟气自然会被吸走。

一群灰色的鸽子常年在小区里飞来飞去。鸽子是小区那位经常义务打扫卫生的老人饲养的，每天早晨上班时，我总能看见他在小区的垃圾箱前弯腰翻腾着。每一次，老人总能翻腾出一堆垃圾食物。而后，他在垃圾箱旁将这些食物堆摊开，让鸽子们前来啄食。起初，这些鸽子还有些胆怯，边环顾四周，边飞到老人的身边，匆忙地啄着地上的食物。这样没几天，鸽子们的胆子就大了。它们经常无视院里过往的行人与车辆，像小鸡儿似的在地上来回走动。它们吃饱后，就会发出“咕咕咕咕”的叫声，随后心满意足地飞起来，飞到阳光明媚的阳台上消化食儿去了。过了许久，鸽子们不约而同地飞出了小区。看着鸽子们离去，老人与小区都有些伤感。

在杂乱的小区内，怀想着一些琐碎的人与事，心中涌起莫名的惆怅。最近这几年，这种惆怅经常不请自来又挥之不去。我不知道自己能为这个社会、为周围的人做些什么大事，对一些常见的问题，有时真的想出手援助。妻子说我好管闲事。别的事情不说，单说小区的供热问题，每每暖气不热，我总是在第一时间给供热单位打电话；楼道不干净了，总愿意找物业公司理论。好管闲事少有回报，却生了很多不该生的气。

想着一些事，情绪在烟雾中波澜起伏。烟吸完了，转身走出厨房，一阵鸽哨，是那群灰鸽子又飞回了小区。我好像忘关厨房里的排气扇了。

四

一场雪过后，气温骤降。走在下班的路上，风迎面扑来，像小刀子刮脸一样，凌厉而生涩。

正是下班高峰，街上的行人与车辆都放缓了速度。路面上的积雪在夜幕降临时已被清扫干净，可路面还有些滑。一位中年妇女骑着自行车摇晃了几下，最后还是摔倒了，路口的女协警赶紧跑过去扶她起来。似乎没什么大碍，中年妇女道谢后，推着自行车一摇一摆向前走去。

小城四面环岭，天冷风却不大。即便风雪弥漫，小城还是岿然不动。雪将小城装点一新，也给小城带来了压力。为方便人们出行，清洁工人都以雪为令，自觉投入到清雪行动中。他们在寒冷的户外，一干就是一天。有时，他们刚将头一场雪清理完，新的一场雪又铺天盖地接踵而来，他们只好不分白天黑夜地连轴转。好在小城不大，清洁工人还能忙得过来，否则，真的要全民行动了。走在路上，一丝寒意袭来，身上的棉服已被吹透，看来又降温了。行得匆忙，围巾落在了办公室，只好让面部受委屈吧。好在单位离家不远，步行也不过十来分钟，还能忍得住。

家与单位组成我的两点一线。说来很欣慰，自20世纪80年代末以来，不管我在哪儿工作，家总是离单位很近，最远的也不过2000米。当然，这也许和我生活工作的地方不够大有关。倘若在大城市生活工作，这么近的上班距离肯定让无数人羡慕。这几年，一些同事和朋友都买了私家车，我也曾产生过买车的想法，可转念一想，小城就这么大，上下班的距离也不远，买车实在是没多大的必要。我有个邻居，上班的距离比我还近，夏天把车停在小区院内，冬天就在单位附近租了一个车库。冬季一到，他每天都坚持早中晚三次停车和取车。他上班的路上，驾车所花费的时间比正常行走的时间还长。这样不到两年，他只好在后车窗上贴了一张转让车辆的广告。

思绪尚未蔓延，天空又飘起了雪花。在路灯的映照下，这些雪花飘飘洒洒，温柔而又浪漫。多美的雪啊，我感叹着，下意识地加快了脚步。

五

现在连室温都能打折，还有什么不能打折的呢？

天冷了，暖气似乎送得很顺畅。看温度计，20 摄氏度，可室内却有温度没热度。温度计上的度数？没有用的，只要将温度计拿到室外放上那么一会儿，再拿进室内，那温度计说啥也不会再升到 20 摄氏度了。前些年一进入供暖期，家里就温暖如春。可近几年，室温明显打了折扣。问过几个同事，他们也有同感。唉，那种“老太太过年，一年不如一年”的比方，是不是就指这类事情呢？我多次找小区供热站，多次给供热客服打电话，他们却有万千理由：提高两度难度很大，要管线改造要加热加压要投入，会增加很多成本。咱这人最大的优点就是善于理解，那就克服吧。

都怎么了啊？我叹气。人还能对付，可室内还养着十几盆花儿呢！室温不高，花儿长得半死不活。这些花儿有多珍贵？其中的一盆蟹爪兰可是母亲生前给我留下来的念想啊。那些年一进入 11 月，这盆蟹爪兰就会如约绽放。可近几年，蟹爪兰开的时间明显晚了半个月，而且开得也不如从前那般生动与茂盛。妻子说：“还成，这样的室温总算给蟹爪兰留着一些生存的空间，不至于将它冻死。”“那，”我说，“我该感谢供热站喽？”妻子无奈地笑了一下，摇了摇头。

和妻子走出家门，在寒冷的户外散步。到处都是商品打折，“大放血”“跳楼”“不活啦”等广告语，让人触目惊心。妻子说：“回去吧，别感冒了。室内温度再低，也比外面暖和。”我还真就感冒了。写此文时，我就喷嚏连天。我给妻子打电话，让她下班回来时顺路买盒感冒药。放下电话，我又下意识地看了一下温度计，还是 20 摄氏度。这温度计虽然不讲诚信，却也算忠于职守。

晚上，室内还是 20 摄氏度。我不死心，将暖气罩卸了下来，再用手去摸暖气片，暖气片依旧很温乎，注意是温乎，不是热乎。我问妻子：“电热器放哪儿了？”妻子说：“算了吧，那电热器一小时就要花去几度电，多贵呀。”我说：“那也没办法，花钱买热总比挨冻吃药强！”妻子有些生气：“咱又不是没交供热费，这样的供热效果明年就不交了。”我说：“你要是不交供热费，连温乎都没了。”

南方朋友都很羡慕北方冬天室内有暖气，真不知道他们知道了这番情景会怎么想。唉，一切由它去吧。

春色在雪中绽放

午夜降温，我连忙起床跑到客厅将半开着的窗户关了起来。妻子问干吗要关窗户，我说要下雪了。妻子半信半疑，我却安然入梦，对即将降临的春雪深信不疑。

早晨起床，天灰蒙蒙的一片，让人有一种压抑的感觉。妻子说，哪里有雪啊，你输了，中午请我吃饭。我说，要是下雪了，我也请你吃饭。2月下旬以来，小城气温节节攀升，对面楼顶上的雪不到半天就化得干干净净。

真的，我对雪有着特殊的依恋。每年，我都希望小城的雪下得多一些大一些，可它却一年比一年少，一年比一年小。去年冬天以来，有“林都”美誉的小城未下一场像样的雪。这不仅让外地来的游客大为失望，就连本地人也颇感疑惑。即便全球变暖的脚步再快，身处北部的寒冷地带，总不能变为热带吧？我不太相信，也不愿意相信，可事实真就如此。哦，对了，大年初二的那场雪还算有些规模。那厚度约1厘米吧？可那雪没下1小时就停了，让人意犹未尽，徒增失望。

我依恋雪，倒不是有着诸如“晚来天欲雪，能饮一杯无”的闲情雅致，而是能在下雪时舒适身体、愉悦精神，外加回忆与憧憬罢了。要是来一场大雪，所有的尘埃一定会顷刻消散，城市的空气也会清新起来，那天空也会变得湛蓝如洗，人们绷得很紧的情绪和神经也会得到舒缓。对于大兴安岭而言，一场大雪还能缓解春季防火的紧张和压力。而对农人们来说，降雪就是降福。农谚有云：“冬有三天雪，人道十年丰。”适量下一场雪，对林地也是一种滋养和润泽。据说，每升雪水里，约含 7.5 克氮化物。雪水渗入土壤，就等于施了一次氮肥。

能像模像样地下一场瑞雪，是令人向往的事。童年时每逢下雪，我都格外兴奋。这兴奋饱含着一种期盼，一种对雪的依恋。雪前，那天空、风向和温度，总能让我感知一丝温情。那时，雪总下得很大很多，多得忘记了日子的艰辛。长大后，无论是北国还是南疆，每到下雪的季节，我都在心里一遍一遍念着它。雪中，我徜徉着欢笑着，时不时还忘情地奔跑着。我不喜欢刚下完雪就被扫走，我喜欢没有印痕的雪，没有被污染的雪。我慢慢欣赏它，品味它，歌颂它。在下雪的地方，我的天地无比清纯，我的梦无比干净。

我对雪情有独钟。那年冬在湖北，起初几天总有一种感觉，天要降雪。于是，连忙说与周围的人听，结果却没有人相信。他们说，这里很少下雪，下雨倒是常事，你肯定是想家了。他们把雪念成“se”音，三声。可没过一天，当地真下起了大雪，一场罕见的大雪。那雪下得可真大，虽然不比家乡的雪飘逸洒脱，却也纵横飞舞了大半天。待雪停，整个城市已是洁白一片。当地人欢呼雀跃，孩子们忘情地堆起了梦中的雪人。我正兴奋着，雪却悄无声息地化成了污水，洁白的城市瞬间变成了灰黑色。老天爷好心赐予的雪昙花一现，未免让人怅然。不过，对雪的真诚与痴情，最终使我收获到一份吉祥的礼物。雪后没几天，我被当地税务机关录取，正式成为一名国家公务员。

雪是一种语言，只要你肯用心读它。调回家乡的那年春，雪少得可怜。见我站在窗前发呆，母亲走过来说：“也不知咋的啦，这几年咱们这里一直没下一场像样的雪。该下雪不下雪，奇怪不奇怪？”我当时不知如何回答母亲，说全球变暖、气候不正常吧，母亲内心或许不愿接受。返回湖北时，大兴安岭着了一场大火，几千人上山打了近半个月火。我和母亲说，不着急，大兴安岭会下雪的，一定会。2008 年，也是 3 月，小城下了一场怪异的雪，风卷雪涌，天昏地暗。在狂飞乱舞中，这雪似乎有一种委屈，有一种怨气。这场雪后不到 50 天，母亲突然离世，当时我在扑火一线，没来得及见上母亲最后一面。雪的谶语我没读懂，只留无限遗憾在心中作痛。这种痛，不时而至又挥之不去。

我多希望下一场让人身心舒展的大雪啊。上午 10 点刚过，天果真飘起了雪。这雪像梨花一样，在空中纷纷扬扬，越飘越快，越飘越密集。我兴奋地给妻子打电话，说瑞雪兆丰年，中午我请客。多美啊，这场北国的春雪。它让春色如约而至，让圣洁缠绵蔓延。雪落不久，一条洁白的地毯就铺在了脚下。它纯美，原生态，接地气，让人走在上面倍感踏实。我心里祈祷这雪下得再大一些，再多一些，让守候者不急切，让期盼者不失望，让歌颂者不迷离。雪似乎感知到了我的心愿，越下越起劲儿，使北国银装素裹、妩媚妖娆，也使八百里兴安洁白芬芳、激情荡漾。

见我陶醉，妻子问，又想起了哪句诗？我说：“当然是‘窗外正风雪，拥炉开酒缸’啦。”妻子说：“美的你，中午不能饮酒。”我说：“那就用鲜美的冬瓜汤代替吧。”说完，我俩都笑了。

一座城市的脊梁

这是一个四面环岭的地方，不醒目，也不够突出，但它就位于黑龙江省西北部、大兴安岭山脉的东南坡。别找错位置，对，要去内蒙古自治区找。具体的位置在鄂伦春自治旗境内。然而，它却是黑龙江省的行政区域。

外地人，尤其是南方人对加格达奇这个地名颇为费解，在咬音上也感到很拗口。那年，我从湖北调到加格达奇工作，湖北的朋友们都为我高兴，但对加格达奇这个地方却都很陌生。他们说，加格达奇是个什么地方，读着咋恁别扭啊？我解释，加格达奇是鄂伦春语，意思是生长樟子松的地方，是大兴安岭地区的政治、经济、文化中心，相当于一个地级市的核心区。这么一说，湖北的朋友似乎明白了一些，可他们读着读着，却又将加格达奇读成了“加达奇”了，唉，就让他们去读吧。有朋友又问，怎么在地图上找不到你去的那个地方啊？我一看，他在翻着一本全国地图册，查看的那页正是黑龙江省。我帮他翻到内蒙古自治区那页指给他看。他好奇地问，不是黑龙江省的行政区域吗，为何要到内蒙古自治区去找？

我解释，当年开发建设大兴安岭，是党中央国务院亲自指挥和领导的，当时的指挥部就设在了加格达奇。后来，中央将开发建设大兴安岭的管理权都交给了黑龙江省。随着建设的不断发展，加格达奇成为黑龙江省大兴安岭地区行政公署的所在地。开发建设以来，这里的民族关系十分融洽。经我这样一说，湖北的朋友才算明白，可他嘴里还是念叨出“加达奇”“加达奇”。我实在忍不住，上前扶着他的肩膀说：“哎呀，跟我念吧。‘加格——达奇’‘加格——达奇’。对，就这样念。”湖北的朋友总算念准了。

从 2013 年夏到如今，我在加格达奇工作生活整整 18 年了。18 年里，我与加格达奇朝夕与共，同呼吸共命运，对它的感情也与日俱增。我时刻关注着它，关注它的发展、它的变化。毫不夸张地说，它的每个微小变化都牵动着我的神经。加格达奇是一幅立体画。无论你从哪一个角度去欣赏，你都能感受到它那俊秀的美。这俊秀源于它的玲珑，它的清纯，它的自然。在画中行走，每个人都能走出一道风景，成为画中的主角。或垂钓，或爬山，或散步，或舞蹈，或歌唱……画中，你会感到一种轻松和惬意；画中，有颇为时尚的新世纪广场，有笔直宽阔的景观大道，有让人流连忘返的甘河公园，还有充满现代化气息的商业圈和地下商铺，而最让人流连忘返的就是充满地域特色的北山公园。

加格达奇北山公园，因北山而得名，拾阶而上可俯瞰小城全貌。公园内生态资源保存完好，是大兴安岭森林资源的缩影。这里除了铁道兵纪念碑外，还有电视塔、绿月桥、亭台等景点，自然景观和人工景点相得益彰。改革开放后，加格达奇一直注重城市绿化。北山公园中，很多树木都是 20 世纪 80 年代后栽种的。数十年过去了，昔日栽下的小树苗，如今都已经长成参天大树，樟子松、落叶松、杨树、柞树、紫丁香郁郁葱葱。大兴安岭开发建设 40 周年时，当地政府对北山公园进行了大规模的改建和扩建，修缮了公园东西出口，增设了十余处别具特色的景点。横贯东西的北山公园很快成为人们游览、健身、休闲的最佳去处，被批准成为黑龙江省 AAA 级森林公园和革命传统教育基地。

清早起来，发现对面的楼上覆了一层清雪，这才知道昨夜加格达奇下了入冬以来的第一场雪。对于加格达奇而言，不到 11 月，雪很难留住。不期而至的雪，其命运可想而知。虽然这雪很小，几个小时后就会消融，但我还是很兴奋。正值休假，吃罢早餐走出家门，信步走向北山公园。一阵寒意迎面扑来，我努力进入热身状态，阔步向公园大门走去。北山坡度舒缓，公园内景致依山成趣，宽大的台阶在延绵的山体中自然而端正。对于一个大型自然公园，能否方便游人行走，台阶的设计无疑成为关键的一笔。北山公园纵横交错，若将这些台阶连在一起，能有近万米。这些台阶的材质除了自然山石外，更多的是枕木，所花费的气力之大可见一斑。

因初雪，北山公园的空气更加清新。漫步在这里，你不仅能领略它的诗情画意，还会感受到它的时代特征和无穷魅力。我多次向外地朋友介绍，北山公园值得一游。这不仅因它自然景观好，更因它依山而建，东西延绵数公里，是全省乃至全国少有的自然公园。真的，北山公园一年四季都是休闲和游览的好去处。春，素有北方山杜鹃之称的达子香竞相绽放；夏，娇媚的紫丁香姹紫嫣红，散发着醉人的馨香，而与之相衬的是整个公园的浓郁和幽远小道；秋，林木斑斓，寥廓的天空下各具风格又一派盎然；冬，雪霁初晴，银装素裹，石阶厚重，小桥悠然。走进初冬的北山公园，我慢慢体味着它别样的风情。在苍苍林木中，那些发黄了的树叶在风中沙沙作响，有的禁不住诱惑还是落了下来。我顺手拾起一枚黄叶，边走边欣赏着它的纹路。有人喜春光，有人好夏景，但我更爱这初冬的景色。拾阶而上，登高望远，加格达奇这座小城变得更美了。

北山公园最醒目的建筑，就是铁道兵纪念碑，这也是北山公园突出的标志。纪念碑建于 1988 年，用以纪念铁道兵开发大兴安岭所取得的丰功伟绩，铭记为此而牺牲的铁道兵战士。纪念塔造型为两根巍然耸立、高达 20 米的不锈钢轨，钢轨间焊接着大幅铁道兵军徽。为什么要 20 米？这是因为当年铁道兵在大兴安岭开发建设刚好 20 年。纪念碑前是一座 5 米高的玻璃钢马鹿雕像，马鹿昂首阔步、雄性十足，象征着铁道兵一往无前的拼搏精神。纪念碑后，是一面高 3 米、宽 10 米、厚 1.5 米的图文墙。正面中间，镌刻着 12 个端庄醒目的大字：铁道兵开发大兴安岭纪念碑。背面，则是震撼人心的碑文：

一九六四年，遵照党中央、国务院和中央军委的指示，中国人民解放军铁道兵三、六、九师八万官兵进军会战大兴安岭。广大指战员在举世罕见的“高寒禁区”爬冰卧雪，露宿风餐，英勇开拓，顽强拼搏，在林区各族人民支援下，到一九八三年底共修建铁路七百九十二公里、桥梁一百二十四座、隧道十四座，为开发林区，建设边疆做出了重大贡献。为铭记他们的光辉业绩，缅怀英勇献身的烈士，特立此碑。

中共大兴安岭地区委员会

大兴安岭地区行政公署

公元一九八八年七月一日

功绩，人民永远不会忘记。在距离纪念碑千米之外，就是肃穆的烈士陵园。这里安葬着大兴安岭开发建设以来于不同时期英勇献身的革命烈士。每年清明节，当地群众自发前来祭扫，以告慰逝去的英灵。

一座城市的发展，关键要看是否适合生活居住和修身养性。不管城市多大多发达，一旦远离了自然和清洁，就意味着走向没落。这些年，一些地方野蛮施工，噪声和粉尘给人们造成很大伤害，让人们无所适从、烦躁不安。如果不引起重视、加以整治，必定损害城市的声誉和形象。加格达奇发展历史不足 60 年。单从发展上说，加格达奇都比不上我的出生地呼兰以及年轻时打拼过的那个湖北小城。可这个新兴的地方，进入新世纪后，发展的速度可谓日新月异。尤其是 2003 年至 2010 年，小城基础设施建设成龙配套，清洁美丽。外地人来此，都交口称赞“小城不大，秀美如画”。真的，那些年，加格达奇的老百姓幸福指数极高。

徜徉在北山公园，我的思绪获得了舒展，身心也更加轻松。向前望去，山顶上的石阶小路忽而陡峭，忽而平坦，忽而蜿蜒，忽而顺畅，富有动感，充满张力，就像一条腾飞的巨龙。陶醉中，我情不自禁地拿起手中的相机连拍了数张。不知什么时候，一位清洁工走进了拍摄的画面。他仔细清扫着石阶上的树叶，那娴熟的动作与起伏的石阶构成了山顶上最美的风景。“这小路可真像条龙。”我自言自语。“这是北山的脊梁！”清洁工搭话道。我眼睛一亮，好比喻啊，山顶上的石阶小路还真似北山的脊梁。

一个人需要脊梁，一座城市也需要脊梁。昔日开发建设大兴安岭的前辈们，以及在此扎根继续奉献的人们都是脊梁。昨天的、今天的、明天的，无数的脊梁汇聚一起，就成了这座城市忠实不灭的魂。

加格达奇的夜

在加格达奇，黑夜比白昼柔，比白昼美，更比白昼媚。

春夜是加格达奇的素描。刮到晚上，风已疲惫。路两侧的树还有街上悬挂的条幅，慢慢停了抖动、止了摇晃。星星出来了，在加格达奇的上空一颗一颗地闪着，不一会儿就成了一片。路灯也亮了，一排排向远处延伸着。风小了，气温却降了。春寒袭来，行人寥寥。新世纪广场上的大型显示屏刚刚转播完中央电视台的新闻联播，就开始不厌其烦、一遍又一遍地放着森林防火公告。

飘逸的围巾裹着洒脱的衣领，一群年轻人有说有笑地朝前走，耳上的麦克风，摇摇摆摆像风一样。突然，城市的上空响起长长的警报声，把星空撕开了一道口子，随着阵阵寒意掠过，似乎有群狼奔跑。一天两次，首次是警戒，第二次是解除，如作文一般首尾呼应。各家各户总算可以安心做饭了。如今，加格达奇以楼房为主，生火做饭再不必劈柴入灶。可风高时的防火警报还是少不了的，毕竟防火重于山，遵守警示，靠的是自觉。晚饭做得细，男人女人一起忙活，菜美饭香。车在路上跑，人在家里就坐不住了。很多人穿上了运动服开始户外锻炼。

把白昼纳入眼帘，把黑夜埋在心间。加格达奇一天到晚温差很大，春季里昼夜温差有十来度。一般来说，每天上午 10 点到下午 3 点是锻炼的最佳时间段。可因上班或经营生意等因素，绝大多数人在这个时间里很难进行锻炼。忙完了一天，也就剩下晚上的宝贵时间。说是春季，但天不暖和，一些人索性把自己关在家中，安逸中滋生懒惰。老人说，黑咕隆咚的有啥好看的，还不如看看电视、上上网舒服。可那些锻炼的人难道就不知室内待着舒服？没有个好身体可怎么行，这样想着就又坚持着锻炼。这些年，加格达奇的生活节奏堪比大都市，动起来了，也快起来了。加格达奇的夜已不再寂寥。

夜晚徒步行走，怎么走都比白天顺畅，因为此时路上少了许多车辆。顺风行走总是比逆风强，一旦逆风了，适合背过身倒着走，只是膝盖不要弯曲，步子不要太快，这样锻炼更利于健康。立春过后，天长了夜短了，可年轻人晚睡的习惯没有改变。即便天黑了，你也能在路上见到年轻的身影。你可别以为他们锻炼后回到室内就休息，他们的精力旺盛着呢。他们还要拿着手机聊着天，或者在笔记本电脑上播放一部大片，直看到上下眼皮不停地打架为止。到这时，加格达奇的春夜才静了下来。

夏夜是加格达奇最美的盛宴。树绿了，花开了，清新的空气吹拂着人们的衣衫，加格达奇的夜多了一分迷醉的繁华。与南方不同，加格达奇虽然夏日不失火热，但一到夜晚，温度就降了许多。空气不再热辣，清爽的感觉顺着头顶袭遍了全身。美丽的夜，女人的夜。加格达奇的女人俏而不娇，不花枝招展，却绝不逊色于都市丽人。论时尚，加格达奇的女人不俗不凡个个超然；比模样，加格达奇的女人身材高挑，清灵秀美；看气质，加格达奇女子文质彬彬温文尔雅。天色一暗，年轻的姑娘们就一下子涌出家门，在大街小巷里长发飘逸，一颦一笑，灯火中是粉红的脸，夜色中是青春的颜。广场上，雄壮的乐曲响了起来，原来是女子军乐队在表演。多少人在围观啊，除了欣赏那迷人的音乐，还不是为了一睹她们那迷人的身姿？

“大旅游”贯通了南北，距离早已不是问题。游客们陶醉在加格达奇的夏夜里，仿佛置身神奇的世界。是啊，神奇就在加格达奇。相比迷恋灯火，游客们更喜欢仰望星空。夏夜，不用借助辉煌的灯火，单凭辽阔的星空就能把加格达奇点亮。在大城市待惯了的人哪儿见过这么多明亮的星星啊。久违了，星星们；久违了，美丽的星空。一些老年人，跳不动广场舞，就抱着孙儿孙女看星星，讲星星的传说。多么幸福多么惬意，就连星星都感受到城市追寻的恬静与人们质朴的热望。我灵机一动，加格达奇是不是可以修改一下别称呢，比如，不要再叫“山城”“林城”“林都”等了，干脆就叫“星城”吧？对，就叫星城。

加格达奇的广场舞是夜晚的一道风景。前些年是大秧歌，近几年跳的花样就多了。雅致的是三步四步，俗的则是翻版的秧歌舞，洒脱自然，随心所欲。场地倒是不缺，缺的是没有车辆、不再拥挤的空地。跟发达城市一样，加格达奇的车辆档次不低，且数量激增。生活小区成了停车场，很多人索性就到新世纪广场、甘河广场上跳起了舞。以前是《最炫民族风》《小苹果》《火苗》，现在是《十送红军》《阿哥阿妹跳起来》《草原迎宾曲》，广场舞把加格达奇的夜涨得满满的，再不释放就要把城市撑破了。这边的广场舞热火朝天，那边的卡拉 OK 如火如荼。谁也没料想，以前的卡拉 OK 如今又流行起来了。看来，怀旧的东西还是蛮有市场的。有市场就不怕麻烦。音箱、电视机外加无线麦克风一应俱全，上千首歌曲任你选，10 元钱能唱 3 首。白天那种忙碌的累，经这几嗓子的吼，不仅浑身轻松起来，还有精神抖擞的感觉。

星城的夏夜，微风把路旁的烧烤吹得异常火热。在加格达奇，生活的成本不高，人们安身立命的方式比较简单。独创的、技术含量高的经营项目不多，倒是从外面引进或模仿来的生意比较紧俏。加格达奇人干什么不一定抱团，但普遍喜欢扎堆。一家经营不见得引人注目，一旦生意红火了，好啦，随之而来的就是三五家、七八家，甚至更多。一哄而上，比如，前些年的过桥米线，比如麻辣烫，比如现在的烧烤店。一到夜晚，在室内烧烤闷热不说也十分拥挤，索性搬到路边占道经营。烟熏火燎中吆喝声此起彼伏，熏天酒气中嘈杂声不绝于耳。我想，这般景象，绝非加格达奇独有，你在大江南北各大城市转一转，哪个不是这般模样？看来，城市有城市的迷人景，城市也有城市的庸俗相。所以，我一直以为，看夜景主要看原生态，外加好心态。

一场夏夜里的盛宴尚未结束，秋天就到了。与夏夜相比，加格达奇的秋夜除了凉得有深度，更有一种让人沉醉的感觉。

野生蓝莓是加格达奇的特产。因产量低价格高，故在未成熟时，就有人驾车到几十公里外的密林深处采摘，甜了自己却酸了别人。刚采摘的野生蓝莓摆地摊，加工后的产品进市场。野生蓝莓上市，蓝莓节应运而生。这些年，无论是地方政府倡导还是企业自行组织，都乐此不疲地把蓝莓节作为一年一度的大项目抓，那蓝莓节的开幕式也就越发盛大。夜晚的加格达奇，新世纪广场成了大舞台。著名的和刚崭露头角的艺人轮番上阵，博得的掌声被秋风吹来吹去，胜似岭上的阵阵松涛。待高潮时歌舞飞扬，一簇簇焰火腾空而起，加格达奇的夜空华美而神奇。

秋雁返程，鸟儿归巢。田里的庄稼早已收割完，木耳啊，蘑菇啊，所有的山货也晒干了。加格达奇的夜殷实而安详。一会儿，那拂来拂去的风似乎遇到了什么委屈，一下子扎进群岭中，再也不想出来。加格达奇的夜开始沉闷。云厚了云重了，一道闪电划过，闷雷就开始在城市的上空炸响。雨就窸窸窣窣、噼里啪啦地落了下来。秋夜喜雨，要下就下吧，正好赶上了周末也好睡个踏实觉。雨越来越大，它们像仪仗队般"唰唰"地行进在城市的上空，在楼宇中、在路面上、在树丛中、在花草间，忽而轻缓，忽而急促，声声不断。加格达奇的户外没有芭蕉也没有竹林，有的只是秀美的扫帚梅和灿烂的向日葵，所以也就没有了南方雨打芭蕉的浪漫，但只要雨一停、云一散，你再向窗外望去，整个夜空都成了童话乐园。星星们在向小城眨着眼，苕帚梅和向日葵们也跟着精神起来，唱起了迷人的午夜神曲。哦，加格达奇的夜正在创作一篇如梦的美文。

加格达奇在施展自己的美，也在壮大自己的梦。几场秋雨后，天气转凉，月光变得清丽而又皎洁。孩子熟睡了，母亲还要操劳。月光下，甘河水快乐地流淌着，她为哺育一方人、激励一方人而尽情歌唱。加格达奇怎能忘记自己的母亲河呢？为了回馈母亲的哺育，加格达奇持续发展竭力向上，积蓄超凡脱俗的能量。城北比城南妩媚，城南比城北靓丽。在崛起的大赛中，加格达奇的夜越发的美，已然成为一面闪烁的显示屏，不停地切换着新时代的发展画卷。

一声长鸣划破宁静的夜空，开心的旅游列车驶离加格达奇，奔向群岭深处。笛声响彻时，加格达奇瞬间成了一座五花山，在夜色中斑驳着色彩、变换着模样，与夜空中那轮满月一同陶醉。加速中，加格达奇夜色正酣，秋意正浓。

雪在夜幕降临时不期而至。这是入冬后加格达奇的第一场雪。雪中，城市的灯火相继点燃，一片一片的街市、一片一片的雪，清洁而又飘逸。

加格达奇的冬夜寒冷漫长。无论年老还是年少，没有谁愿意在冬夜里外出。那纵横交错的供热管道不仅温馨了千家万户，也温柔了加格达奇的夜。加格达奇人领略了春的生机，感受了夏的光芒，也品尝了秋的美酒，又在冬天里把温暖好好保藏。火锅是加格达奇人冬季里乐此不疲的美食。家人团聚，朋友相逢，大家一起围坐在火锅前，有多少话要说，有多少酒喝得完？你的生意做得好，他的买卖发了财，打工的有收获，干事业的有进步。还有啊，孩子们也很好，儿子留学了，女儿考上了公务员，大侄子光荣地参了军。大家天南地北，开心话说个没够、唠个没完。多少欢心事，不仅要说还要唱。真的，加格达奇的冬夜，不仅是一个狂欢的世界，更是一片青春不老的田园。一群不服老的人，正满怀着不老的情怀，在加格达奇的冬夜里追逐着醉人的幸福梦。只要夜不老，加格达奇人的这个梦就不会老。

加格达奇的冬夜，是分享更是付出。雪越下越大，雪给马路盖上厚厚的棉被，把城市包裹得严严的，唯恐城市受冻。路灯下，身着黄色羽绒服的环卫工人正清理着路上的雪，那缠在脸上的围巾已结了厚厚的霜，像雪一样透着一种纯洁。一会儿，铲雪车也来了，清雪的速度明显加快。怕妨碍交通，很多冬夜，环卫工人们都放弃室内的温暖，走进寒冷的夜，与雪奋战到天明。在加格达奇的夜路上，环卫工人的身影比路灯明亮，环卫工人的形象比楼宇高大。是他们，把汗水洒在了雪中洒在了大街小巷；是他们，最早迎来了雪住风停和素雅清灵；是他们，换来了城市的纯美、城市的洁净。他们是加格达奇冬夜里的保洁员，也是新时代战风斗雪的英雄。因为他们的存在，加格达奇的冬夜温暖如春，越发整洁也越发美丽。

青春奔放的小城为雪而歌，加格达奇的冬夜美轮美奂。一对对情侣才不在乎这夜的冷，他们在乎的是缺少了雪，夜就没了诗情。他们不在乎冷啊，他们的心比火还热比酒还浓。梦诗雨、红烂漫、绿苹果，所有的咖啡屋，哪家都有情调，哪家都有生动的身影。他们知道，天一亮，还要为美好的生活勤奋打拼，还要为美好的家园再添风景。加格达奇的冬夜不寒冷，因为有了年轻的一代，反而多了些浪漫、多了些激情。不信，你到电影院看一下，包你瞬间步履轻盈。

加格达奇的夜是那样美，那样不寻常。所有与之有关的词、有关的句，都足以成为一首首优美的诗、一曲曲欢乐的歌。很美，加格达奇；真的很美，加格达奇的夜。

加格达奇的味道

我试图采撷万亩种子园的原始良种，与托岭举木的大力神相邀，为你这森林之都进行一次壮丽的嫁接，让你在不死不灭中播撒千万缕豪放的味道。

绵绵的形巍巍的态，是天高地远的北国园；苍苍的松翠翠的色，是万紫千红的大兴安。加格达奇啊，我知道岭是你味道的源，树是你味道的根。在 2800 平方米的资源馆内，我再次嗅到了你那沧桑的味道。那味道就是大大小小体态各异的资源标本，它们早已风化凝固，陈列着言不完的苦、说不尽的乐。很久以前，你就有一种貌似俊男的树，其干俊秀挺拔，其叶碧秀如针，四季常青。这些树真的就是你的骄子，它们让达子香痴醉，让野百合疯狂。身着兽皮的鄂伦春人携弓佩剑游猎至此，看到这树的俊美就再也舍不得离开。他们支起一种叫“仙人柱”的帐篷，在树下安营扎寨，燃火群居。在捕禽射兽的日子里，他们给你起了个漂亮的名字，叫加格达奇，夸你是一个生长樟子松的地方。斯时，你在熊熊篝火旁升腾，你在醉吟狂欢中奔放。

一个地方有一个地方的味道。你叫加格达奇，你有坚强的生命，你的味道早已从狂欢的红围期[①]里突破。你试图让万物赐你永不沉浮的魂

① 在鄂伦春人的传统习俗中，春季为“鹿胎期”，夏季为“鹿茸期”，秋季为“鹿围期”，冬季为“打皮子期”和“打肉期”，以上总称为“红围期”，指打猎的好季节，含有丰收和吉祥的意思。

魄、永不消亡的味道。在单调的兴安历史卷帙上，绿树是你新生的再造，江河是你不息的传承，你的精髓其实就是那照耀的太阳，你的本色就是太阳的味道。在轰轰隆隆的开发中，你为共和国燃亮华辰的烛光。那是一段神奇的岁月，建设者们爬冰卧雪，艰苦卓绝，让辉煌的梦想无限伸展，让意志的脚步不断向群岭深处拓跋。在你北山顶上高大挺拔又紧密相连的两根钢轨上，不仅承载着铁道兵的光荣，还散发着你那永无止境的拼搏精神和昂扬斗志的味道。其实，你的味道除了纪念碑还有雕像的轮廓。你在北山泼出的不仅是一帘风光，更是一幅精神画卷。“鼓春楼”里，你的味道是清风，鼓动群岭与新时代的融合；“秋思亭”中，你的味道是月光，辉映城市与乡村成诗入画的秀色；“绿月桥”上，你的味道是初雪，在城市上空吟诵无限浪漫的歌。也是在这北山上，你的味道被凝固成北极光的神奇，在自然的画廊中把美丽永久定格。

那一年秋，我初次目睹你的容颜。那时的你，已成为全地区政治、经济、文化和教育中心，徜徉在山城里，我闻的最多的是你油炸糕的香气与豆花的味道。一条小吃街，从街区穿堂而过，繁华而漫长。此时你的吃食主要还是本土特色。我嗅着你的香气，欣喜地踏上你的街道。你是否知道，对我而言，那一阵阵微微咸辣却素而馨香可是我倾心的味道。那时的我还年少，为了体味你，我曾强迫同伴陪我品尝你那风味十足的味道。豆腐脑在桶中，不松不散，两三大块儿入碗后，加汤加葱姜蒜，外加韭菜花一小勺。油锅沸腾，油炸糕外酥里糯，黏度适中，豆沙馅儿更是细腻甜润。那个香啊，就甭提了。那一次，你在我的口中成为挥之不去的香。从那时起，加格达奇啊，我就知道你有着能沁我心润我脾，且让我感动无数个日子，思念无数个日子的悠长悠长的味道。

浏览你需要体力与耐力。问询几位晨练的老者，登北山森林公园走哪条路最好。他们说，如果从北门缓慢攀登，则比较轻松。若从西门栈桥拾阶而上，虽说要花很多力气，却能饱览绝美景观。加格达奇啊，为了嗅到你城市全貌下的味道，我顺着这蜿蜒的人工木质台阶，一级一级向上攀登，终于到达了你的山顶。就在那一刻，我目睹了你最美的风光。鸟瞰中我陶醉着，似乎闻到了你舒身展体的快乐味道。你知道吗？为了尝你的味道，我不惧辗转不怕颠簸，在离开多年后又不远万里来到你的身旁。那香气扑鼻的油炸糕，可口诱人的豆腐脑，还是老味道，而那酸辣粉和麻辣烫等异乡小吃，也让人体会到殷实的味道。朋友跟我说，加格达奇不仅仅有油炸糕和豆腐脑，加格达奇的味道很丰富，一年四季时时细腻，清汤独特，包容了各色调料。尤其是家常小菜冷热皆有，荤素俱全。真的？那就来一碗。我品尝了一碗加格达奇的冷面。啊，果然，加格达奇的冷面真的让我瞬间忘记了天下所有的美食，天下所有的味道。我吃得兴起，喊了一声："再来一碗。"我听说贾平凹喜食面，不知他吃过冷面没，有机会我一定请他品尝一下加格达奇的冷面，加格达奇的味道。

冬天尝冷面，夏天吃火锅。加格达奇啊，岁月把你打磨得越发光鲜亮丽，你的味道日趋多元已不再是传说。浓墨重彩，味道繁多，却也难满足天下旅者的胃口。朋友说，冬季还好，真要是夏季，外地游客尤其是南方游客还真不太适应。好在时间短暂，吃个新鲜未尝不是一种选择。哦，加格达奇，原来你的火锅味道最浓。炭火、电、酒精，四川的、重庆的、北京的，东西南北，在加格达奇到处有火锅。不知不觉中，我的肠胃开始有了火锅的味道。起一瓶蓝莓酒，点燃大铜锅。加格达奇啊，我在品尝走过的滋味，你在记录我的岁月。我在你的身旁，你在我的心里。我给你一段歌谣，你给我一生味道。让炉火燃得更旺些，让木耳、香菇和豆腐搅动起你的气息，让卷肉、切肉与海鲜蘸起时光的汤、岁月的料，直到诱惑着我顺着升腾的气体，品尝你的豪迈、倾听你的歌谣。就这样，加格达奇，你让我心甘情愿汗流浃背；就这样，加格达奇，你让我痴心不改，醉意如歌。

新世纪广场上，“世纪树”直插云天，你的味道在树上不断开花结果。21米的高度，不仅是一个数字的契合，更是一个世纪的跨越。风转云瞬，我在你身旁已生活多年，所感触的就是你的自然、你的本色。清新的春风，清凉的夏雨，清丽的秋霜，清冷的冬雪，哪个不和“清”字有关，哪个不与“清”字陪伴？加格达奇，你在弥漫着不灭的清澈、清洁和清纯的味道。清澈的，是空气与风，是与你厮守的满足；清洁的，是你雨飞雪飘的梦，是你四季不老的容颜；清纯的，是你和谐优美的韵律以及大岭之地特有的民风。有人说你很冷，却忘记了你因冷编织出的梦有多美。冷成就了你的“清”，冷又让你的热情温暖了无数颗耀眼的星，在照亮寒冷的夜时，也点燃了无数颗寂寞的心灵。生活在这里的加格达奇人啊，守护大森林，植根大森林，快乐中感悟从容，平凡中满怀神圣。以蓝莓节为代表的文化活动，突显你海纳百川的胸襟和无限的包容。在“清”之中，加格达奇啊，你成了天然的大氧吧。

在林间漫步，我情不自禁地唱起歌谣。加格达奇啊，我爱阅览你悠悠的云朵，但更爱你蓬勃的味道。春天，你的味道是山杜鹃吐蕊；夏天，你的味道是紫丁香芬芳；秋天，你的味道是野菊花金黄；冬天，你的味道是滑雪场繁忙。毫不逊色的发达手段和交通网络，淋漓地展现你的魅力。从前，你的天空能飞的除了飞龙、风筝外，就是候鸟；如今，你的天空还有忙碌的航班在架设跨越的天桥。浙江文友问我，你那里为何不通高铁？我汗颜。除了保护生态环境的考量外，在群岭地带建设高铁，是否可行还值得商榷。加格达奇的火车虽然达不到高铁时速，却也方便快捷。前两年去省城哈尔滨，坐火车要一宿，现在快时只需6个小时。浙江文友瞠目：“你们6个小时才到哈尔滨？”我听出了他的潜台词，于是道：“不说加格达奇如何好，你知道它所处的大兴安岭面积有多大吗？”他摇头。我说，我们大兴安岭和你们浙江省一般大。文友半天说不出话来。开发建设才几十年，加格达奇啊，你的味道已不仅仅是南倚大平原、北视大界江的地域模式，更是凭借大森林培育“大旅游”魅力四射的城市符号。

一座城市有一座城市的风景，一座城市有一座城市的味道。在景观大道散步，领略城市的另一种宽阔，平添轻松，心境也豁然开朗。不远处，激荡奔腾的甘河水在翻腾着明澈的气息，为城市注入发展的力量。望着两侧闪烁的路灯，我停下脚步忘情地呼吸着。妻子问，你嗅到了什么？我说，我嗅到了，嗅到了加格达奇甜美的新味道。

盈盈闪动的甘河

火车驶入大兴安岭，跨过的第一条河，就是甘河。

前几年，我曾写过几条河，但从未写过生活里的这条河。河打城南过，似小城的脉，小城靠河而建，像河的七色滩。

水利专家老李说，别小瞧这条河，这可是咱小城的宝贝疙瘩。我问：“甘河，是甘甜的意思吗？”老李摇头：“甘河是鄂伦春语，是大河的意思。”“大河长吗？”我又问。老李说：“咋不长？从内蒙古的伊勒呼里山算起，到嫩江口，差不多500公里。光流经咱们这儿的，也得有百十来公里。”

甘河原本名气小，待到1961年的某一天，叶圣陶的一首诗却让甘河声名鹊起：

波梳水草成文理，
澄澈甘河天影蓝；
高柳临流蝉绝响，
清秋时节宛江南。

宛江南的甘河4月初融，清冷甘冽，流而无泥。200余天，激则浩浩，缓则无声。时而若壮汉高歌猛进，时而似处子脉脉含情。立冬后，其身安稳，渐进封冻，一河激昂梦，伴与风雪生。大兴安岭建设初期，甘河孤寂，两岸荒凉。夏日，岸边埋锅造饭，开发意志澎湃了甘河水，火热了劳动场。冬天，吃水用麻袋，建设者们在河面轮镐刨冰块儿。冰块儿比砖头大，大锅架木柈烧煮。冰融成水。待水沸开，舀一缸子晾着喝，帐篷外冷内热，心里却暖暖和和。这一暖和，半个多世纪就过去了。甘河经曲曲折折历坎坎弯弯，终于将苍凉的小调唱成了淳厚的歌。从小城西的老道口，它长舒一口气，挨着小城缓缓向东，待过城数公里后，洒脱生动地来了个急刹车，成 90 度角向南扬长而去。驻足堤上，望河水静静而过，我感慨万端。到小城生活后，甘河渐进视野。它流淌声音脆悦耳，清灵明澈爽目，好感与日俱增。小城临河而兴，依河而旺。一年四季里，因甘河，小城的空气清新俊逸，不染污浊；因甘河，小城轻轻盈盈，秀丽端庄；因甘河，小城玲珑独好，风光长在。

倘若说小城是颗宝珠，甘河就是系在宝珠上的银链。好友武兵用无人机俯拍的甘河美景让我惊艳不已。这哪儿是河啊，分明是一条上旋下转舞姿动态的玉带！起起伏伏间，甘河怀行走使命，绕山岭，穿林地，转苍翠，成潺湲，一路坚定前行。时而，它似一缕缠绵的轻风，温温婉婉，自由吹拂；时而，它像一匹奔腾的骏马，粗犷豪迈，放纵不羁。就这样，它蜿蜿蜒蜒，浪涛不息，硬是走出九曲十八弯。这弯这曲，就像腾龙之影，在群岭间盘绕飞舞。没有这九曲十八弯，就没有甘河的美；没有这九曲十八弯，就没有小城发展中亮亮的脉。甘河壮美前行，奋力跋涉；小城则缓歌慢舞，步履从容。河坦坦荡荡，进之有力，持之不懈，勇敢地探寻生命的方向；小城宁静俊秀，端庄安详，静时一幅画，动时一首歌。

甘河两岸，古老的牧歌宛若天籁。多民族聚此融合，餐风饮露，游牧狩猎。那岸边的熊熊篝火，不仅唤醒了千里群岭的壮阔，也培育了一方纯朴的民风。时至今日，甘河两岸野炊熏烤依然盛行。刚到小城时，开烧烤的帐篷在甘河两岸一字排开，红蓝黄绿，各色俱全。甘河治理后，岸边烧烤偃旗息鼓。可小城人照旧将吃烧烤视为时尚，时常呼朋引伴奔向街边烧烤店。即便在家食罢，也会约上几个知己去喝几杯啤酒叙叙情，撸几串烧烤补补胃。当户外温度低至零下三十几摄氏度时，封冻的甘河忽然热闹起来。抽冰尜，马拉爬犁，滑冰，各色游艺竞相展现。而甘河岸边遍插彩旗，锣鼓喧嚣不断。不远处，一群冬泳爱好者如纵壑之鱼“扑通”“扑通”跃入开凿的池中，硬是将冰冷的河水搅得热气腾腾。因冬泳，甘河成了冬季里中国北部最热的河；因甘河，小城拥有了“中国冬泳圣地”的美誉。哪怕小城的冬季再冷再寂寞，甘河也会用宽厚的胸怀，把小城焐热，把每一个热爱它的人塑得更加坚强。

有了河流，就有了丰饶的土地；有了河流，就有了崛起的希望。老李陪我来到甘河橡胶坝上。他自豪地说，为了造福小城，减少汛期灾害，小城人仅用三年时间，建起了这座中国最北的橡胶坝。我新奇地察看着橡胶坝全貌。这座由左岸连接堤、泄水闸、充排水系统、滩地溢流堰和右岸堤防组成的工程，聚调节水位、取水供水、改善环境和生态旅游为一体，不可不说是宏伟再造。再造，扮靓了小城，也焕发了甘河的激情。河水悠悠而来，一遇泄水闸，顷刻间就打起了旋涡。就像大锅里烧开的水，不停地翻滚着。“哗哗，哗哗”，似将两岸的热闹都引过来。闸口处的水比上游深沉了许多，随手丢下一枚石子，石子轻飘飘地没了踪影。小城人对生态建设看得很重。甘河两岸的生态景观，自然绰约了小城风采。民族的，地域的，文化的，是河的不衰底蕴，也是城的发展潜力。“嗡嗡嗡”，由远及近，飞来一只小蜜蜂，在蓝天与白云间采撷花蜜。很快，小蜜蜂飞近了。它轰鸣着，变成了一架银色的雄鹰。甘河南岸的飞机场每天都有多架银鹰起降，小城正敞开胸怀迎送天南地北四面八方。游览之余，游客们在甘河岸边流连忘返，让甘河水灌溉他乡的心田，让甘河水丰润遥远的情怀。

甘河滋养了小城人，也孕育了万千生物。两岸植物、哺乳动物、鸟类、爬行动物、两栖动物、鱼类等异常丰富，加之几十公里外的森林、沼泽，甘河成了响当当的国家生态湿地公园。景观大道旁的甘河公园，因河势之循规，尊自然而立意。置身其中，烦恼和忧愁都会烟消云散。母亲去世后，父亲来小城暂住。每天清晨，我都陪他到此散心。赏盎然的景色，听不远处甘河的涛声，父亲的心情慢慢好起来。漫步公园中，我建议父亲和我们长住。父亲却说："你这儿我已放心，可他们几个我还要看看。"父亲放不下另外几个儿孙，不久后去了山东。这一去，倒成了与甘河的诀别。

人的经历是流动的河。呼兰河、呼玛河乃至长江，都曾用甘甜的乳汁恩泽于我，如今，甘河又似母亲般哺育着我。在甘河岸边，我给父亲拍了很多照片。父亲说甘河是一条雄壮的河，有力量，有气势。他还说："一个人离开生养自己的水土，就会失掉精气神。"我答应父亲，任何时候我都不会忘记家乡的河流，不会忘记自己的本色。我会像甘河水一样，始终牢记奔涌的决心和方向。

周末，我和妻子来到甘河岸边，痛快地呼吸着清新的气息。石砌的岸被阳光映得暖暖的，我和妻子索性坐下，感受甘河的温情。已至暮春，甘河瘦而不枯。河面宽宽窄窄，窄处几十米，宽的地方有两百多米，最深处可达两三米。不远处的心滩上，一丛丛灌木正任性疯长。河水盈盈闪动，静静流淌。抬头远望，两岸新色舒展，绿意萌生。走过石砌的岸，踏上卵石滩溯流而上，足底被不停地按摩。走着走着，河面倏地变了色彩，似有无数颗宝石闪动。仰望，哦，原来是蓝蓝的天把河染了色。心情爽爽的，蹲下身洗手，一股清凉瞬间遍及全身。喊妻子，妻子在寻好看的石子。我兴致未尽，捧起河水连喝了两口，直沁得长吁了一口气。真是一河甘美的水啊！

妻子终于拾到一枚漂亮的石子，她在前面惊喜地向我大声喊："瞧，真美，像宝石！”

是啊，真美。这美似小城勤劳的人，这美似甘河灵动的水。有了这般的美，甘河就会奔流向前，永不停息；有了这般的美，小城就会涵养精髓，再造生机。

第六辑　花儿红

呼玛河

水有源，河有头，从源头上，最能看出河的运势。大兴安岭里运势最强的河，当数呼玛河。

大白山、桥乌拉山和雉鸡场山三山遥望，呼玛尔河、加占多拉玛鲁河、沙诺洛杭纳霍玛鲁河和山洛杭纳霍马鲁河四小河或经沼泽地或从山谷间或从泉眼处，相约相伴涓涓而来，在大兴安岭伊勒呼里山西部汇聚一堂，终成呼玛河。其河遂成势，哗啦啦地弄响一片天地，其行其径始西南向北，再由北向东，最后由东向南而去。

晚春，呼玛河渐渐苏醒。它不时发出咔咔的声响，盖着的积雪一点一点悄悄融化。阳光暖着瘦弱的河床，河冰在一块一块地断裂。“咔嚓嚓，轰隆隆，咔嚓嚓，轰隆隆”，凝固了六个多月的呼玛河动了起来。河面上浮出了水，水在动，大冰块慢慢变小，变小了的冰很快就没入了水中。倏忽间，宁静的河面上荡起一抹抹白色的花儿。这就是呼玛河源头开河的宏大场面。就在前几天，它还仅仅是一层厚厚的冰，冷漠地卧在山岭之间。那些残雪蹙在上面，成了一团一团白亮白亮的坨。河的两岸，生长着与水墨画格调不大相称的成片成片的红毛柳。远远望去，岭是墨的黑，树是直的暗，河是冻的白，雪是封的冰。幽幽暗暗中，生长在河岸上的红毛柳就像一个成年男子腰间系着的红腰带，煞是惹眼。一丛丛红的柳，一道道黑白相间的岭，是呼玛河两岸最初的镜像。这镜像很快就被一种气势、一种节奏、一种旋律打破。呼玛河开了。这条大兴安岭最长的河，即将走出一条壮阔的美景。

高寒地带的河不比南方的河。一年里，呼玛河奔流的时间只有 5 个月，剩下的 7 个月，基本上都被漫无边际的严寒囚禁着。苏醒了，苏醒了，大兴安岭终于苏醒了，呼玛河恢复了生命的原色。河一开，沉寂了一冬的鱼随之兴奋起来。20 世纪 80 年代中期，也就是我上技校的那几年，一到呼玛河开河时，同学张大虎就跑到河边捞回一种叫柳根儿的小鱼。上午去，下午回，自行车后面满满一筐灰了吧唧、黏黏滑滑的小鱼。我和母亲说想吃柳根儿鱼。母亲和邻居老李太太闲聊，不经意地聊起了柳根儿鱼。老李太太的小孙子和张大虎一个喜好。没过几天，老李太太就将半盆柳根儿送到了母亲手中。那晚，柳根儿酱让我美美地吃了两大碗饭。真香啊，至今，那柳根儿的香似乎还在舌下涌动。

张大虎毕业后开大板车，经常往返于呼玛河沿线。那年 5 月，张大虎找人弄了几根雷管后开车去呼玛河炸鱼。起初运气不错，叮叮咣咣炸上来几十条鱼，可当点燃最后一根时，雷管却提前爆炸，张大虎的右臂就飞了。好在人没死，还能用左手混饭吃。如今，张大虎再也不能到呼玛河炸鱼了。即便他不出事，也不能了。有条文规定，在呼玛河炸鱼，逮着就判刑。

"哗啦啦，哗啦啦"，冰沉入了河底。呼玛河流得更快更顽强了。它就像头迅猛的走兽，时左时右，时缓时急，性情不定，方向不明。难怪当地人感叹它经年改道，难以琢磨。仅在呼中区地界，呼玛河就极为有力地走出了 140 多公里长。在这段距离上，河的上下落差高达 230 米。也就是说，呼玛河在呼中地界上每向前行走 1 公里就产生 1.64 米落差。由西南出源头，向东再向北，呼玛河不是直着朝前走，而是摇摆着身姿锐意地行。"哗啦啦，哗啦啦"，它将沿岸的一个个充满诗意的乡镇、林场、村屯，紧紧地串成了一条清清凉凉的玉带。"哗啦啦，哗啦啦"，群岭复苏，绿色渐浓，呼玛河似有了一丝醉意。它忽明忽暗，时而笔直时而弯曲。在岭上远远望去，呼玛河就像一条在绿色世界里不停游动的黑色巨蟒，弓着背，蜿蜿蜒蜒向前游走。待走近它时你才发现，原来这呼玛河清清澈澈，了无半丝浑浊，就连河底那游动的鱼都看得十分清楚。它坚定地向前流着，不时地显出逼人的气势，任何障碍都无法阻挡住它前进的脚步。

山山相对，岭岭相随，呼玛河渐渐有了深的河邃的谷。这时的呼玛河一改湍急的性子，变得有些温顺，有些拘谨。周围的山岭呢，也仿佛一下子安静了许多。呼玛河轻轻地缓缓地流，不再简单地追求速度，而是虔诚地探求深度，浑厚的深度。水深岸就窄。不远处，一棵粗大的倒木孤零零地躺在岸上，孤独地接受着河水一次次的洗刷，似乎要极力地丢掉那曾经茂密过的记忆。对于呼玛河而言，倒木的轰然一卧，树的沧桑就融进了河里。在两道岭相对的狭河窄谷中，呼玛河苍苍凉凉悠悠荡荡。河的两岸似乎伸手相握，前面，一棵高大的老树横卧在河面上。树根在左岸，树梢压右岸。那肥大的树根一半裸在外面，一半藏在山石间。树倒在了河面上，河面上就有了一座独木桥。水位高时，河水就没过了这“桥”；水位浅时，河水就从“桥”下流过。水是静静地流，独木桥的树杈却生机萌发。朝上翘的那几个树枝，已有新芽悄悄冒出。河有河的语言，河有河的衬托。一条生命力极强的河，所展示的除了流淌的脉、激情的浪花，还有两岸站立的和倒下的树。除了红柳外，呼玛河沿岸更多的是樟子松、落叶松，以及像少女般秀美的白桦。林木葱郁，树影婆娑，清灵的呼玛河被映成了一条飘荡起伏的绿毯。浮光跃金中，呼玛河的两岸俨然成了绿色的海洋。这海洋中有一座座山一道道岭，一株株草一棵棵树，一阵阵风一朵朵云。

河面苍苍茫茫，河内微澜不惊。呼玛河就像一位意志坚定的开拓者，在大兴安岭这片土地上执着前行。沿岸行走，走出的不仅是一段风光，更是一份好心情。林木中穿行，风自然就平；深厚的河床上行进，浪自然就静。倘若在老林子里迷了路怎么办？不要怕，只要呼玛河离你不太远，只要你有起码的听力，你就能寻到呼玛河，寻到家的方向。真的，在中国乃至全世界，你很少能遇到这样的河流。它未经任何修饰与雕琢，洒脱盈秀，悠悠荡荡，最真实也最自由。说它自由，不是它的随心所欲，而是它的行走轨迹、它的宽窄深浅、它的习气秉性，都自自然然，不张扬骄横更不扭捏作态。它干净无私，没有污染，除了生长珍贵的冷水鱼，其他微生物都难以生长和繁衍。在翠色欲流的日子里，呼玛河婉转萦回，柔情蜜蜜，微波粼粼。它用真实的爱，拓出一河的宽一河的广，让朴素的形态写成壮美。

呼玛一河流，水声响连天。一进入塔河县境内，呼玛河一下子就热闹起来。这一段，呼玛河要流出 150 余公里；这一段，呼玛河将行得比较顺畅。这一段的呼玛河落差小了许多，两岸的山岭似乎都放下了高傲的架子，相互融洽了许多。“哗啦啦，哗啦啦”，呼玛河欢快地向前飞奔。在大兴安岭，它大踏步地穿行着，穿行在漫长的风景线上。“哗啦啦，哗啦啦”，听着这悦耳的歌，还有谁无动于衷呢？赶紧吧，赶紧放下身段上前感受一下这欢快的氛围吧，赶紧屏住呼吸倾听一下这沸腾的情话吧。蹲在岸上，望着清朗的河，我用双手掬了一捧水，猛地一喝。哎呀，真凉爽真甘冽啊。我在感叹，天地也在感叹。回过头再看身后的树，树们都在轻轻摆动着细枝嫩叶，似乎在齐声说：“喝吧，这水好着呢。”

好着的，还有呼玛河沿岸的美。在呼玛河沿岸，很难数得清有多少种美可以赞美可以观赏。很遗憾，我不能将呼玛河沿岸所有的风光一览无余地描述与收藏，但我知道，河美了，岸的气象、岸的风光自然也就美了。前面不远处就是“五峰七崖”。“五峰七崖”由五座山峰和七座山崖组成，一字排开，间隔不远，是呼玛河岸边保护最好的自然风光带。它峰错崖落，高低有致，高的挺拔耸立，矮的突兀嶙峋，鬼斧神工之笔一览无余。没有陡峭的体魄，就没有飞流的气势。在逶迤的风景线上，呼玛河努力地将“五峰七崖”洗得云起雾绕如仙似梦。那年，我去西戈采山。站在西戈最高处，我努力遥望“五峰七崖”。真想驾上一叶小舟，从呼玛河溯流而上，行至“五峰七崖”下，跳上岸边，铆足劲儿登上最高峰处，览尽呼玛河所有的美所有的魅。

呼玛河沿岸除了有树有岭有峰有崖，还有花儿。夏日里的呼玛河水清新荡漾，岸上百草丛生，野花飘香。年少时，每到暑期，我就会去山林里采都柿。那次采山而归，在呼玛河岸上行走，草丛中忽然闪出一大片红色的野百合。我兴奋不已，放下筐轻轻走进野百合丛中，嗅着花香，心都香醉了。呼玛河水清澈诱人，那大片的野百合更是将我少年的梦点燃了，照亮了。我漫步花丛中，很快迷失了方向。初次遇见大片的野百合，而且是在呼玛河岸边，想想，该是件多么幸运的事啊。夕阳慢慢下山，四周渐渐暗淡。我从痴迷中回过神来，那筐从深山密林里辛辛苦苦采来的都柿不知遗到哪里去了。我静静地站在呼玛河岸边，心想呼玛河一定是位英俊的少男，要不岸边哪儿来这么多的花儿啊？我就这样驻足着，遐想着，陶醉着。虽然那筐都柿再也没寻到，可我却有了难忘的呼玛河夏日情怀。

呼玛河是浪漫的河，也是英雄的河。流至塔南处，一架跨河铁路大桥巍然屹立。这是大兴安岭上重要的铁路桥梁——呼玛河铁路大桥。上初中时，每到冬季，我几乎每天都从桥下走过，每天都能清楚地观赏到大桥坚固的身影。时至今日，凡经此桥的列车都要鸣响长笛。笛声不仅是过往的信号，更是对牺牲的铁道兵烈士所表达的深深敬意。那年，上游洪水滔滔而下，瞬间将建桥用的木材冲进了呼玛河。为了挽救国家财产，正在施工的数十名官兵乘船到河里打捞木材。行至河中，船不幸被激流打翻，数十名铁道兵战士瞬间被卷入冰冷的水中。见此情景，在桥上施工的七班副班长付铁虎毅然飞身跃入呼玛河，在把第一个战友救上岸后，他又向河中奋力游去。怎奈水流湍急，一个浪头过后，付铁虎就不见了踪影。汹涌的水中，铁道兵们舍生忘死相互救援，一曲悲壮之歌起起伏伏，不停地激荡……

天空阴沉沉的，云厚得似乎要把群岭压垮。呼玛河如脱了缰的野马，发了疯似的往前冲。听说铁道兵出事了，当地群众自发前来营救。他们沿着呼玛河岸向下游寻去，最终陆续找到了包括付铁虎在内的16名铁道兵战士的遗体。这是铁道兵建设史上最为惨痛的一幕。数十年后，中央电视台将这次事故拍摄成由赵忠祥解说的纪录片《悲情呼玛河》。看完这个片子，我连吸了两支烟。不单单为了铁道兵烈士难过，还因为一个镜头，确切地说是一幅定格了的老照片让我震撼。老照片是在呼玛河施工营地前拍的。照片里站着十余名身穿棉军服的铁道兵战士，他们身后营门上的对联格外醒目。上联是“身居林海放眼世界一心为革命”，下联是“顶风冒雪不畏严寒双手架彩虹”，横批“大战呼玛河”。在呼玛河铁路大桥施工中牺牲的16名战士，仅是为大兴安岭铁路建设牺牲的一部分。有人统计过，在建设贯通大兴安岭的铁路线上，一共牺牲了300多名铁道兵，平均每两公里就有一个鲜活的生命倒下。大兴安岭的铁路，无疑是一条用铁道兵生命铺就的壮烈之路。

呼玛河流经的塔河，是我的家乡。我的少年乃至青年，几乎都在这里度过。这是呼玛河岸边最大的县城，当地人把它称作“绿海明珠”。它四面环山，在山坳里静静卧着。呼玛河从城南穿过，河的左岸是县城塔河镇，河的右岸是塔南。细细算来，我在河的右岸生活不到4年，在河的左岸生活9年，加在一起13年。一到夏天，父母总叮嘱我们兄弟不要去呼玛河岸玩耍，更不能到河里洗澡，违者就要挨揍。可我即便能耐住夏日的炎热，也抵不住呼玛河那无限的清凉啊。偷偷怯怯卷起裤脚，拎着鞋袜，小心地走在浅滩处好让河水冲洗一下双脚。呼玛河水太凉了，光着的脚刚一入水，那凉彻透顶的感觉立马传递到全身，各个毛孔都炸了起来。赶紧穿上鞋，再也不敢下水。从春到秋，呼玛河一直清凉不断。

不管你是有睡意、懒意还是醉意，只要来到呼玛河旁，你就会立马清醒。我感念呼玛河，是它教会了我执着向前，也是它培养了我醇厚的情怀。我多想啊，多想在呼玛河旁把年少的梦留住，把美好的光阴留住。可是，走着走着，我那梦就丢了；走着走着，我那宝贵的光阴就逝了。

塔河设县后，曾在县城东侧沿呼玛河畔随弯就弯修了一座弧状的大堤，据说防护能力可维持 10 年以上。那些年，呼玛河水位虽然也有高的时候，但大堤最终都坚强地将洪水挡在了河内。1991 年夏，这道坚强的屏障却被上游奔涌而来的河水冲毁。当时事先有预报，说呼玛河要遭遇百年不遇的特大洪峰。那天上午，人们在当地政府的组织下，堆土垒石不断加固大堤，试图挡住来势凶猛的洪水。很多人不信洪峰能漫堤，更不相信大堤能被洪水冲垮，因为大家从未经历过。人们拼力是拼力，但加筑的心一点儿都不紧张。后来，县城的高音喇叭突然响起，说 3 个小时左右后，最大的洪峰将到塔河，请广大居民赶紧往北山撤离。

北山呈缓坡上扬，最高处比县城内高出五六百米。当时的北山是塔河镇的一个生活区，多外来人口居住。那时，县城内楼房建筑初具规模，很多居民生活在非集中供暖的两层高的小土楼上。我那时刚结婚，和父母分别住一个院的两套房里，因是一楼，被洪水侵袭的危险也就最大。父母将他们的贵重东西搬走了。我这屋除了成套的新家具外，还有几大橱书和一台 18 寸的金星牌彩电。父母建议把家具都搬走，我固执地说没那么大的水不用搬，只把贵重的物品放在了家具顶上。母亲无奈，最后生气道："那你把彩电搬到楼上邻居家吧，免得以后你没电视看！"怕母亲再磨叽，我硬着头皮将电视机搬上了楼。后来，在清理被大水浸泡了 10 多个小时的衣物和书籍时，心情虽很糟，却也暗自庆幸：若没母亲的提醒，我那台崭新的电视机也就玩儿完了。

县城一片混乱，车拉人扛，人们大包小包地往外撤。秩序乱，情绪也有些乱。"净胡扯，没下多大的雨，咋能发大水？这么多年都过来了，也没见啥山洪。”一些人忽视了呼玛河上游的雨情和水情，以为本地没下大雨，就不会发大水，根本不信呼玛河水能冲进县城。好奇的人，不信邪的人，不想撤离的人，不愿撤离的人，比比皆是。县镇两级干部只好挨家挨户上门，磨破嘴皮地动员，直到最后一个人安全撤离为止。我至今都佩服当地政府的组织动员能力，能在短短的几个小时内，把近 10 万人动员上山，未死一人，真是奇迹。

水位一个劲儿猛涨，水流一个劲儿加快，浑浊的呼玛河浮着各种垃圾、倒木以及死了的禽畜。下午 3 点多，当第二波洪峰经过塔河时，一阵沉闷的响声，大堤决口了。咆哮的河水迅即涌入了县城。这哪里还是平素可爱的呼玛河啊？这分明是一头蛰伏已久后窜出牢笼的怪兽。它狰狞凶猛，吼着冲着，向仅有 20 年历史的小城冲了过来。很快，机关、企业、学校、商店和所有的居民小区到处都是水，而且这水还在不停地涨。不到两个小时，整个小城都浸泡在两米来深的水中。望着被呼玛河水侵袭的家园，北山一片哭声。一场呼玛河大洪水，就这样轻而易举地将大兴安岭上的这颗“绿色明珠”淹没了。人们恨，可又能恨谁呢？没有深层次的反思，只有先恨这桀骜不驯、没有人性的呼玛河吧。

那年春节，我回塔河探亲。在此起彼伏的鞭炮声中，我踏着积雪，缓缓地走向小城东南侧高大而坚固的呼玛河大堤。这是大水过后，当地按着百年一遇标准设计和建设的防洪工程。这次建设，大堤虽然突出了固本功能，但更多的是对河流走势的尊重。假若那位对人造堤坝厌恶透顶的托尔斯泰还活着，我一定邀请他来中国，来大兴安岭，让他好好看一看这道全长 13 公里的大堤，这道被我的家乡人引以为豪的“塔安工程”。在漫长的呼玛河沿岸，大兴安岭人渐渐摸透了呼玛河行走的规律，努力使这条千里之河行走得无羁无绊、自在逍遥。站在呼玛河大堤上，我默默地祈祷这条大河别再侵袭我的家乡。呼玛河能做到吗？我不知道。但自从有了“塔安工程”，家乡人的安全感增强了许多。

秋风吹皱了呼玛河，两岸的树叶黄了。河水在响，树叶也在响。响着响着，岸上不时有落叶漂浮水上，这些落叶有的向前游动着，有的在水中打了几个漩儿，旋即被激流吞没。秋天的呼玛河早已失去了夏日里的激情，像一个中年男子，多了几分沉稳和安详。它缓缓地流，慢慢地淌，似乎边行走边思量着前进的方向。它是在召唤远处山岭上的飞鸟，还是在清点岸边的丛林中飘出的黄叶呢？就这样想着，天就黑了，月就圆了。秋月圆的时候，呼玛河最柔媚。圆月从山岭上慢慢探出头，幽幽暗暗的河一下子被点亮了。呼玛河兴奋起来，不停地闪着粼粼的光。月光不停地流泻，呼玛河银光闪烁。一环环一圈圈，银镯子银项圈在河面上不停地漂着晃着游着。一阵秋风吹来，那些环啊，圈啊，变成了无数只眼睛，朝四周的群岭不停地眨着。哎呀，原来大兴安岭，能在灯火里柔美，也能被月下的呼玛河水洗亮。

流入呼玛县境内，舒缓的呼玛河一下子变得湍急起来，行走的方向也从由西往东改为由北向东南。“哗啦啦，哗啦啦”，浪花在宽阔的河床上不停地翻滚着，绽放着，奔腾的节奏明快而热烈。这条以中国最东北的小城呼玛为终点的河流，区域特色最为突出。河名与县名相同，行走的路线几乎兜住了大半个兴安岭，山岭、河流、城镇与整个大自然都有了归属感。这是一条拓展的河，跃进的河，它将万千风情织成一道妩媚的飘带。在呼玛县域上，呼玛河欢快地走出了 200 多公里，比呼中段多出 55 公里，比塔河段多出 50 公里。它激情四射，欢快向前，向绵绵延延的山岭，向丛丛叠叠的密林纵情歌唱。

河美，岸更美。真的，大自然给呼玛河两岸镶上了一道花边，这花边就是大大小小、色彩不一的河卵石。炎炎夏日，我曾赤脚在呼玛河岸边捡拾可爱的河卵石，把衣兜和裤兜装得满满的，还嫌不够，还在河边寻。那些年，我家的花盆上摆着河卵石，地面上镶着河卵石。真的，我太喜欢它们圆润玲珑的模样了。它们一颗颗一粒粒，长久厮守在呼玛河旁，身上早已被河水冲刷得光光亮亮。它们是否在幻想，幻想有一天自己能被呼玛河打磨成有灵性的玉石？

呼玛河没有玉石，却有玛瑙。曾有朋友在呼玛河畔拾到一块其貌不扬的天然玛瑙。他爱不释手，和我说这块玛瑙石是名副其实的北红。我不解，问何为北红。他跟我大谈了一通玛瑙里的南红、西红和东红与这北红的区别，直到给我谈晕为止。自打朋友跟我谈北红后，我就特留意这种玛瑙，尤其是它的原石。北红玛瑙的玉质确实好，硬度也高，还有透明性。那次参加展销会，我买了一块鸡蛋大小的北红玛瑙原石，后来送给了一位南方的文友。那文友如获至宝，至今还将其视为绝好的玉石。在呼玛河沿岸，从呼中区到塔河县再到呼玛县，都有玛瑙加工点。这些加工点爱不爱玛瑙我不知道，但我知道在他们的加工下，呼玛河畔的玛瑙红黄白，色彩纷呈，温润俏丽，外加内涵丰富。我想，这些玛瑙石定是呼玛河凝固的浪、静止的花儿。

呼玛河极具包容性。在它纵横千里的干流上，有名的支流就近百条。它们源源不断地汇入呼玛河，给呼玛河注入了灵动的源。除汉族、蒙古族、满族、回族、鄂温克族等民族外，呼玛河岸边还生活着富有神奇色彩的鄂伦春族。呼玛河沿岸，曾遍布鄂伦春人的足迹。1949 年后，鄂伦春人响应号召下山定居，变化的是他们的生活面貌，不变的则是他们对呼玛河、对整个大兴安岭的依恋。大森林里他们狩猎，呼玛河上他们捕鱼，一堆篝火照亮了他们的梦，一堆篝火让他们体验到了呼玛河的亲。在他们心中，呼玛河是他们的母亲，那熊熊燃烧的篝火是他们心中的神。当年沿着呼玛河沿岸寻找铁道兵烈士遗体的鄂伦春青年郭宝林，如今已年近古稀。在呼玛河沿岸，老人搭建了“仙人柱”帐篷，做了一条桦树皮船，还弄来一把弓箭和几匹马，供外地游客观赏。篝火熄了，天就亮了，朝霞辉映，呼玛河两岸的秋色更浓了。老人没有困意，从帐篷里稳健地走出来，望着银光闪烁的呼玛河，情不自禁歌唱：“高高的兴安岭一片大森林，森林里住着勇敢的鄂伦春，一呀一匹猎马呀一呀一杆枪，獐狍野鹿漫山遍野打呀打不尽……”原来，呼玛河是融合多民族的亲情之河啊。

我始终认为，真正的河流是不需要刻意赞美的。因山岭而壮阔，因壮阔而美丽，呼玛河已成大兴安岭不灭的灵魂。在大兴安岭，我最欣赏的不是山岭和树木，而是在山岭与树木间锐意前行的呼玛河。这是一条最直率的河流，也是一条运势极强的河流。绵延的山岭没能挡住它，莽莽的林海没能吞没它，走得虽然曲曲折折，却能跋涉出一千多里。因山而生，因岭而丽，它就像一条绸带，被大自然随意抛在了大兴安岭北麓。它用甘甜的乳汁，滋养着延绵起伏的大兴安岭，哺育着生活在大兴安岭的人们。付出的是营养，分享的是时光。一年又一年，它“哗哗”地、“哗哗”地不停推波逐浪，那些活力四射的浪花啊，都满含时代的鲜活元素，一朵接一朵不停地簇拥着、盛开着，向前、向前，向河的终点飞腾，直到从龙头山河口处，兴奋地扑进黑龙江的怀抱。

站在龙头山顶，目送大河浩荡，我许久不忍离去。河与江成一统，除了一片白茫茫外，还有渐行渐远的涛声。这涛声，是呼玛河的生命之歌、奋斗之歌。一声一声，此起彼伏，永不衰竭……

兴安岭上刮大风

大兴安岭的风从春刮到冬，一年里从不间断。

这并不是说，大兴安岭的风有多么强劲、多么漫长。熟悉大兴安岭的人都知道，大兴安岭的风有张有弛，览秀色于群岭，偕万物于自然，相互呼应，相得益彰。

春 风

大兴安岭的春风不失原色而又充满新潮。

龙抬头时，春风从大兴安岭的身上爬起来。它慵懒地睁开双眼，不紧不慢地舞动起一双巨大的翅膀，开始新的翱翔。此时的大兴安岭春寒料峭，依旧寒气逼人。大兴安岭的春风不是从“玉门关”度过来的。这倒不是因为大兴安岭的春风不识季节，也非大兴安岭的春风不懂风情。大兴安岭一年里冬季漫长，有近半年处于低温状态，即便到了春天，还是寒气不减、冷色不绝。相比其他地方，大兴安岭的春风也就真的有些不同凡响。

从岭南刮到岭北，大兴安岭的春风一路奔腾一路欢歌。直到人们回过神儿来，这春风才渐渐放缓了脚步，压低了歌喉。细心的人忽然感觉到了一种暖意，敏感地察觉到那期盼已久的春意就要来临。这些年，大兴安岭的春风有些特别，不像几十年前的老模样。那时，大兴安岭的春天还是要下几场大雪的。“春残花始艳，秋老麦初芒。岭积千秋雪，花飞六月霜”，就是那时的真实写照。可近些年，大兴安岭的春天干燥生冷，除了远处群岭间残存的一些可怜的雪外，尤其是在大兴安岭南麓，很难再看到积雪了。当然，去大兴安岭映山红滑雪场欣赏人工雪除外。稍作停歇后，大兴安岭的春风又开始向群岭上空、向城镇街区间、向人们放飞的风筝旁刮去。这春风真的有些个性，它倔强却不失可爱。刮到人们的脸上，虽然有些丝丝拉拉的痛，却并不让人生厌，相反，让人迎风行走的决心更大了。而春风呢，就像一条上下翻飞、纵情舞动的巨龙，穿透空间，穿过距离，穿越遐想，依旧自由地奔跑着。

大兴安岭人对春风的情感很复杂，也很无奈。大兴安岭每年都有一件家喻户晓的大事，这就是春季防火。时过 20 多年，每每想起 1987 年 5 月 6 日那场震惊世界的森林大火，人们依然心有余悸。因为这场火，加之过度采伐，大兴安岭的原始自然生态环境遭受到严重破坏。大兴安岭森林蓄积量由开发初期的 7.2 亿立方米降到如今的 5.2 亿立方米，降幅为 28.8%。大兴安岭人牢记“5·6”大火所带来的惨痛教训，发誓保护好留给子孙后代的有限资源，因此搞好春季防火已成为这里的首要任务。风越大，出现大火的概率也就越高。春风越刮越大，越刮等级越高，越刮时间越长。据气象部门介绍，大兴安岭五级风以上的天气可持续四十多天。这时，大兴安岭的风就像喝醉了酒一样，东一下西一下，摇摇晃晃，横冲直撞。太阳还没起床，疲惫一天的风却休整好了，起得比所有生物都早。刮啊，开始还轻轻地，一阵一阵摇荡着。等天大亮了，人们也都起床了、忙碌了，这风却来劲儿了。它“呼啦啦”地鸣叫着，把天空与大地都染成了灰蒙蒙的一片。这样的大风天，要是火借风势，山火进城，家火上山，后果不堪设想。从村屯到城区，凡是重要的地方，随处可见系着“防火检查员”袖标、表情严肃又有些紧张的巡护人员。而各级领导干部，下村的下村，进屯的进屯，蹲点，检查，整天围着防火忙个不停。春风，无疑成为检验大兴安岭“春防工作”成效的考官了。

大兴安岭人真的不喜欢这样的春风，却也无可奈何，任其撒泼。这样刮啊、转啊，大兴安岭的春风依旧昏天昏地，没完没了。窗户关得紧紧的，却还是有一扇硬是被这风“呼”地一下挤开了，办公桌上所有的纸被掀了一地。忙乱中，除了一声“这风咋就这么大呢”的叹息外，只能任由它在外面胡乱地刮着。刮着刮着，似乎整个大楼也被这风刮得摇晃起来。这风刮得天旋地转，刮得所有的人没了兴致、乱了心情。不经意地向窗外望去，天色已成了灰蒙蒙的一片。你不要误以为这灰蒙蒙的天空会下雨。本来，天上好赖有了一些浓云，可硬是让这场有恃无恐的风给刮没了。似乎成了一种恶性循环，越是刮风，大兴安岭就越难下雨。见怪而不怪，习惯成自然，大兴安岭人似乎适应了没有雨只刮风的春天。

春风依旧刮个不停。人们下班回家后，索性也懒得出门了。这风呢，就刮啊，直刮到深更半夜，直刮到夜静人息。第二天一早，风却忽然变得温顺了许多。昨日被风刮过的天空湛蓝如洗，街道两旁的杨柳悄然吐绿，远处，达子香漫山遍野竞相开放。新奇之余，人们恍然大悟：原来，大兴安岭的春风是一种独有的生机之风、浪漫之风、浩荡之风啊。

夏 风

大兴安岭的夏风令人心生清凉。

从 6 月开始，延至 9 月，这四个月是大兴安岭一年中最为恬静、最为舒缓、最为轻松的季节。在大兴安岭居住的人，最喜欢夏季，最钟情夏风。一阵清风吹来，群岭绿意盎然、酣醉如痴；一阵清风吹来，城镇优美、村屯整洁；一阵清风吹来，河水清澈、天地安详。夏风吹拂的日子里，是放松身心、回归自然的好时光。随便登上一道岭，总有凉爽的夏风热情地欢迎你。这夏风，会让你微笑。它吹到脸上，脸上会浮出一抹灿烂的笑容。那感觉，就像三伏天吃了一口冰镇的西瓜，从头爽到脚，沁人心脾，令人心醉。

大兴安岭的夏天，天黑得很晚。人们每天享受夏风沐浴的时间也就稍长了一些。阳光令夏风轻柔，夏风使阳光明亮。黎明到来时，风就从岭南向岭北缓慢吹起，伴随着那轮旭日，夏风开始在天空中荡漾。你不要以为大兴安岭夏天天天清凉。其实，大兴安岭的三伏天也是很热的，只不过是热浪稍纵即逝罢了。天热起来，大兴安岭迸发出火辣辣的激情，而夏风则悄悄隐藏在树木花草间、小溪大河旁，只等热浪过后，东山再起。当然，这热主要在中午时分，而由于早晚温度低，所以整个夏天依然很清凉。倘若说大兴安岭的春风是一种呐喊，那么，大兴安岭的夏风就是一种倾诉。它深情而甜蜜，轻柔而低缓。就像谈情说爱的少男少女，温柔和煦，情意缠绵。人因风而陶醉，风因人而飘逸。大兴安岭的夏风是一种声音，一种沟通心灵、陶冶情操的声音。它呢喃着，让你切身感受到粗犷豪迈的大兴安岭也拥有温情的一面。不难想象，倘若没了夏风，大兴安岭的景致该成什么样。

夏风一吹，很容易把雨招来。在大兴安岭，很难遇到持续干旱无雨的年份。你不要以为大兴安岭的夏天一下雨就会失去了风。恰恰因为这雨，才使大兴安岭的夏风清纯湿润、洒脱自如。一阵夏风吹过，大小雨点噼里啪啦地打落下来。这雨下得很急，但绝不拖泥带水、磨磨叽叽。在大兴安岭，你绝难遇到那种持续的阴雨天，更不会有南方那种雨，缠绵悱恻、连月霏霏。又一阵夏风吹过，雨顿时停了下来。大兴安岭的雨来得干净，去得也利落。没有人探究大兴安岭是因风而酿造了雨，还是因雨而培育了风。你可以这样理解：因这夏风，大兴安岭的雨才痛快淋漓，大兴安岭才山清水秀、人杰地灵。

如果说夏风是大兴安岭人享有的佳酿的话，那么，独特的地域文化、民族文化则是大兴安岭人宝贵的精神财富。大兴安岭延绵 800 多公里，该地区早就摆脱了陈旧与落后，原始部落和游牧生活已成为久远的历史。大兴安岭已不再落后，不再荒凉。大兴安岭极具包容性，四面八方，只要有人来，它就会伸出真诚而又热情的双手，敞开宽阔无私的胸怀，欢迎你来大兴安岭安家落户、旅游观光。这是一种不加修饰的情怀，纯朴自然、真诚大方。在这里，世界上所有先进的思想和文化，都会迅速兴起、蔓延直至传承下来。在夏风吹拂中，一个开放的大兴安岭正蓬勃发展。

林海葱郁，山花烂漫，蓝天如洗，空气清新。生态环境建设已成为大兴安岭特有的夏日清风，能让这一清风吹拂是天下人共有的幸事。地域文化、生态文化最终都形成了如火如荼的旅游文化。一列列旅游快车，一架架繁忙的银鹰，游客们从全国各地，不，从世界各地纷至沓来。外地游客对大兴安岭的第一感觉就是这里的空气新鲜十足。夜宿北极村、畅游大界江，一个又一个自然景点，一餐又一餐北国风味，让天下游客流连忘返。“大兴安岭真美啊！”游客们由衷赞叹。大兴安岭借助夏至时北极村如梦如幻的极光，连续举办了二十余届“北极光节”。每到夏至，成千上万的游客欢聚在漠河北极村，沉醉在天地一色、昼夜同辉、极光起伏的神奇中。

身处神州北极，我忽然意识到：北极光其实就是大兴安岭醉人的夏风。

秋　风

处暑过后，大兴安岭的秋风急不可待，不请自来。

秋风从岭南吹向岭北，又从岭北吹回岭南，使大兴安岭收获了一片金黄。大兴安岭特色多，野生的特产更多。秋风乍起时，大兴安岭人完成了野外采摘。蘑菇、木耳、猴头等，把农家庭院打扮得香气缠绕、喜气洋洋。一阵秋风过后，大兴安岭的气象越发显得欣欣向荣。楼高了，街道也宽了，商机日渐增多，各种店铺一应俱全。前卫的、传统的、时尚的，各具特色，各领风骚。大兴安岭经济虽然不如大都市繁荣，但不论到什么时候，它都不受外界干扰，发展的脚步不断加快。正因为如此，大兴安岭的秋风又顺其自然。它逍遥而大方、苍劲而活跃，没有一丝的犹豫，更无一点一滴的拘泥。在整个群岭之中，它散着步，跳着舞，无拘无束，无所顾忌。而群岭，则随着人们的辣酒和笑容，同秋风一起荡漾。

假如把大兴安岭的秋风定为一种色彩，那么大兴安岭的秋风一定是金色的。大兴安岭的岭南和岭北区别有二：一是温度，二是颜色。温度差别一年四季都有，岭南总比岭北高出几度来；而颜色呢，主要体现在秋天。秋风刮了几天后，岭南的色彩还没有明显的变化，而岭北的色彩已然不同，各色秋叶异彩纷呈，成了色彩缤纷的五花山。岭北的五花山景色很快吸引了大批的摄影爱好者，他们喜不自禁，尽情捕捉这迷人的秋色，试图把大兴安岭的美景定格在永久的记忆中。岭北五花景色渐逝后，摄影爱好者们兴致有增无减，又陆续来到岭南，忘情地进行新一轮的拍摄。这一回马枪式的动作，与大兴安岭的秋风异曲同工。很快，把岭北刮了个遍的秋风又向岭南刮来。这一刮，把岭南搞了一个措手不及。岭南的色彩极不情愿地发生了变化，与岭北的色彩渐渐一致。整个大兴安岭在秋风中灿烂一片。

大兴安岭的秋风在潇洒中多了一分厚重。从遥远洪荒时，大兴安岭就开始起伏。物华天宝，岁月更迭。秋风起伏中，大兴安岭不断变迁，不断发展。逶迤的大兴安岭俨然成为一位壮汉。它的整个躯体横亘在北疆的土地上，即使睡着了也透着一种坚韧、一种刚毅。天然林保护工程和生态建设，给低迷的大兴安岭注入了生机，大兴安岭的秋风更加舒畅。顺着加漠公路一直往北，虽不都是一马平川，却再无曲折。它延伸自如、舒缓有加，像一条洁白的飘带在岭上舒展着。在岭的上面，秋风振奋着、欢叫着、鸣唱着，似乎忘记了疲惫。公路两侧一排排、一片片树林，像忠诚的建设者，勤恳于山林里，扎根于泥土中，使大兴安岭魅力无限。秋风越刮越欢畅。它轻轻抚慰着这里的一草一木、一楼一宇、一桥一梁，使大兴安岭遍洒金色的霞光。

没有南去的大雁，更没有游动的云朵，大兴安岭的天空被秋风洗刷得空旷而高远。疯长如初的草木像层层叠叠的稻浪，在岭上岭下肆意起伏。临窗而立，努力向远处的群岭眺望。秋色正浓秋风正酣，大兴安岭景色美不胜收。在栖居闹市的楼宇中，放松一下身心，任思想在秋风中飞舞，绝对是件很惬意的事。我之所以喜欢大兴安岭，就是因为每到秋天，它真情似火，它坦率如风。这秋风让我的思想变得更加成熟，让我的情感更加悠长。我知道自己的生命不会永恒，但我坚信，我一定会在秋风中获得启迪。秋风可以把自己放飞，我则能把梦想放飞。真的，我愿成为秋风，在大兴安岭上自由舞动、纵情飘荡。

秋风笑傲千里，大兴安岭所有的沉醉、所有的笑意一展无余。收获了果实，收获了秋色，也收获了喜悦，大兴安岭的秋色入了诗、入了画，大兴安岭的秋风也入了心、入了梦。悄无声息中，秋风已成一道神奇的彩虹，把大兴安岭的耕耘之梦，从碧绿引向金黄。

冬　风

大兴安岭的冬风凛冽而清澈。

冬风是至尊的大自然赐予大兴安岭的一个特殊礼物，容不得以任何理由去选择、去讨价还价。它从街区上刮过，一阵白烟与各种汽车冒出的白烟混在一起并驾齐驱；它从群岭上空刮过，一阵白雾与天空低垂的气压混为一团；它从山坳刮向封冻的黑龙江，一阵白浪与步履艰难的江水搅在一起，直到把这条江凝固成银色的钢板。白茫茫的世界里，能有这风，大兴安岭的冬天就不再寂寞。水墨画般的大兴安岭之冬，凌风就是一笔求之不得的财富。不难想象，要是失去了冬风，大兴安岭就不可能成为北国冰雪之都。

相比草原、沙漠、大海上的冬风，大兴安岭的冬风粗犷豪迈、直白简单，就像大兴安岭人的性格一样。说心里话，我不喜欢那种慢条斯理的冬风。它就像杀人不见血的刀，在你不经意、没有任何戒备时，先悄悄侵入你包裹很严的棉衣，再无情地刺进你的肌体乃至骨髓中。我在北方从未冻过手脚，而在南方的那几年，我的手脚却备受煎熬。没来过大兴安岭的南方人，多把大兴安岭想象成寒风凛冽、白雪茫茫，啧啧声里似乎称奇不断，实则是望而却步。其实，要是来感受一下，也就不会再有恐惧了。大兴安岭的冬天外表干冷，内在又不失一种热烈。与之相随的冬风，也极为外向。它来得猛去得急，不腻歪不纠缠，更不暗藏杀机。就像一位历经沧桑的老者，严厉却很慈祥。它守候在自家门前，对所有人都一视同仁，既不失友好，又显得不卑不亢。

雪与风是大兴安岭的一对儿“双胞胎”。有雪无风不能称为真北国，有风无雪也不是大兴安。大兴安岭的冬风吹起的一瞬间，大雪也就尾随而来。飞雪在八百里兴安挥舞写意，冬风在万千道山岭奔放抒情。风刮着，雪下着，大兴安岭成了银蛇狂舞的世界。因为有风，大兴安岭的雪格外飘逸；因为有风，大兴安岭的世界不染尘埃。在漫天的风雪中，大兴安岭风情火热而澎湃，就像酿造已久的老酒。在大兴安岭冬风洗涤下，所有的灵魂都该得到净化，所有的思想都该得到升华，所有的世俗、所有的尘埃，也该被彻底吹散。浓烈的辣酒，跳动的火苗，甜美的醉意，都融入冬风里，大兴安岭有了与寒冷为伴的气魄和挥洒飘逸的情怀。

冬风使大兴安岭迎来一片片雪花，也使冬泳爱好者们荡起一抹抹浪花。身处甘河畔，冬泳爱好者们笑迎冬风，毫无畏惧。他们像海豚一样纵身一跃，在冰冷的河水中不停地游着，将挑战严寒、挑战自我展现得淋漓尽致。大兴安岭的冬风能填词作画，大兴安岭的冬风也有一种亲切的甘冽和轻松的洁白。冬天到大兴安岭，可以赏雪，可以感受北国风的情怀。若不信，你就选择冬季来大兴安岭，尝试在雪上飞腾的感觉，体味在风中欢呼的滋味。此时，映山红滑雪场上，那些来自全国各地的滑雪健儿，正与冬风紧紧拥抱。他们在落差两百多米、长三千多米的雪道上跨越翻飞、自由翱翔。我相信，此时此刻你一定会在惊讶之余由衷感叹：大兴安岭的冬天并不冷。

如果说大兴安岭的飞雪可以塑造优秀的歌者、舞者和作家，那么大兴安岭的冬风更是锤炼了一大批的先锋与模范。从大兴安岭开发建设至今，大兴安岭英雄辈出、人才不断。进入新世纪以来，大兴安岭的冬天不再漫长，大兴安岭的冬风不再令人生畏，新一代的大兴安岭人正以崭新的风貌，秉承和发扬大兴安岭精神，在这里继续创造一个又一个奇迹，点燃一个又一个希望。一架从祖国心脏飞来的银鹰高声鸣唱着从天而降，在漠河机场的长长跑道上痛快地卷来一阵风，与当地的冬风一道，发出了大兴安岭有史以来最完美、最和谐的声音。也就是在那一刻，我真切地感受到了大兴安岭的冬天已不再孤寂。

冬风如歌。它的音色纯美，它的旋律欢畅。歌声中，大兴安岭已写成一篇百读不厌、无限神奇的童话。

加漠公路

加格达奇东出口，有路至漠河，乃国道京漠线北段，谓之加漠公路。经重修改建，其途如砥似蟒，舞八百里程之绰约，扬兴安南北之壮美。

蓝天与白云，山岭与树木，还有大片肥沃的田。在绿色的波涛中，加漠公路一出发就是绝美之景。山岭不险不峻，在视野中绵绵延延。加漠公路起点宽宽广广，并排可行六辆车，跨度达 15 米。这样的路面，不消说是行车，就连起降 C919 大型飞机也够用，宽得让人爽目，宽得令人震撼。我的心在加速跳动。不是紧张，是情感在涌动。我喜欢路的起点，喜欢出发时那种心跳的感觉。真的，在加漠公路上行走，不容你不振奋，不容你不激动。路在跑，车在追。无障碍阻挡，无束缚捆绑，加漠公路舒舒缓缓，为大岭起伏翩翩作序。

高大挺拔的高压线铁塔映入眼帘。它们一个连着一个，或在田间，或登岭上，或入林中，就像一排昂首挺胸的哨兵。真是一幅蓬勃发展的景象啊。想起幼时曾着迷那些绘有高压线铁塔的宣传画，不禁一笑。我曾渴望家乡有朝一日能架起高大的铁塔，能像画一样欣欣向荣。可等啊等，直到今天，那画才出现。车驶出 30 多公里后，加漠公路开始变窄。路两侧的树稀稀疏疏，一棵两棵三五棵，不一会儿，就一片两片三五片，密密匝匝聚在一起，似要将加漠公路淹没。视线窄了，涌动的心渐渐平静。半生行旅中，公路似乎都这样，距离城镇近则路面宽，远了就窄。虽已脱胎换骨，可一进入窄了的地段，加漠公路又多了随意自然。释怀时，昔日的老路挤进了脑海。夏天，一路泥；冬天，一路冰。崎岖了梦想，蹒跚了渴望。从开发到建设，大兴安岭人无时无刻不盼脚下有条发达的路。到了新世纪，这梦终于实现了。在北国兴安修一条如诗如梦的坦途，该有多难。可难也要修啊，要前进，走不出新路怎么行？建设施工，不仅要考虑路段实情、自然环境和地域特点，也要考虑到未来发展需求。宽处近 20 米，窄的也有 5 米多。确保 50 年不落后，该节约的一点不浪费，该投入的也绝不含糊。加漠公路，至此已将新的体态与山岭、树木、河流、城镇融成一幅线条明快舒展的山水画。在高寒地带，在偏远的大兴安岭，这画，显得多美多宝贵啊！

画美，美在神与韵。就这样，加漠公路有形有貌，向前奔流。行进一段后，路走出了一个大大的“S”形，从一座公路桥上横跨铁路洒脱而去。一下子，加漠公路有了动感，有了生命。此段原无公路桥，车过铁路口，稍不留神，就容易出现火车撞汽车的恶性事故。仅从车窗张望不保险，还要有人下车再左右察看。见无火车，下车的人就回头喊：“过！”车过铁路再停下，人上车，车继续前行。技校有同学叫张大虎，一摸方向盘，就不在乎啥火车不火车的了。一次，凭着侥幸心理刚把解放车开过铁道，一列满载圆木的列车呼啸而过，直把张大虎吓尿了裤子。自此，张大虎再也不敢犯“虎”了。

加漠公路虎虎生风，一路向前。在前进中，我真切地感受到他的不同凡响和高雅脱俗。他穿山越岭，把大大小小的林地紧密连在一起，连成绿浪翻滚的林海。他呈现给世人的，是气度上的宽阔，是风格上的豁亮，是耐力的释放。他激情四射，不停地向前伸展，似乎要把健壮的躯干延至每一道山岭。过古源小镇不长时间，就到了松岭区政府所在地。区政府所在地，不叫松岭，叫小扬气，对，不是小洋气，是小扬气。1992 年，我曾和妻子造访此地。那时的小扬气还没个城镇样，几座小楼被低矮的板夹泥房包围着。一旁的公路，还只是坑坑洼洼的砂石路。车一过，扬起一路尘土。好在出行有铁路，要不，真不知会遭多少罪。我和妻子耐着性子在此逗留了三天。那天，我们顺着砂石路不知不觉走到小扬气广场前，刚想放松神经，却被一座似三把利箭的建筑吸引。上前观看，上书醒目的大字“东北抗日联军三路军第三支队烈士纪念碑”。1942年春，百余名抗联战士，途经库楚河畔，不幸遭遇日伪军伏击。在寒冷的冬天，百余名抗联战士与数倍敌人进行了殊死战斗。最终，除少数突围外，余下皆壮烈牺牲。为缅怀烈士，1986年，松岭区人民政府建立此碑。我和妻子被肃穆的气氛深深感染，在纪念碑前驻足良久。如今，一条不起飞尘的平坦之路从小扬气镇旁豪迈而过。在烈士洒下鲜血的地方，生命的种子正生根发芽，开花结果。

加漠公路坦坦荡荡，似在追忆历史，又似在召唤未来。松岭境内，加漠公路的坡度和弯度都不大，险段也不多。出小扬气后，车顺畅地向北一路行驶。公路两侧有大片沼泽地，无数个大大小小的塔头连成了一片。这就是塔头甸子。塔头甸子也是风景，是森林的肺，有着特殊的作用。那年，山上着大火，若无塔头甸子的阻隔，那火恐怕就要烧到小扬气镇。大火过后，塔头甸子黑黢黢地铺在公路两侧，苍苍凉凉没了生气。可第二年春，塔头甸子又焕发了荣光，在公路两侧育出一片又一片的希望。有了希望，才有景观可赏。加漠公路59公里处有岔线通南瓮河自然保护区。你可别小瞧它，这可是国家级的保护区。除沼泽、湖泊、河流外，这里还有亚洲最大的岛状森林湿地群。有朋友曾用无人机拍摄南瓮河，美得令人心动。湿地是宝，有草木，有野生动物如丹顶鹤，还有20余条大小河流。这些河流中都有鱼，品种还很多，随便撒网，就有收获。前些年，我在加格达奇佳旺市场买鱼，鱼贩子称自己的鱼是野生的，遂问其产地，答曰，南瓮河湿地。我说，那儿不是被保护了吗？答曰，那么大的地方，弄几条鱼有啥稀奇。我哑然。看来，要想保护这片世界上生态系统最大、最全的内陆湿地还有很多事要做。

在加漠公路旁，一条不宽不窄的河正曲曲弯弯向前缓慢流淌。河流与公路真的很相似，一条是流动的水，一条是跳跃的路。有了河流，路就有了血脉。加漠公路，一条永不封冻的河。经大扬气，走新天，过太阳沟，进入了新林境内。在新林境内，加漠公路两侧群岭绵绵长长，树木苍苍翠翠。此段，加漠公路近 140 公里，弯大坡陡，路基平均高达 12 米，大小桥梁 30 余座。这些桥梁，有相当一部分是 20 世纪六七十年代闻名中外的女子架桥连建造而成。当年，英国《泰晤士报》记者马克斯韦尔拍摄的架桥连“铁姑娘”们在 25 米高的龙门架上作业和深水区打桩的场景，已牢牢印在了世人的脑海中。新林，注定有故事有传奇。

快到新林镇时，加漠公路两侧的群岭伸开了腰，站直了躯。作为大兴安岭南北岭的分界线，与岭南的加格达奇和松岭比，新林常年平均气温要低好几度。春天，岭南已生机盎然，岭北才刚刚复苏；秋天，岭南尚未苍凉，岭北已一片枯黄。初次到新林，20 世纪 80 年代末，我带队参加团地委在新林举办的全地区青年岗位能手业务大赛。作为新林区党政中心所在地，新林镇当时多种经营搞得最有特色。也就是在这次，我品尝到了该地自酿的白酒。口感绵软，回味悠长，不知不觉喝了半斤多，居然没醉，真是好酒。第二次去新林，是 1993 年冬。去时搭的是顺路车，原计划当晚乘火车返回，却因故耽误了上车时间。只好找当地友好单位派车送我返程。雪大路滑，道窄路仄，“2020 吉普”一路颠簸。有时，分不清是路还是沟，行走得非常艰难。司机神情专注不说一句话，我的神经也有些紧张。心想，啥时候大兴安岭的公路才能让车辆痛快地开起来啊。一百多里的山路，足足跑了三个多小时才到家。我心不忍，想给司机安排住处休息，待天明再走，司机却执意连夜往回返。望着消失在风雪中的“2020 吉普”，我站在家门前愣了好久。

新林镇内有全国最大的城镇森林公园。据说，当年建设者们初到新林时，发现附近北山有龙状云雾绕于山腰。称奇之余，将此处划作天然公园。天然公园面积有多大呢？足足160多公顷。这里林木苍劲高大，樟子松、落叶松、鱼鳞松比比皆是。而让人称叹的是，一到春天，天然公园内还盛开大片大片粉红粉红的花儿，那花儿，当地人称之为达子香。曾参加库楚河战斗的抗联老战士、原黑龙江省省长陈雷在此观赏后，欣然题写园名：原林园。那年，我陪友人入园游览。少顷，友人陶醉："生此荣也，死此亦荣。"说罢仰天大笑。斯时，原林园上空果有祥云飘过。

云下有路，云下有鹿。出新林镇不久，路旁竖有鹿场指示牌，遂停车步小径入林间。见我造访，鹿场主人叫住狂吠的狗，热情地打开鹿圈大门。哎呀，一群可爱的梅花鹿如它们的主人，齐刷刷向我投来友好的目光。欣赏片刻，主人打开圈门，30多只梅花鹿快乐地走了出来。树林中，它们或三三两两自由漫步，或停下脚步吃着林间生长的小草。一只母鹿领着三只小鹿远远地躲到一旁，警觉地向四下察看。有小鹿缓步走到主人身旁，用舌头亲昵地舔了一下主人的手，主人随即张开手。原来，手中攥的是几粒玉米。主人向我介绍，除小草和树叶外，梅花鹿还喜好食玉米。不花费些心血和投入，鹿场难获效益。鹿浑身是宝。这些年，鹿茸、鹿鞭、鹿角、鹿心血等，从大兴安岭俏销全国。不仅能做药材，还能上餐桌。早年在林区的餐馆，除了狍子肉、大马哈鱼、飞龙汤外，很难吃到鹿肉。而今，聪明的林区人以鹿为材，弄出龙须鹿筋、干炒鹿肉、鹿茸银耳汤等一整套"鹿宴"。可要天天吃，人还真受不了。

车一路向北，路不再平铺直叙。那些岭呢，似有了不满，一下子从远处跑到公路两侧，陡形峭貌对峙起来。远处是深深的坳、密密的林。有残路垂头丧气卧于坡上，似林间倒木，孤单单地有委屈要说。原来的老路虽连贯但不成形，也不安全，在维护上造成了很大浪费。作为一条世纪之路、发展之路，重新建设加漠公路时，从长远发展的角度考虑，从地域特点和气候环境以及行车安全等因素考虑，当地政府对加漠公路进行了大胆的设计和调整。有的要去弯取直，有的要避开深沟险壑，而绝非出于成本节约考虑。只要方向对，那就要从整体上调整建设理念。在这一点上，地方政府和设计施工者的认识是一致的。走老路没希望，那就要走新路，走一条前进方向不变、初衷不改的新路。老路不是废铁，无法回炉成材，只好一段段被拦腰搁置一旁，权且作为历史鉴证吧。

有约 10 分钟的车程，手机没了信号。在大兴安岭，你拨打本地人的手机，若出现了“您拨打的电话无法接通”提示音，对方很有可能正行走在此段路上。别不信，反正我有此经历。信号无所谓，安全就好，顺利就好。别看没信号，可这段路一点儿也不寂寞。他欢快地盘一道山，越一道岭，向前，向前。倏忽间，车过惊飞大鸟三两只，加漠公路多出一丝静谧和悠长。歌声响起，是省电视台主持人唱的歌儿：“姑娘想嫁人，给我一个吻……”爱情主题歌，加漠公路有爱情吗？还真的有。不信，你瞧，前面就是富有浪漫情调的爱情小镇塔尔根。

爱情小镇是逼出来的果，也是逼出来的一条发展之路。塔尔根位于加漠公路中段位置，是新林北端一个小得不能再小的镇。镇名用的是鄂伦春语，意为塔头甸子。初听爱情小镇的叫法，我不以为然，甚至有些反感。哪个地方没爱情啊？没爱情，人类还能繁衍生息吗？不是拔犟眼子，是对这个名称真的没啥感觉。可近些年，我对这个小镇却有了新的认识。塔尔根位于北纬 52°13′14″，东经 124°41′31″，和这个名字，真的是契合呀。52°13′14″ 不就是“5201314”吗？124°41′31″，反念一下，是不是“1314421”？这可是当下最为时尚的爱情誓言“我爱你一生一世”“一生一世只爱你”呀。树上的鸟儿仿佛在叫：“我要伴，我怕冷；我要伴，我怕冷。”大兴安岭，半年的冬季，谁不怕，大兴安岭热不起来，可真热了，是不是非得着大火才行？树上的鸟儿叫：“我要伴，我寂寞；我要伴，我寂寞。”思想不解放，修再好的路也白费。大木头时代建设的小镇，居然是世上最美的爱情巢穴，称奇吧。自从注册申报成功，名不见经传的塔尔根渐热渐火。“爱的经纬”主题雕像、爱心锁栈道、许愿池、鲜花种植区、爱心涂彩路等，都在塔尔根应运而生，引得对对情侣慕名而至。于是，这里的餐饮住宿不够用了；于是，这里开始建停车场、停机坪……每年5月20日，即“我爱你”的谐音日，爱情小镇都举办盛大的文艺活动。天下有情人沿加漠公路纷至沓来，在塔尔根体验爱的浪漫，在爱情小镇里把爱来体味，把爱来歌唱。加漠公路，也是一条爱情之路。

加漠公路幸福地进入了塔河。塔河因本地呼玛河支流塔哈尔河而得名，鄂伦春人将塔河叫“小固其固”，翻译过来就是“水草丰盛的地方”。河名乎？地名矣。在整个大兴安岭地区，塔河有一种原始生态的美。他被群山环抱，这里山岭起伏、河流纵横。他是加漠公路穿起的一颗“绿海明珠”。前些天，有朋友在微信上晒图：一座跨度千余米的公路大桥，如白龙般成环形从塔河北山脚下潇洒而过。桥面是白的，桥下的树木和外侧的山是绿的，桥内侧的楼顶和房盖是红的。好一幅秀美的画啊。我新奇得半天说不出话来。儿子问：“爸，你咋了？”我说：“你来看，这是你的出生地。”儿子一看照片，眼睛登时也亮了起来。

1982年春，年少的我随父母从呼兰的一个乡村迁到大兴安岭塔河县。我对塔河有着挥之不去的记忆和情感，而让我印象最深的是县城里的餐饮街。餐饮街有不同风味的餐馆和小吃店，规模都不大，凑在一起却很热闹。小到一碗豆腐脑、一碗刀削面，大到七碟八碗南北菜，邀上三五个知心好友，就把情谊斟得满满的。时过境迁，餐饮街尚在，可昔日的餐馆和小吃店却不见了踪影。独一家特色小吃店位置不变，招牌不换，继续埋头经营。此店专营煎饼馃子。与镇里其他煎饼馃子店的区别是，此店不用电火、气火，而是一直沿用煤火。煤火不比其他用火成本低，且烟熏火燎特别呛人。可店主就是执拗不换火，硬是把摊出来的煎饼弄得酥脆香甜。食客们才不计较用什么火摊煎饼呢，只要口感好、味道正，即便排再长的队也要买。

在塔河14年，我完成了学业，参加了工作，娶了妻生了子。1995年冬，我调离塔河，离开了这片对我有养育之恩的热土。再回塔河，却不再是主人。1981年，塔河撤区建县，当时的人口还不到5万。20世纪90年代初，塔河常住人口已达10万余。而后，人口却逐年减少。人都去哪儿了？塔河乃至整个大兴安岭地区，外来人口的占比都很大。那场举世震惊的大火后，国家缩减木材采伐量，很多林业工人没活儿干，吃老本儿、吃救济金不是个事儿。故调离的调离，调离不成的，要么停薪留职，要么提前退休，要么被“买断”工龄。那时，有个说法叫“孔雀东南飞”，说的就是大兴安岭人争先恐后到沿海发达地区另谋出路。走了就走了，留下来的还要生活。人口锐减到不足3万，发展却向前迈了一大步。20多年里，塔河究竟发生了怎样的变化？公路大桥知道，途经塔河的加漠公路知道。

壮美的公路大桥西侧是塔河人引以为豪的栖霞山植物园。此园与新林原林园有相似之处，除了生长郁郁葱葱的原林，还有中草药材，譬如鹿蹄草。《中国药植志》曰：“鹿蹄草治虚痨，止咳。”一些地方药典医书，也将其作为补虚益肾、祛风除湿、活血调经，及治疗风湿关节痛、外伤出血等药方。我随手摘下一棵鹿蹄草仔细欣赏：其根茎细长，有分枝，叶形椭圆，边缘有疏齿，上绿下白，花冠广开，花色呈白，倾倾斜斜，惹人怜爱。栖霞山植物园白天黑夜都适合游览。一百多组高照灯、景观灯、草坪灯将园内映得格外辉煌。入园铺设的台阶、影壁、浮雕，不仅与自然融为一体，也重现了塔河历史与现实生活的精彩画面。我很惊奇，多年不见，塔河居然依山建了这座集民族风情与时代特色于一体的秀美园林，真是了不得。拾阶而上，草木幽深不时闪出亭阁廊屏，花花绿绿中有鸟鸣脆脆悦耳。待登顶，一座巨型高塔迎风而立，名曰“望塔楼”，意为兴安福地，塔河必兴。

加漠公路像一条涌动的河，在北方以北，在最美的兴安岭上不停地向前奔腾。不算近百个涵洞，加漠公路在塔河境内跨大小桥梁 18 座，其中特大桥梁 1 座，大型桥梁 4 座。从塔南、塔河、绣峰、瓦拉干、蒙克山、盘古，一直到樟岭，加漠公路经七镇行 134 公里，虽经重新修建，但路况一直挑战着汽车驾驶员的技术。能安全跑一回加漠公路，驾驶水平绝对了得。我 18 岁在绣峰中学任教时，曾搭乘敞篷车回家。当时，副驾驶的位置空着，好心的司机不忍我独自在敞篷车厢受沙尘之苦，遂喊我坐到驾驶室里。行至半路转弯处，迎面过来一辆运材车。由于路窄弯大，会车瞬间，敞篷车一下翻到了路旁四五米深的沟里，好在人没啥事。我若坐在敞篷车厢内，后果不堪设想。1987 年夏，绣峰林场一辆载有 20 多名工人的大卡车去山里清林，也是在这个路段上翻的车，当场死亡 8 人，重伤 3 人，绣峰林场哭声一片。2000 年重修加漠公路，设计者对这段路掐弯取直，把原有的弯儿还给了山谷沟壑。至此，此段路再无恶性交通事故。

洁白的加漠公路上下舞动着，如飘逝的岁月，苍茫而惆怅。从绣峰到瓦拉干这段路短，也相对平坦，但近蒙克山时就发生了变化。盘古河、大布鲁克里河、聂河，多条河流在此交汇，路况复杂，行之艰难。路和车一样，也需保养。养护加漠公路成了细活儿、难活儿。夏天，小修小补经常有。一到冬天，大雪封山，路却不能封。雪虐风饕，铲雪车在路上日夜奋战不停。有时刚清完，天又下雪，得，掉头重铲吧。从蒙克山往北经盘古到樟岭，山险岭峻，坡越走越大，弯越走越多，路基下的沟壑最深达数十米。心里不由敬佩起道路施工者的勇气来。而这些，对施工者们还不算个事儿，真正让他们头疼的是在重修樟岭路段时，所遇到的冻害难题。大兴安岭冬季漫长，越往北，公路路基结冻越重，有的地段冻得都拧成了麻花。待春季冰融雪化，此段路便开始翻浆。不解决这个问题，加漠公路重修多少次也白费。设计方查阅资料，反复研究，最终借鉴了当年铁道兵修隧道时的办法，即排除地下水修建路基法，成功实施了低温早强混凝土、保温砂浆、加气混凝土砌块等措施，彻底解决了此顽症。从此，加漠公路一年四季顺畅自如。

加漠公路在险峻的樟岭段拼力前行。他行出这段距离似乎不是一种修建，而是一种生劈，抑或是千年的巨蟒用身躯硬生生磨砺而成。曾有一位风云人物，在此担任党委书记。初到樟岭，他面对的困难很多，当地人对这个文质彬彬的书记多持怀疑的态度。那时，樟岭段的公路仅能满足运材需要，弯弯曲曲，坑坑洼洼，经常发生事故。他来后，坚持修路为先。他说，光靠一条铁路，樟岭走不出老林子。在他的带领下，樟岭的路平了，也宽了，一度成为全县修路致富的典范。1990年冬，他升迁。当地人在公路两侧夹道送行，难分难舍，也热切地希望他多回樟岭看看，看看这里的山、这里的岭、这里的路。在加漠公路大规模建设的前一年，他却积劳成疾，英年而逝，给樟岭人和樟岭的路留下了深深的遗憾。他，名叫陆旭。

巨蟒形色苍白，有时懒洋洋地卧在丛林中间，有时又在山岭的腰间上下舞动。过樟岭入漠河，加漠公路两侧的山势减缓，岭成丘陵，视野顿时开阔了许多。除了林木外，山岭间还有新开垦出的农田。但不要高兴太早，零零星星的田地不少，但都不适合种庄稼。毕竟越往北，农作物生长的时间越短。短到什么程度？以玉米为例，5月末落种，半个月发芽，再出土、拔节已是一个月后的事。到了8月，大兴安岭南麓的玉米已成熟，而这里的玉米才结穗。9月，玉米还未熟，这里的冬天却提前到了。所以，当地人每年只能种些大白菜、大萝卜和卜留克。没想到歪打正着，以卜留克腌制的咸菜格外畅销。前两年到北京出差，我居然在一家超市里看到了漠河生产的卜留克咸菜，激动了好一阵子。

加漠公路时而欢畅，时而又婉转。你必须紧紧跟随他的脚步不停地行进，倘若稍不留神，就会被他远远地抛在后面。看，他刚翻了一重山过了一道岭，倏忽间，却钻进林间不见了踪影。从长缨到阿木尔只是一袋烟的工夫。此间，加漠公路与嫩林铁路并行。阿木尔位于额木尔山脉西麓，是漠河境内一个特殊的镇。说它特殊，只因有个行政上和漠河县没啥关系的县级单位，即阿木尔林业局。除了呼玛县的林业局外，大兴安岭其他的林业局都是县级单位。自20世纪70年代建局起，阿木尔林业局的名字一直没变，而它所在的小镇或曰阿木尔或曰劲涛，反复更名多次。不论咋叫，林业局还是林业局，镇政府还是镇政府。即便同名，也没隶属关系。那年，我去阿木尔，走的就是公路。那时，加漠公路已修建完成。从加格达奇到阿木尔，300多公里的路，3个小时就到了。这要搁在20世纪八九十年代，想都不敢想。前些年，阿木尔女子军乐队到加格达奇会演，我好奇前往观看。嗬，队员都是清一色的年轻女子，真带劲。那几年，阿木尔女子军乐队名气很大，都进京汇报演出过。可这两年，我却再也没见到它。

出阿木尔经图强和育缨，再到漠河，这段路全长63公里，跨铁路线3处，经桥梁4座，路窄坡多弯大，无弯的路最长不足2公里。路两侧或山岭相对，或沟壑分布，视野受限。在整个加漠公路上，这段路的行车效果比樟岭段好不到哪儿去。一弯转过去又是一弯，路两侧的山岭忽抑忽扬，林木在交错中繁杂而茂密。除了一些常见的落叶松、杨树外，路两边多白桦。白桦不善独立，三五成群，有时连成一片，像成群结队露着美腿的少女。少女的脚下，到处是宝：五味子、龙胆草、桔梗、灵芝、黄芪是中草药；黄花菜、蕨菜、蘑菇和木耳是好菜肴；而都柿、红豆、草莓、山丁子是人见人爱的好山果；养眼的，还有怒放的达子香。顺着宝地往里走，幸运的话，你还会看到各色飞鸟在枝头栖息鸣唱。不幸的话，你会遇到野狼、犴达罕[①]和黑瞎子。那年冬天，张大虎开车夜行至此，车灯前方路上，有黑影迟迟缓缓。张大虎一个劲儿按喇叭，可黑影

① 学名为驼鹿，是兴安岭森林中体态最大的动物。

就是不让路，还在路中间慢吞吞同向前行。张大虎减速，接近黑物定睛打量。啊，原来是一只黑瞎子。张大虎吓得一下子熄了灯灭了火，足足等了 1 个多小时，待有车上来后，才小心翼翼跟在后面跑。而那只黑瞎子，早已不见了踪影。

加漠公路爬坡过坎，走险行峻，忽而平坦笔直，忽而三弯九转，他坚定而沉稳，明快而执着，谁也无法阻挡他前进的脚步。我努力向加漠公路尽头眺望，想看到他的终点，可路已融进了广袤的林海和蔚蓝的天空。就要到了，就要到这条路的终点了，就要到祖国的边陲了。急急切切中，路却转了一个大弯，大弯一过，路边赫然闪出一座多层观景台。路边下车，我仔细打量观景台。观景台曰腾龙阁，足足有 30 米高，俊美敦厚，气魄非凡。真的，每过此处，我都要下车驻足，临顶观景，尽情向远方眺望。观景台西南方，是美誉北国的九曲十八弯——原始生态湿地公园。这个公园虽然比南瓮河国家级自然保护区小很多，但独具特色，景色妖娆。景区内，涌动向前的额木尔河九曲十八弯自然而成，蜿蜿蜒蜒，如一条银龙上下舞动。环顾四周，山翠岭绿，云缭雾绕，整个人仿佛脚踏祥云成了仙。

车内音乐悠悠荡荡："世上的路有无数，最难忘我心中的路……"在发展的历程上，加漠公路终于行进到胜利的终点。这一行进，是踏歌无痕的新起航，是继往开来的再跃进，是激越凯旋的大贯通。他不仅是一个时代、一个地区的发展符号，更是大美兴安融入国家"一带一路"后再出发的象征。

路在，发展就在。加漠公路如此，兴安如此，中国亦如此。

北极村的雾

到北极村已是下午 3 点多钟。

车缓慢地绕着村子转了一大圈，每路过一个景点，我们都不失时机地下车留影。与其说北极村是一个村，还不如说是一个景区。在这里，到处都是可观的景，到处都是可赏的色。妻子兴致盎然，指着西面的山说：“瞧，起雾了。”顺着她手指的方向看去，可不是起雾了吗？刚才还未起雾，现在却开始一点一点地向山脚聚，渐渐地，汇成了一团一团银白松软的雪。这雪不是堆在地上，而是挂在山腰处。绿的山、白的雾，轻轻柔柔，起起伏伏。“真是太美了！”我不禁感叹道。天杰端起相机，拉近镜头，噼里啪啦连拍数张。

吃罢饭，已是晚上 7 点多。虽然夏至已过，但未到 8 月，北极村的天黑得还是比较晚。只听说不夜城，却未闻不夜村。今日一见，方知传闻不假。夜不黑，那些曾在山脚下起伏的雾，在景区内环环绕绕围成了一个圈。漫步来到北极沙洲。此地景点设计很巧妙，除与自然景观浑然一体外，还张扬着北国特有的粗犷。“没想到除了北极光，这里还有看不完的景啊！”妻子感叹，问我，“现在还能看到北极光吗？”我遗憾地说：“很难。”走到最北点时，我欣喜地喊：“瞧，我们找到北了。”正兴奋着，四周却飘起了一团一团的白雾。这团团白雾形似云朵，高低不一，在半空不似浮着，却似悬着。想想南方那扯天扯地难消难散的雾，顿觉这北极村的雾张弛有度，纷纭有节。再往前行不到百米，黑龙江滔滔不息向前奔流。

妻子指着江对岸问：“那就是俄罗斯？”我说：“是，又不是。”对岸，树静山穆，不见一丝云雾，就像一个走失的孤儿，眼巴巴地望着我们。

沿着沙洲上的幽幽小路往回走，我的情绪都有些低落。天色尚未暗淡，沙洲上景致依旧秀秀丽丽，惹人爱怜。想让天杰拍几张雾色美景，沙洲上的灯却亮了起来。天又没黑，这不是浪费吗？刚想感慨，却忽然意识到，这兴许是景区给游人提供的一种便利吧。何况，灯光下的景致显得很独特。就在沙洲上的灯亮起时，那些成团的雾就像听到了集合的口令，一下子汇聚起来。正惊讶着，这汇聚起来的雾如不远处滚滚的江水向我们涌了过来。我们已不似在沙洲上行走，倒像是在云海中穿行。再看沙洲，已被渐起渐伏的雾罩得缥缥缈缈，宛若袅袅娜娜的披纱少女。妻子和天杰在前面走，我在后面陶醉着。我喜欢这风影迷离的沙洲，更喜欢这若起若浮的雾。沙洲莹莹粼粼，星空晴朗高远。瞧，星空上那最明亮的，不是北斗七星吗？可观景可看雾，还可透过云雾看星空，北极村真是一个童话世界。我想起了迟子建的那篇优美的《北极村的童话》，心情好了许多。如童话般的北极村，雾就是星空的纱，星空就是闪烁的雾。

回到宾馆，我从天杰的房间取来相机。妻子问我要干啥，“拍雾！”我郑重其事。拍雾，就要早睡早起。妻子已入睡，我却难入眠。沙洲上那神秘的雾在大脑里不停地涌动，一会儿如玉兔，在草丛中跳来蹦去；一会儿像白马，在原野上纵横驰骋；一会儿又似棉絮，在纺机上翻飞舞动……半梦半醒时，雾却开口说话了：“我叫雾仙子，欢迎来做客。”我说：“只听说北极村有赤霞、橙练、黄衣、绿玉、蓝裳、青霓、紫露七彩仙女，哪儿听说过雾仙子？”“过完夏至，姊姊们都回宫去了。玉帝派我到这儿继续添胭加脂，粉山饰河，以供来年极光再现。”我不无惊讶，想和雾仙子合个影留个念，刚要开口，却一下醒了。看手机屏，才凌晨两点一刻。睡不着，那就起来吧。我窸窸窣窣穿上衣服，背起相机，蹑手蹑脚走出了房间。我要把北极村的雾“一网打尽”。

天色未明，大雾一片，白加黑的北极村淡了所有的色，似乎隐了形、藏了态。我摸着黑向前走，路两旁的宾馆、民居、超市乃至树木花草都若隐若现，朦朦胧胧，整个景区在雾中成了湖。这湖汹汹涌涌，浩浩荡荡，一眼望不到头。在北极村的雾里行走，真是别有情趣。我这样想着，心里多了份惬意。别说有雾，就是没雾，此时的北极村也该一片深沉。想起梦里雾仙子的话，恍若步入仙境。湖面漫漫，仙境迷蒙。周围都是雾，脚下也是雾。我在堆山积海的雾里行走，我就是雾仙子独邀的客。在这片湖里作诗填词，不亦乐乎？雾似乎知道了我的想法，轻轻地摸了一下我的脸，那感觉细细润润的，如沐春风一般。

朦朦胧胧寻去处，依依稀稀向前行。路忽然向外一展，在雾下变得豁然起来。原来，我已踅到了北极广场。广场上的雾似乎比路上的雾还轻松，色彩也不再忽明忽暗，光光亮亮的，像湖面的感觉强烈了许多。快门却按不下，被雾锁住了光，再先进的设备也无法进行记录。只好收起相机，欣赏北极村这神秘的雾，心中渐生一种身处桃源的感觉。不一会儿，却感到雾有些凉，像梅霖酿寒般的凉。后悔出门时不该太仓促，带件外衣也是好的。北极村早晚温差大是出了名的。可若回宾馆取外衣，一来一回就要错过拍雾的最佳时间。还是忍忍吧。一边劝慰自己，一边继续欣赏雾仙子的美。雾仙子却有些嗔怒。她忽然向上不停地翻卷着，那劲头既像冬日里堆出的雪，又像被骤风鼓起的烟。没等我来得及细细打量，雾仙子就紧紧抱住了我，唯恐我溜掉。我缓缓地向广场中间移动着，大气都不敢喘一下，生怕有负这如雪似云的仙子。前面却显出一团黑色。早就知道北极村是人与自然完美结合的典范，此时此刻，四下雾气一片，可不要遇上啥凶禽猛兽啊。想到这，我惊出了一身冷汗。可它不跑不动不声不响，连气息都没有！我试探着往前挪，借着东方一抹鱼肚白定睛一看，呵呵，原来是一座石碑。我长吁一口气，大步走到石碑前，“神州北极”四个大字赫然显现，顿觉心潮起伏，热血涌动。我，一个普通的中国人，黎明时分，在神州北极，在黑龙江右岸，试图拍摄人间最美的雾。我这是何种情感哪，我的北极我的神州！

我在北极村，我在雾气缭绕的北极广场，独自一人，没有陪伴者，虽不在意形影相吊，却还是渐渐生出孤独来。要是妻子和天杰在身边该有多好。“沙沙，沙沙”，由远及近，忽然响起一阵跫然足音。这足音似曾相识，听着也亲切。顺着声音望去，雾海茫茫，白衣少年翩跹起舞。错觉吧，错觉？“沙沙，沙沙”，这足音真的很熟悉，坚实中散发着一种活力，这活力使冷的雾也温暖起来。哦，真的是一位白衣少年穿过重重的雾向我走来。说是白衣，其实，那上面分明在燃烧着一团火，闪烁着一颗星。哎呀，原来是天杰。我惊喜得差点儿喊出声来。父子之间是有感应的，何况在黎明时的神州北极？望着长得比自己还高的天杰，感动涌上心头。好孩子，你不愧是我的儿子，知道应什么时候出现在我的眼前。我尽量掩饰着自己的情感，故作嗔怪状：“起这么早干啥？不好好睡觉。”“没事的，爸。”我拍了一下天杰的肩，天杰似乎体会到了我的感动，遂不离左右陪在我身旁。

东方的白终于把黑夜撕开了一道大口子，万千白光瞬间将雾气独揽的北极村唤醒了。山凸出了形，村显了态，单调的色变成了丰富的彩。粗线条的轮廓，静谧的北极村，你是何等的壮美，又是何等的安详啊。我试着端起相机，“咔嚓”一声，拍下了一幅绮丽的北极村晨雾图。天色亮了，北极村的雾一览无余。山腰攀着雾，江面飘着雾，雾似乎要把北极村撑破。承载过圣洁极光之地怎能畏惧拥挤，任天下风景闪耀不息，北极村都能敞开胸怀尽情容纳。走向广场东的实木台阶，那条舞动一江大雾的黑龙正向东方飞腾。真美啊，北极村；真美啊，黑龙江。回头却见天杰站在广场上正专注地看着我，一旁高高飘扬的五星红旗格外醒目。我未加思索，举起相机，抢拍下了最美、最生动的照片。这才是我心中最想要的那幅北极村的雾啊。

午后 3 点，我们恋恋不舍地离开了景区。车驶出景区的一刻，我不经意地看了一眼后视镜，几片白雾如升腾的烟，似垂降的云，又悄悄浮在北极村的上空……

在路上

一

大兴安岭的深秋一派萧瑟。穿越群岭之间的加漠公路像一条银白的飘带，被随意地抛到空中，又缓缓落下，一直伸向远方。

车与风交错，飞驰的就是一种梦幻。有了梦幻，思想如同插上了翅膀，飞腾得更加洒脱。我喝了一口当地生产的矿泉水，还是昔日那种口感，清纯自然，沁人心脾。公路两侧的白桦树星星点灯般不停地摇曳着，无数枚金黄色树叶雪花般飘下来，旋即又被风吹来吹去，有的被吹到公路上，有的被吹到林间。冷峻的风中，大兴安岭有些空旷，让人产生昏昏欲睡的感觉。公路上车并不多，小王把车速提到了每小时 193 公里，我下意识地瞅了一眼车速表。小王很聪明，知道我不喜欢车速太快，车速又降到了每小时 129 公里。汽车在飘带上闲庭信步，从容行驶。

这是我今年第一次在公路上领略大兴安岭风光。在大兴安岭断断续续工作、生活近 20 年了，按说对这里的印象也该深刻了，可实际上对大兴安岭的地理特征、人文环境、经济发展和社会走向掌握得还不够全面和深入。从 1982 年春随父母来大兴安岭生活，到 1995 年冬离开大兴安岭，是我由懵懂少年变为活跃青年的美好时代。13 年，不知不觉地逝去了，在这个时期里，我对大兴安岭的印象主要是大地盘、大冰雪、大木头。大兴安岭地区地盘很大，虽然是一个地区，面积却相当于一个浙江省。很多浙江来的知青，都对大兴安岭持有深厚的感情。当然，他们对大兴安岭最深的印象就是大木头。那时，刚到大兴安岭，家里的烧柴都是我和父亲还有哥哥用手推车从十多公里外的山上拉回来的。那几年的冬天，我一点儿都不快乐。我们每天早晨8点多就从家里出发，走上一个多小时，到了可以拉烧柴的山林处。把手推车放在路旁，父亲拿起弯把锯、斧头和粗绳子，领我们顺着蜿蜒的小道向林间走去。父亲和哥哥很辛劳，那些年他们没少受累，给家里拉回了大量的烧柴。这些烧柴直到10年后才烧完，我们花了三个冬天，用手推车一车一车拉回来足足够全家消耗十年的烧柴，不能不说我家是一个勤劳的家庭。在那个年代，火车往外运的是木头，山路上跑的汽车拉的是木头，绝大多数人家取暖烧火用的也是木头。大木头成了那个时代大兴安岭的代名词。

1995年冬，我离开大兴安岭时，大木头时代已进入尾声，但我记忆中的大兴安岭还在倚赖大木头呢。进入新世纪后，大兴安岭发生了翻天覆地的变化，已经走出了困难时期。从湖北调回大兴安岭后，我这才深切地感知了大兴安岭。回大兴安岭的这些年，也是大兴安岭发展最快的时期。由于国家实施“天保工程”，八百里兴安孕育出勃勃生机，尤其是交通运输、森林旅游和城镇建设所取得的成就，在全国都挂了号。当然，由于春天干燥等原因，这个时期，大兴安岭也着了几次火，但都很快被扑灭。那种像“5·6”大火似的灾难一去不复返了。这个时期，我对大兴安岭的印象是“大建设”、“大种植”和“大旅游”。大兴安岭逐渐被全国客观认知，天南海北的游客纷至沓来，尽情欣赏大兴安岭的绿水青山、金山银山，深切感受大森林、大湿地、大冰雪、大界江的特有魅力。

小王将车内的暖气打开了。其实车内一点儿都不冷，随着车内的升温，我的心里也开始变得暖洋洋的。我自觉对大兴安岭不够亲近，不是我不热爱大森林，大森林自有大森林的神韵和魅力，可在一段时间里，我不太喜欢这近乎粗放甚至有些荒凉的地方。我所喜欢的，是那种一望无际的原野，以及生机勃勃的五谷飘香，更喜欢那种四季分明的大自然。这与我出生在农村有关，也和明快的个性有关。我与大兴安岭，似乎若即若离，想念它时不够热烈，靠近它时又不够亲密。对于大兴安岭，我是微不足道的一粒凡尘；对于我，大兴安岭也绝非我生命中的全部。然而，我却离不开大兴安岭，离不开大兴安岭宽阔的胸怀。这里有我走过的路，有我攀过多次的岭，有我热爱的樟子松、白桦树和达子香，有我已故的祖父和父母。我与大兴安岭，已结下割裂不开的生活之缘、生命之缘。即便再离开大兴安岭，我也会时常想着大兴安岭，恋着大兴安岭。

“大兴安岭真的很美！”我感叹道。小王将一张唱片插入音盒中，一首优美的《蓝莓花儿开》如流水般在车内流淌起来。天空渐渐晴朗，有些像刚被水清洗了似的。即将入冬的大兴安岭，就要迎来一场丰年大雪。

二

离故乡越近，风似乎越舒畅。

一过大耿家立交桥，车就驶上了利民大道，顿时让人眼前一亮。这是呼兰区与松北区接壤的一块宝地，也是通过扎实稳健的创业，被国务院正式批准的国家级经济技术开发区。这里高楼林立、校区相连，大都市北拓的势头十分强劲。打开车窗，一缕清风吹进车内，我用力吸了一口，真舒服。嗯，是大平原的风，是故乡的风。离开故乡三十多年，回故乡却仅有这么几次。每一次回来，我都匆匆忙忙，十足的一个过客。

我不是一个恋旧的人，但是我绝对是一个怀旧的人。步入中年，这种怀旧似乎越发强烈。望着窗外景象，我记忆的闸门又被悄悄打开。离开故乡时，我尚年少，对故乡的记忆还有些朦胧。那个男孩可是一个懵懂的少年呢，他还没有见识过外面的世界，还留恋着故乡的淳朴。这几年，我时常产生一个想法：假若我在成年后再离开故乡，该有多好。成年后，我对故乡的认知，肯定会清晰透彻，至少对故乡的依恋会更深刻一些，生动一些。在旋转的年轮中，我似乎与那个大平原上的男孩、那个跟在父亲身后放飞风筝的男孩、那个在田野上捡拾麦穗的男孩，擦肩而过，却无法重合。我已中年，而那个男孩永远地定格在故乡的村西头。那时，男孩经常翻过黄土山趟过沼泽地，站在松花江北岸，向江南那充满诱惑的城市眺望。他那目光里装满了渴望，怀里似乎有一团火在不停地跳动着，燃烧着。祖父对男孩说，等你长大了，出息了，就去那大城市看看，看看那大城市有多美，有多大。可男孩还没来得及长大，就跟随父母离开了大平原，离开了与大城市一江之隔的故乡，千里迢迢走进大森林。

眼睛有些模糊，是泪花还是其他什么，我不知道。路两侧的杨树一排排向后倒下，这是母亲领我初次乘坐火车去姥姥家时的记忆。那时，我只有五六岁。长大后，我不止一次跟母亲说，一定找机会陪她回故乡看看。那年夏，我探望故乡，曾动员母亲一道前往。可母亲说，等几年吧，等几年再回去看看。次年春，母亲突发心脏病不幸离世。我悔恨，当初为何不为母亲把车票买好，为何不反复动员？有些事，怎么能等？怎么好等？我第一次坐飞机，在机场给母亲打电话说，等不忙时一定陪母亲也坐一次飞机。母亲在电话那头笑了："好啊，我等着那一天。"我想象着，母亲乘坐飞机时，一定会被新鲜的景象吸引，一定啧啧称赞，感慨万千，也一定非常欣慰，非常幸福。待回到家乡时，一定会跟左邻右舍的大娘大婶们说："瞧瞧，我二儿子多孝顺，他让我坐了一次飞机。他可真是个乖孩子。"美好的计划等着实施，可等着等着，母亲就悄无声息地走了；等着等着，我的诺言就化为了泡影。母亲，我错了。

祖父去世前，很想回故乡。刚步入青年的我不太理解老人的心情，还劝阻老人家：一千多公里呢，太远了，别来回折腾了。祖父似乎被我说服了，不再提回乡的事，可却经常拄着拐棍，站在门前拼命向远处眺望。可小县城以外却是层层叠叠的山岭，任凭祖父怎样眺望，也无法看到千里之外的故乡。多年后，我站在祖父的墓前，无限愧疚化为泪水不停地垂落。在我的记忆中，祖父一直很有风范。他治家严谨，为人正直，拥有一个男人身上应该有的传统美德。他平生未做过任何违心的事，最后却极不情愿地跟着我们离开故土，来到千里之外的大兴安岭安度晚年。其间，祖父回过一次故乡，似乎是父亲陪祖父回的。那时，祖父身体还算硬朗，还能比较自如地行走。父亲选在暑假期间，陪祖父回到了故乡。就要回故乡看看了，看看家族里的亲人们，看看想念的乡亲们，看看故乡里的一草一木一砖一瓦。那些天，祖父显得很兴奋，经常像个孩子似的开心哼唱。每天天一亮，祖父都拄着拐棍在屋里走来走去，还时不时地哼几句抗联老歌曲。我把被子一下子蒙到头上。祖父见我这样，就“嘿嘿”一笑：“要不要跟爷爷回老家看看？”我在被子里不耐烦地喊：“不去不去，谁愿去谁就去，反正我不去。”说完，又蒙上了被子。祖父叹了一口气说：“等你长大了，就明白想念的滋味啦。”我长大了，终于明白了祖父说的那想念的滋味了。但，我长大了，祖父却不在了。祖父，我错了。

车行驶在通往故乡的路上，一望无际的青纱帐散发着蓬勃的生机。我又要回魂牵梦绕的故乡了，又要回母亲经常牵挂的故乡了，又要回祖父经常想念的故乡了。母亲，这次您的儿子一定再好好看看出生的土地；祖父，这次您的孙儿一定再替您看一眼咱们的老屋。风似乎听懂了我的心声，轻轻地拂了一下我的脸，我的眼泪夺眶而出。

三

长长的汽笛声像一把利剑，在沉沉的夜色中划了一道口子，K7050次列车又喘着粗气向前疾驰。我小心地翻了一下身，把头转过来向窗外瞥了一眼，哦，已过齐齐哈尔了。

这次是我今年第五次去哈尔滨，或办私事或是出差。办私事当然是自费，出差自然是公费，不管是公事还是私事，外出的次数比往年多了。旅途虽然漫长，但都是卧铺，也就显得不那么疲惫了。记得年轻时第一次坐卧铺，我都不知道怎么躺，唯恐躺上去睡着了，一翻身就掉下来。于是躺在上面久久不敢入睡，至今想来甚是好笑。二十多年过去了，我坐了无数次卧铺，有硬卧有软卧，但更多的还是硬卧。上、中、下，铺层不同，状态不同，感受也不同。当然，有卧铺总比没卧铺强，至少不至于在硬座车厢里忍受拥挤和脏乱差。于是，每一次乘车我都很知足，心也安然，意也安然。

人在旅途，睡不着的时候，总是浮想联翩，任万千思绪跟着火车一起向前涌动。窗外闪过一片灯火，火车又穿过一座小城继续向前。望着远去的灯光，我忽然萌生一种感动。咦，这感动好熟悉呀，好像很久以前也有过。是什么时候呢？哦，想起来了，遥远的 1995 年冬天，我携妻带子去湖北工作时就是这种感觉。去陌生的地方，与陌生的人在一个环境下工作，前程难料，光景未知。我至今都很纳闷，当时不到两岁的天杰居然在整个旅途上没哭过一声。中间换乘三次，只要一睁开眼，天杰那清澈的目光就开始好奇地打量着周围。有时候，他躺在卧铺上很久不肯睡去，还时不时地向他妈妈小声地问这问那，直到问累了，才慢慢闭上眼睛酣然而睡。看他甜美的模样，我的双肩沉甸甸的。我不能有任何畏缩，一定要在异乡好好拼搏，为了他们母子，不管困难有多大压力有多大，我也要坚持走下去，一直走下去。四年后，我领着妻儿一同回北方探亲，我终于如释重负。天杰大了几岁，能领着走路了，再不需背着抱着了。而这时的我也从企业考到当地的税务机关工作，虽然遇到过这样或那样不尽人意的事，但总体还是朝着好的方向发展。我总算在回乡探亲时给父母交了一份满意的答卷。

汽笛再次响起，东方渐露微白。我翻过身来，对面铺上的小伙子沉睡中含混不清地说着梦话，我闭上眼睛，脸上闪过微笑。年轻真好，年轻，有烦恼也是一种幸福，有人呵护，有人疼爱，可以在母亲的膝前撒娇，多好。唉，母亲，我又想起了您。我不是一个孝子，您没借上我的什么力，我没给您尽上多少孝，却让您时常操心，时常牵挂。您给予儿子的恩情如山一样高，如海一样深，而我却未能来得及报答您，您就匆匆而去，叫我怎能不伤怀？1999 年春，应该是我人生中最幸福的时期。父母跟随我们去了湖北，在那里待了近三个月。那段时间，我和妻子还有天杰，每天都沉浸在三代同在一个屋檐下的幸福中。每到双休日，我们阖家外出，岳阳、荆州等景点转了个遍。母亲一向节俭，每每见我大手大脚花钱就看不惯，她是过惯了苦日子的，容不得浪费。母亲在湖北，心却时常牵挂着北方。她牵挂的方式很特别，不直接说，而是说家里的花儿没人浇水，是不是干死了呢？她哪儿是惦记花儿啊，她分明是牵挂另外的几个儿孙啊。我担心母亲经常给北方打电话后，就会忍不住张罗回家，就骗母亲说，电话没有办理长途业务，打不了长途电话。母亲笑了：“我昨天还给你大哥打了一个电话呢。”我知道这个办法不灵了，就说：“现在电话费可贵了，打一次至少要花几十元钱。”母亲一听急了：“哎呀，这么贵呀，我这些天可打了好几次，看来要花上不少电话费呢。啧啧，可不能再打了，太浪费了！”我窃喜，这下母亲肯定不会再打了，我以为这样能控制住母亲的思乡之情、牵挂之情，可我还是错了。

眼看就要到“五一”长假了，本来想张罗去长沙玩玩，可母亲却张罗回北方。我急了：“你们刚来几天啊，就这样急着往回走？四千多公里也不是近道啊。”可母亲仍然坚持回去。我有些急了，想再说什么，父亲却在一旁道：“我和你妈到这里也没少待，看你们一切都好，都很放心。”我对父母着急返乡很不理解。按照常理，到四千多公里外探亲，不说待上十年八年，怎么也得待个三年两载吧。我真有些生气了，不再理会他们。妻子很无奈，拗不过了，只好帮他们收拾东西，又陪他们上街，给他们每人配了老花镜、买了手表。父亲很喜欢新手表，随手将自己戴了多年的“老上海”摘下来递给我，让我留个念想儿。这块表在我手中一直保存到2012年夏，才完璧归赵给了在山东安度晚年的父亲。

“五一”长假的第二天，我和妻子领着天杰一起送父母去武汉转乘火车回哈尔滨。我们生活在湖北的那个小城，离武汉有近四个小时的路程，一道上，母亲一直望着窗外不说一句话。我知道母亲心里难受，她舍不得离开我们。在登上火车的一刻，母亲终于忍不住流下了热泪。她拉着天杰一个劲儿地亲着，边亲边说：“宝贝儿，奶奶要走了，你可要好好学习啊，听爸爸妈妈的话，做个乖孩子。”我和妻子都背过身，擦着眼泪。母亲，你怎么就走了，母亲，你走了，我该多想你啊。我终于哭出了声。

“换票了，换票了。”乘务员在喊，我醒了过来，天已大亮。车厢里，人们都在抓紧洗漱和整理行李。汽笛声声中，火车速度更快了。前方不远处，就是北方名城哈尔滨。

四

渡船一到北岸，大大小小的汽车从船上鱼贯而出。我所乘坐的这辆长途客运车，也和其他车辆一样，一下船就撒着欢儿顺着江北公路开始奔驰。

那些年，我工作生活的小城虽处长江南岸，区域内却没有一座过江的大桥。每次去江北，所乘车辆都要从渡口先排队上船泊到对岸，快的要等二十几分钟，慢的要近一个小时，出行很不方便。开始还好，刚到一个新地方，看啥都很新鲜。可随着时间的推移，感觉周围的景象有些不顺眼了，语言不适应，生活不适应，气候不适应。尤其是在等渡的时候，那些卖甘蔗的、卖阳干鱼的、卖卤鸡蛋的把你吵得心烦意乱，却不敢摇下车窗往外看，不看人家还敲窗户向你叫卖呢，要是看一眼，人家不上车追着你买才怪，不是舍不得花钱，是根本吃不惯那些东西。于是，索性闭上眼睛佯装入睡，不再理睬。直到车上渡船，才睁开眼长出一口气。

湖北的春天，到处都生机勃发。一望无际的油菜花，散着醉人的香，熏得人如醉如痴。遥想北方此时还是一片萧瑟，我不免感叹起来。虽然是春天，但这里的天气却有些冷，这冷不是北方的那种干冷，而是一种湿冷，一种不经意间就能将手脚冻了的湿冷。我在北方出生长大，从未冻过手脚，在湖北那些年，却不知不觉地把手和脚都给冻了。直到调回北方后，手脚才算从冷遇中解脱出来。湖北的空气一年四季都潮湿，潮湿让人的皮肤不会干燥。在湖北，很少听男人们用润肤霜，似乎女人们也很少使用化妆品，但她们的皮肤却很细嫩光滑，而这也绝非各色护肤霜所能做到的。一方水土养育一方人。水土与人的身材、相貌和风格有直接关系。要不，北方人一到南方，为何容易一眼就被看出来呢，其道理就是这样。在湖北的七年多，无论走到哪里，只要往那儿一站，不用说话，有些观察力的人就能判断出我是外乡人。你没拿人家当外人，人家却知道你是外乡人。什么原因？就因为你的相貌与人家不同。你可以过环境关，过气候关，过语言关，过习惯关，唯有相貌这一关，你过不了。

车过新厂镇后，就进入了江陵县域。公路连接处体现出不同风格，一边是水泥路，一边是柏油路，路面的颜色和宽度也不一样。十里不同风，百里不同俗。在这一点上，不比东北。在东北，黑龙江、吉林、辽宁的习俗基本一样，看不出有多大的区别。而湖北，不同的县域、乡镇乃至以“店、铺、台、湾、沟、桥”等为单位的村屯，风俗和语言都各有差异。尤其是地区之间的差异更大，比如荆州的语言和武汉的语言就有很大区别。我刚到湖北时，很难听懂当地语言，我说话，人家都能听得懂，我听人家的话却云里雾里一团糟。车载电视播放的美国大片儿刚完，又放起了花鼓戏。车尾一个男子喊：“哎，恁么回事么，换掉换掉，懒得看这个。”司机头也没回说：“不看这个看么子，就看这个。”车厢多数人都附和道：“看嘛看嘛。”那男子不再吭声，却倔强地拿起一根甘蔗，旁若无人地大嚼起来。

刚到地税局那年，我负责会议记录，记着记着，就不知怎么记了，听不懂啊。很快领导就知道了这事，再开会时就“咬着舌头”学说普通话。可说着说着，普通话又变成了湖北方言。会后，领导问我记全没，我说基本上记下来了。领导说，你把记录本拿来我看看，我就把记录本拿给他看，领导看着看着就哈哈大笑起来，说：“这个不对，我的意思是恁个意思。”他还想说普通话，舌头却不听使唤，遂打起了手势。后来，我当了办公室主任，很少再去记录。我解脱了，领导也解脱了。要说语言适应力最强的，是天杰。这小子去湖北时不到两岁，语言系统尚未形成，到哪里都是一张白纸，想怎么学就怎么学。尤其是上幼儿园后，这小子就一口地道的湖北话了。当然，在家里，由于我的严格要求，他还是说普通话，可说着说着，就又不知不觉地说成了湖北话。我们调回大兴安岭那年，这小子才 10 岁，说话时湖北话还时不时地带出来，经常被班上的同学取笑。当然，没过多久，他就不说湖北话了，取而代之的是一口标准的普通话。

湖北铁路发展滞后，高速公路却比较发达，已呈“四纵四横一环”格局，非常利于车辆东南西北四向分流。车过荆州，就上了高速公路。在高速公路上，你想不开快都不行。当然速度还是要限制的。这一提速，我就精神了。往窗外看去，现代化工业园区、不断拔高的城市，错落有致分布在荆楚大地上，使毓秀的湖北美不胜收。湖北地貌不同东北，它自古就因湖泊众多而享有“千湖之省”美誉。但由于泥沙淤积、围湖造田等原因，湖北的湖泊面积和湖泊蓄水量在逐年减少，“千湖之省”一去不回头。

车在高速公路上跑了两个多小时后，汉洪高速公路总站就到了，“九省通衢”的大武汉映入眼帘。武汉，我来了。

五

飞机晚点起飞，近一个小时。

在哈尔滨太平国际机场候机时，窗外风雪弥漫。作为东北最繁忙的三大国际航空港之一，太平国际机场不得不承受气候等诸多因素所带来的不便。候机是很枯燥的事，带队考察的领导让大家换班去餐饮厅就餐。随行负责生活的办公室主任很聪明，立马去餐饮厅买了就餐券。时间还不到中午，大家都不怎么饿，但既然领导说了，大家也就不好再说什么，于是换班吃饭。

太平机场餐饮区在候机楼的第三层，各色自助餐饮在这里一应俱全。我悠闲品尝，可不大一会儿，办公室主任就气喘吁吁跑来，冲我们喊：“别吃了，开始安检了！”我有些纳闷，不是说晚点一个小时吗，怎么又提前了？上飞机后才知道，外面的风雪小了，能见度比刚才强了许多。

这是一次难得的外出考察，因负责考察报告的起草，我有幸成为考察团中的一员。第一次坐飞机，感受都是新的。飞机客舱很大，能容纳近 300 人，空姐很漂亮，彬彬有礼，服务热情，东航的服务质量可见一斑。跑道上的积雪已被清理干净，清扫车刚撤离，我们这架空客就轰鸣着飞上了天。在它起飞的一刻，北方一次更大的暴风雪已蓄势待发。柔美秀丽的空姐为乘客分发午餐，每人一份武汉热干面。这个好吃，我对邻座的办公室主任说。主任说，那你怎么不吃？我心里这个气呀，明知故问，刚才要不是在候机餐厅吃那么多，别说这份热干面，就是加上你的那一份我也能吃下。再说这个热干面，我在湖北真的没少吃。武汉热干面、荆州热干面、石首热干面等，我几乎吃了个遍，还在乎飞机上这一份吗？不吃热干面，咱也不能干坐着，我要了一杯咖啡，拿起一份《新晚报》看了起来。办公室主任和我开玩笑：“嗬，行啊你，坐飞机看报纸，你这回水平又提高了。”呵呵，可不是吗，坐飞机看报纸肯定高。不是文化水平高，是飞机飞得高，血压升得高。小时候，每当听到“坐飞机看报纸——水平高”这句歇后语时，没去想怎么提高水平，却想自己啥时候能坐上飞机，坐上飞机后，该看什么样的报纸。飞机在云海中穿行，银色的机翼安稳地擎着，像雄鹰的翅膀生动有力。我放下手中的报纸，透过机窗出神地向茫茫云海凝望。起伏的云海，虽然起伏于九霄之上，却仍然需要阳光的照耀。阳光辉映，这云海就像神奇的幻梦，更像奔涌的江河，在我的生命旅程上挥舞成一道道神奇的光芒。我敬畏这种绚丽，也憧憬美好的愿景。哪怕前面有跌宕的云壑，有惊觉的闪电，我的飞翔依然如故，永不停歇。

咖啡有些凉了，我示意空姐过来给换一杯热茶。热茶与咖啡，似乎是中西合璧吧，风味不同，感受也不同。人生起伏本是寻常事，只有起没有伏，也不符合规律。人生进退、荣辱、聚散、得失，其实都在起伏中。做出一次选择，就有一次选择后的再起伏。不要为选择错误而垂头丧气，也不要为选择正确而得意。起伏是个过程，有了这个过程，才堪称完美。从北到南，又从南到北，不到 8 年，我折腾了一个来回，放弃了，失去了，也得到了。在人生的旅程上，我的起伏有惊无险。积累了很多，也释放了很多。没有轰轰烈烈，却也堂堂正正。上对得起列祖列宗，下对得起妻儿，物质上清贫，精神上却富有，乐得安稳。就像这架客机，面对风雪只求安然飞行。感谢你这架空客，你安然，我才安然。

飞机徐徐降落时，天空下着雨。起飞时风饕雪虐，降落时细雨绵绵，不一样的景致，两重天的人生。我一边感叹着，一边跟着大家走出了机舱。此时此刻，我已身处上海虹桥机场。

走笔古驿路

其实，古驿路在黑龙江省境内有千余里，驿站遗址 33 处。我花了 6 个小时，在大兴安岭地区塔河县境内停两站，观百公里风光，算是对古驿线路有了一个大致的了解。唐初大学士褚亮有诗云：“浮光随日度，漾影逐波深。”在悠长的古驿路上，我的文字仅为走马观花之笔。

十八站

车出塔河，打镇北高架桥驶过。经永安，过塔丰，走永庆，顺着窄窄的沥青公路，爬坡甩弯地向十八站驶去。

十八站是康熙二十四年，也就是 1685 年，在嫩江镇循嫩江上游至大兴安岭，设立的 25 个驿站中的第十八个。数百年里，十八站，这个驿站骄子硬是从苍凉中走了出来。大兴安岭开发建设后，十八站被定为鄂伦春民族乡和林业局并用的驻地，逐渐成为一个社会功能健全的小镇。20 世纪 80 年代末，我曾作为县委工作组成员到此进行调研。那时的十八站，民族乡在南，林业局在北。乡是科级单位，由县管；林业局是处级单位，直属大兴安岭林业管理局。当时，乡里和林业局的第三产业都不发达，生产经营主要还是靠卖大木头。初次来时，当地群众的生活水平还算不错，可居住的条件却很差。一栋栋板夹泥房，在砂石路两侧冒着缕缕炊烟，生活单调枯燥。两年后再来此地，板夹泥房变成了砖瓦房，也平添了几栋楼房。原有的砂石路，变成了能并排跑两辆车的水泥路。当然，两次来此地吸引我的，不是这里的民居和小镇风貌，而是独特的驿路传说和民族文化。原来如此，现在亦然。

40 分钟后，我们到了十八站。把车停靠在十八站入口右侧的遗址处。我早听说这个遗址，初到十八站时就曾到此参观过，只因当时年轻，缺少些深刻的感悟罢了。遗址位于呼玛河北岸不远处近 20 米高的平台上。近百平方米的遗址上比原来多了一圈铁栅栏，新涂的漆刚刚干，近闻还有些刺鼻。陪我参观的小张说，这个遗址是旧石器时代的。大兴安岭得以开发后，国家考古队曾先后两次到此考察，先后在此处及十八站以西 3.5 公里、以东南 5 公里处发现三处遗址，出土了很多稀奇的石器。刮削器、尖状器、石叶、石片和石核等，收获颇丰。再一研究，哎呀，这些石器距今达 12000 年。器形、风格、大小等，都与北京周口店出土的石器相似。考古队如获至宝，兴奋得不得了。据说，当时差点儿没把考古队的陈祖银和省里的杨大山两位专家给“乐趴下”。“您说，这么大的发现，省里能不重视吗？这可是咱们省唯一的一个年代久远的遗址，一定加强保护。”小张说得脸上都闪出了兴奋的光。在多方共同努力下，黑龙江省人民政府正式将十八站旧石器文化遗址定为省级文物保护单位。1982 年 6 月，在十八站 3 个遗址处分别立了高 1.4 米、宽 0.9 米、厚 0.12 米的石碑。碑上都竖刻着：

省级文物保护单位　十八站遗址

石碑自然还是 1982 年时立着的那块儿石碑，字体古朴凝重，苍劲有力。背面刻着的百余字，却因风侵雨蚀，早已斑驳模糊。要是把碑文重新描一下，看着不省事吗？我带着遗憾，在石碑后面边看边辨认，只识了个大概。刻着的内容主要是对遗址的发现、挖掘时间以及出土文物的件数和挖掘的重要意义进行了扼要叙述。十八站遗址的发现，轰动了国内外考古界，也让大兴安岭出尽了彩。大兴安岭远古时期再也不是旷古无人的不毛之地了。有众多理由可以证明，早在一万多年前，大兴安岭就有了人类，而且已成群居规模。立石碑时，一名领导慷慨激昂地讲解发现遗址的意义，并建议新闻媒体加大宣传报道，让全国、全世界都知道：大兴安岭绝非苦寒之地，更非自古荒凉没有人烟。

我手扶石碑，不无遗憾。石砌地面，除了碑文模糊外，碑体也有些老旧。40 多年前立的，当然有其局限性。可现在条件好了，从文化形象考虑，完全可以把这个石碑弄得再高再大一些。我用力拍了一下石碑，碑座却有些松动。我不知道另外两处纪念碑的境遇，但我知道，保护遗址，不仅仅是文字记载和文化挖掘，看得见摸得着的更应保护好。碑文模糊，可用朱笔描，不费事；碑体松动，可重新加固，花不了几个钱。心有些沉闷，忽略了百米外的呼玛河。我循着可亲的水声抬眼望去，见一条奔涌的大河，在驿路旁浩荡不息。那一道道山岭，还有一片片树林，都在夏日里靓得清新、丽得绵长。我的心绪好了起来。远古文明是一笔宝贵财富，也是大兴安岭宝贵的历史。大兴安岭不仅有自然资源，还有一代又一代敢于探索勇于发现的探索者。

乡政府还是一栋平房，似无大变化，只是几经修缮，门脸变得耐看了。感慨之余，我和当地几位朋友在大门前合了影。当年来此调研，连个吃饭的地方都没有，好在离林业局食堂不算太远，赖着脸填饱了肚子。已近中午时，当地几位朋友欲留我们吃饭。我算了一下时间说，还是先看看临近的景点吧。大家拗不过我，只好顶着烈日陪我前往驿园游览。

驿园是十八站林业局精心打造的一个开放式公园。大门前立着高大的牌楼，正中蓝底金色两个大字“驿园”。大门两侧各筑有一只石狮子，似有古罗马的风格。驿园是十八站林业局的文化名片。当地一位朋友说，这几天林业局正筹备第三届鄂伦春民俗文化节呢，届时这里将成为开幕式的主场地。驿园里除了“龙蛇狮龟背驮”的驿路文化符号外，还建有长廊和亭台。吸引我的，倒不是这些景观，而是长廊前的地上绘制的驿站图。从古驿路上的第一站（嫩江古驿站）到第三十三驿站（内蒙八道卡站），一个不少。33 个站点，33 颗星，连起来就是大清王朝时北部的驿路图。步入应春亭，向前走，是九曲长廊。太阳高挂，从这长廊走过，一种静谧悠长的清爽弥漫开来，周身的炎热顷刻消散。大兴安岭的公园，多依山傍林，即便地势平坦，那树木也一定要茂盛。驿园生长着俊美的樟子松。我对樟子松情有独钟，不仅因其高大挺拔、葱郁苍翠，更是因此树有着一种顽强的精神。我欣赏着，感叹着。驿园里的樟子松，不就是古驿路上千株万棵樟子松的缩写吗？樟子松是精神之树，这和十八站附近的萨吉满盛山之神韵相契合。这两年，我的耳朵里灌满了人工打造的“萨吉满盛山”景点。十八站遗址，是远古人的文化符号。文化研究表明，远古人敬仰神灵，称其为“萨满”。“萨”意为广阔，“满”则为圆满。萨满属于自然界，于万物之间共存。十八站，应该有萨满的文化标志。譬如，在萨满诞生地，一定有人们对神灵的崇拜的印记。有萨满传说，也有与萨满相关的祭祀活动。我这次考察古驿站，时间有些紧，若仓促前往萨吉满盛山，未免不恭不敬，还是待下次专程前往吧。

在十八站北出口，我被路两侧的景观吸引。路口西侧是形体各异、排列整齐、高不过两米的“驿”字碑林。这些“驿”字，都是古今名人和伟人所书的传拓之本。拓印字体涵盖篆体、行楷、隶书和魏碑等。放眼望去，碑林“驿”字铁画银钩，苍劲有力。有的龙飞凤舞，有的娟秀光丽，不同的风格，似这条古驿路上跳跃的精神符号。路口东侧建有驿站门楼及驿路呈祥和人物雕像。原木搭建的门楼挂满了红灯笼，远远望去，一派喜庆。遥想当年驿站，一盏灯火幽幽暗暗，闪着清冷的灯火，该是何等孤寂。长阶缓缓，驿站门楼似在遥望，又似在古驿路上追忆苍凉。朋友问我要不要登门楼而观风景，我摇头。不用上去，我也知道四周的风景一定是美的。

门楼前一座垒砌的石碑，上面拓着康熙的御笔：驿路。字体风格雍容，笔力刚强，如苍岭劲松，傲然耸立。康熙雄才伟略，竭力开发驿路，确保边疆长治久安。能每隔 30 公里依序设立驿站，直到当时沙俄临界的黑龙江边，其捍卫疆域的决心可见一斑。斯时，大兴安岭东部林木苦寒，人烟稀少，何谈安宁与发展？门楼前的石碑端正大气，而路两侧的古铜色塑像则栩栩如生。一侧：一名站兵往马槽子里倒草料，一名则在骏马后几步远的地方举起马鞍子，准备往马背上搁。另一侧：两个挎刀的站兵，一名骑在马上，回头与另一名立于原地的站兵挥手告别。那马已踏蹄欲奔。就要出发了，就要向下一个驿路疾行。在他们两个中间，筑着 3 米来高的石垒方印，上面闪着古朴的光：黄金之路十八驿站。

合了几张影后，我们谢绝了当地朋友的热情挽留，沿着二级国道驱车向北驶去。

古驿路

此时，没有谁告诉我，我们所走的这条路，其实就是大清王朝黄金之路上的一段。

阳光遍洒，白色的路面轻盈飘飞，在翠绿的群岭间似一条玉带，上下舞动。大兴安岭的古驿路经呼玛河、塔河和漠河，而十八站到二十二站的这一段，则是古驿路上风韵突出的一段。在第三次全国文物普查时，省里和地区对这段路再次进行勘察。2009 年，地区文物站将此线性文化遗产列为申报第七批全国重点文物保护单位。经反复修改、完善和论证，2013 年 3 月，古驿路和驿站遗址正式成为大兴安岭历史文化保护的对象。

“南临沃野，北覆群山，江水襟连，上下要输。”大清王朝的驿路修成，为军情传递、粮草供应、抵御沙皇侵略以及赢得雅克萨之战的胜利提供了有利条件。多么宝贵的驿路啊，它就像一羽长箭穿透悠长的岁月。它射向的目标，就是中国北部的极点。车窗外的视线越收越窄，群岭渐渐被密林淹没。十八站至二十二站，有近百公里的路。按当时每30公里设一个驿站，其间距为120公里，比现在这段公路多出近20公里。小张似乎看出我了的想法，就详细介绍起这条路来。这条公路始建于1969年，属国防战备公路。2015年，此段路进行了集中改建，成为了国道丹东至阿勒泰上的一段。但咋改，也没偏离古驿路的主线。我点头：倘若当时驿路就是水泥路该多好，不说省去了鞍马劳顿，就连驻守的站兵也少了艰难。可哪儿有这般好事啊。我苦笑了一下，把目光投向车前方。这可真是一条好路啊，它很像我经常走的加漠公路。虽坡多弯大，但走得心情很为舒畅。倘若真是去弯取直、一马平川，这路也就失去了神秘。正想着，前面果然出现大坡。大兴安岭因岭起伏，路自然也跟着起伏。一个大坡过后，又是一个大坡，随着坡度起伏，我们的车犹如一艘冲锋舟，在激荡的浪涛中漂飞。正陶醉着，路却来了一个急转弯，我还没缓过劲儿，得，前面又是一个坡。小曹的驾驶技术真是名不虚传。但见他全神贯注，紧握方向盘，让我们的越野车如一艘白帆高挂的小船，在辽阔的绿海上劈波斩浪。

前方路边，一棵高大的枯树嶙峋而孤寂。驿路是朝廷的官道，官道自然要严格管控。传送公文，上奏捷报，运输中转，驿路发挥着巨大的作用。雅克萨之战后，康熙雄心愈烈，对这条驿路也更加重视。驿路乃安稳大清王朝的经络。没有驿路，哪儿有大清的威武，哪儿有今天的便捷？“奏捷之路”从此得名。星辰摇曳，群岭莽莽，北部更安宁。“奏捷之路”上再无刀光剑影，再无鼓角铮鸣。传送公文的频率少多了，一年下来，这条路上再不见频繁行走的官差和信使。压缩开销乃国策，该省的省，该减的减，一个驿站有两三个人足够了。就这样，驿站不知不觉完成了“瘦身”；就这样，驿路渐渐成了荒林野路。偶有鄂伦春猎人打此经过，倒将驿路衬出了些许落寞。直至有一天，一批快马在荒草丛生中飞驰而过，原来是光绪皇帝要用驿路运送北部漠河开采出来的黄金。这条昔日的“奏捷之路”，迅即成为大清王朝的“黄金之路”……

入岭写古驿，我诵他人诗。诵读纳兰性德的诗，我在“哀蛩饯晓浑多事，也似严更古驿边”中徘徊；翻阅施梅樵的诗，我在“古驿斜阳鸦背疾，乱山秋色马头生”里伤怀。信使，你是否有“问人孤驿路，驱马乱山峰”的感叹？官差，你是否遇到“歇马投古驿，解衣闻秋虫”的经历？站兵啊，你是否也有“明朝驿使发，一夜絮征袍”的慨叹？古驿路啊，你除了荒凉还有什么？大清国力亏空太大，仅各边塞驿路就需要很大的一笔投入，去掉层层盘剥，去掉虚报冒领，到了驿站处还能剩下多少银两？再说，当年，驿站毕竟只是供官家中途打尖、更换马匹的休息场所，和哨卡、军营相比，少了些必要少了些紧迫。在十八站北出口，那位留守的站兵最为清苦。商人仆仆风尘还有个目标，可他呢，还要耐住严寒，耐住孤独。而打马前行者，也是远离家乡人。为效忠朝廷计，更为生存计，还要奔波在艰难的驿路上。有多少这样的兵卒，就有多少个悲凉的故事。一个兵卒的煎熬，或许和一个王朝的没落没有什么内在联系，但各地的驿路上倘若都如此，又何谈江山的稳固？

路两侧，苜蓿花若粉若紫，辉映着灿烂的光。20 世纪 60 年代末，开发建设者沿着古驿路一路向前采林伐木、筑路架桥，硬是在古驿路上创造出巨大的物质和精神财富。50 多年过去了，大兴安岭的人气似乎还是略显不足。怎么回事？大兴安岭实在是太辽远太浩瀚了。真要让大兴安岭热起来，得有足够多的人口。绿水青山，本身就是金山银山，唯有先保护才可永续发展。真的，大兴安岭再也不能重蹈粗放式经营的旧辙了。路一侧有鹿场闪过，多辆车停靠，忙着运送鹿产品。大兴安岭已走出传统的经营模式，正满怀信心地沿着转型的生态林业发展之路阔步行进。

前方有护路单位在施工，车来车往，好不忙碌。我们的车从路旁临时铺垫的砂石路上颠簸而过。好在不到 10 分钟，车又驶上了正路。十八站到二十二站的这段路，行走的车辆一年多似一年。不说路面磨损大，光是大小十余座桥梁就需要投放很大力量来维护。作为大兴安岭人，我十分清楚，在高寒地带上，若要创造出一项经得起检验的户外工程，该有多么不易。

有小雨飘过，车外景致更加清新。从十八站出来，路边仅立着十九站遗址的指示牌，估计二十站和二十一站的指示牌立在了岔线上。我陷入沉思。大兴安岭境内的古驿站，以站名为地名的有几家，但发展好的却没有几家。十八站算大的，十九站属十八站林业局的一个森林资源管护区，人口寥寥。二十站和二十一站，皆在塔河县依西肯乡境内，未成聚落。这也许是古驿路的一种宿命。一堆堆遗址为今人提供些许考察和凭吊的资源。“这白桦可真漂亮！”寡言的小曹道。我侧目车外，可不是，俊丽的白桦一股脑地呈现在路的两旁。它们就像身着绿衣白裤、排列整齐的时装表演队，在夏日清风中热情地向我们招手致意。大兴安岭树木品种繁多，松、杨、柳、柞一应俱全，而最常见的就是白桦。白桦本已婀娜，再成林成片，则美不胜收。那年，为了给网友们分享大兴安岭白桦的美，我拿着单反，专门打车出城到数十公里外拍摄白桦树。用好好的双休日，换来一大堆电子照片。至今，家里的电脑桌面还是白桦风光。手有些发痒。小曹似乎看出了我的想法，稳稳地把车停在路边。我们欣赏路两旁的白桦，不时用相机和手机拍摄着。上车前，我给小曹和小张照了几张合影，把他们定格在美丽的白桦中。

100 多公里的路程，风光美不胜收。我们仿佛穿行在漫长的画廊中。这是大森林里的画廊，这是古驿路上的画廊。果然，路旁闪出一排独立的大字牌：古驿路百里画廊。7 个大字，白底红字，生动鲜明；7 块大字牌，整齐划一，间隔有序。天然的百里画廊，没有刻意修饰，在清凉的夏日里神采飞扬。这哪里是一条古驿路啊，分明是穿越数百年历史的时空隧道。数百年的古驿路，在马上，在车上，都掀起不绝的风尘。这风尘滚滚飞扬，有如青云在苍茫的群岭中穿行。前方路旁，一棵古老的樟子松如历经苍苍岁月的老者，正弯腰弓背、长伸手臂、笑容可掬地恭迎我们。“黄山有迎客松，大兴安岭也有迎客松。咱们就叫它兴安迎客松吧！”我情不自禁地说。小曹和小张都笑了，我也笑了。在兴安迎客松的恭迎中，这条路上走过了大清信使、驿站站兵，走过了鄂伦春游牧猎人，走过了运送黄金的劳役和兵士，走过了闯关东的勇敢者，走过了不屈的抗联战士，走过了开发建设的英雄，也走过了保护林区生态环境的时代尖兵。

倏忽，一只苍鹰如风似电向我们俯冲而来。小曹惊呼：“真猛！”那鹰却在接近车顶时，来了一个回旋，腾向高空。它“咕咕”鸣唳，惊空遏云中似在向我们示意，只有勇敢者才能在古驿路上飞翔。

二十二站

越野车驶入二十二站已是午后。太阳高高悬挂，山岭舒舒缓缓，林场静谧而清凉。

大兴安岭中，临近界江的省级旅游村镇不多，二十二站算一个。林场即小村，黄金古驿站，知青生活地，有历史的符号，也有时代的元素。这些，足以使这个小村多出一种底蕴，甚至是一份神秘来。数十栋民居蓝瓦黄墙，错落有致。街巷整洁干净，玲珑自然的二十二站，果然景致不同。车在林场缓缓地兜了一个圈，最后停在驿站主题广场旁的农家饭店门前。小曹说：“还以为林场没饭店呢。”我说：“毕竟是旅游点，哪儿能没吃饭的地方？”其实，来之前，我特意在网上搜了一下，知道这里有 3 个超市、4 个家庭旅馆和 5 个饭店。

2点多了，木屋草房结构的饭店已熄火，女主人正在厨房清洗餐具。见我们进来，连忙热情地给我们端水倒茶，询问吃点啥。我豪气道：“把你家的特色菜推荐一下。”女老板转身从冰柜里提出一个塑料袋说，这个好，黑龙江鱼。我仔细端详，灰不溜秋，长长的，还有须，不美观。小张说：“这不是嘎牙子吗？”女老板刚要回答，一个中年男子打厨房里走出来：“谁吃那玩意儿，这叫牛尾巴鱼。嘎牙子鱼肚皮是黄色的，尾巴尖，这鱼肚皮不黄，尾巴圆。”说罢，拎起一条给我们看。我疑惑地问：“这真是黑龙江鱼？”答曰，从几十公里外的黑龙江钓的。我问：“好钓吗？”“还行。这鱼合群，游得快，一波一波地赶。一条鱼咬钩，别的就跟着往钩上咬，还越咬越凶，想不钓都难。”男子说得手舞足蹈，我们都笑了。我说：“就它吧，到这里得吃江鱼。”我们又点了两个小菜。小曹开车不能喝酒，我让女主人备三份蛋炒饭。小张嘱咐老板，一定用本地的笨鸡蛋炒。

等饭的当口，我们跑到外面参观驿站文化广场。广场一西一北搭建有原木仿古门楼，四周是别致的文化长廊，广场东矗立着一座十来米高的观景台。小张陪我登上观景台顶层，小村景观顿时映入眼帘。耳听为虚眼见为实，二十二站今非昔比。20世纪80年代末，我曾途经此地。那时的二十二站，还只是个木材加工厂。几里拐弯一条土路，十几栋歪歪扭扭板夹泥房，车一过，一片暴土扬长。如今，二十二站林场已出落成18岁的姑娘，俊秀大方，姿态可人。小张介绍，作为全国重点文物保护单位，二十二站十年磨一剑，建驿站主题广场，修驿站邮所，立李金镛雕像，疏浚百余年老井，还原当年马厩，拓宽步行街，搭建木栈道，开辟跑马场和自驾游营地。这还不算，他们还开发了黑龙洞、月亮湾观光塔、大西尔根气河漂流，大搞特色旅游，给沉寂的二十二站带来了生气。

广场西门楼旁立着驿站遗址碑，离它不远，就是晚清能臣李金镛的雕像。李金镛一身官袍，跃马征尘。他这是要到哪儿去？光绪十三年，即 1887 年，为筹边兴利，在李鸿章的保举下，朝廷将后补知府李金镛从吉林调往黑龙江筹办漠河金矿。李金镛率部千余人从嫩江古驿站出发，沿着荒凉的驿路风餐露宿，星夜前行。大兴安岭冰寒盈丈，恶雪纷纷。到二十二站时，已是申时许。驿站留守站兵忙着为李金镛准备吃食，并挽留其在此休息一晚。李金镛计划到盘古河站，即二十三站再行修整。此时天已擦黑，一阵冷风，站房瑟瑟。李金镛叹了一口气，只好命随从安营休息，待明日再策马前行。这是李金镛难得的一次驻站过夜。李金镛赴任后，新辟 8 个驿站，让原已荒凉的驿路又热闹起来。他将八道卡站，即三十三站，建到了额尔古讷河边的西口子村。在黑龙江省千余公里的古驿路上，包括二十二站在内的 33 个驿站，无疑都闪动着璀璨的光。从“奏捷之路”到“黄金之路”，驿路上的风尘，卷得一次比一次高。而能臣李金镛，则成为这条“黄金之路”上的开路者，厥功至伟，当之无愧。

“饭好了！”女主人唤我们进屋吃饭。男子端上一大碗热腾腾的清蒸牛尾巴鱼，我迫不及待扻了一小勺汤入口。哎呀，可真香啊。我兴起：“老板，拿三个碗来，我们好好喝口汤。”

驿站文化是二十二站的点睛之笔，知青文化则是二十二站的传神之韵。知青文化园由知青文化展厅、知青食堂及娱乐体验区组成。知青文化园支着 3 顶大帐篷，试图还原当年知青生活的场景。抹不去的是记忆，忘不了的是第二故乡。前两年，知青们相邀重返二十二站，被眼前的景象深深感染。他们激动地讲述着自己难忘的经历和火热的生活：“我们被安排在老俱乐部里住宿，那里被修改成了大通铺。晚上睡觉还要把被角掖得紧紧的。天可真冷，寒气一个劲儿地往被窝里灌。半夜醒来，浑身都是凉的。”大帐篷前，老知青们合影留念：“当年要是有这么厚实的帐篷就好了，哪儿能挨那么多冻。”说罢，都笑起来。可笑着笑着，他们又抱在一起哭泣起来。

二十二站冬季寒冷干燥，积雪覆盖时间长达 150 天，冰冻期达 7 个月之久，冻土深达 3 米。20 世纪 60 年代末到 70 年代初，先后有百余名知识青年响应党的号召，从繁华的南方城市，来到荒凉的二十二站支援边疆建设。他们用最原始的工具伐木运材，铺路架桥。日常吃的，除了极少的细粮外，余下的都是粗粮。蔬菜更是单调得不能再单调了，除了白菜，就是土豆。但激情若燃烧，寒地也能开花。环境越艰苦，扎根边疆的耐力越强。1973 年起，先后有 10 余对知青在这里结婚生子。他们来时还是孩子，最大的 22 岁，最小的仅 15 岁。最后离开时，有的已年逾花甲。知青谈鸿奎，2011 年 4 月在二十二站林场光荣退休，成为最后一个告别二十二站的知青。《大兴安岭志》：“一代江南娃，十年韶华业。以南方知识青年为主的知青潮，在大兴安岭留下了热血洒边疆，忠魂铸兴安的知青史。”

展厅和食堂为同栋平房，同走一个门。里屋是展厅，外屋是食堂。展厅墙上贴满了知青们当年生产生活的照片，窗台上摆放着他们昔日用过的皮箱、棉袄、毡嘎达（毡靴）、水壶等，墙角还有几把大肚子锯、弯把锯和掐钩。外屋支着 6 张大圆桌，一旁的厨房里，架着两口 12 印的大锅，上面正蒸着大白馒头。管理知青文化园的是一对年轻夫妻。女的叫杨彩霞，热情为我们讲解。我向她了解二十二站的发展情况。杨彩霞滔滔不绝：“场领导说，要发展就要做好两篇文章。”我好奇，问是哪两篇文章。杨彩霞说：“当然是驿站和知青两篇文章啦。写好了，林场有效益，我们得实惠。”“你们写好了吗？”我问。“能不写好吗？去年，来我们这里旅游的就超过了三万人。除了旅游，我们还养殖森林猪，种植野生五味子，参加森林巡护。”我问：“你也参加巡护？”杨彩霞答：“咋不参加？春季一防火，女的都上了。地区报纸还把我们写成了花木兰呢。”她抿着嘴笑。可没笑几下，像想起什么，忙向身后憨笑的丈夫道：“别傻愣着啦，赶紧给客人摘西瓜吃。”丈夫醒悟，赶紧出门奔向采摘园。那里除了长有累累的黄瓜、豆角和西红柿外，还有一片生津滴翠的西瓜地。我出门制止，却被跟出来的杨彩霞一把拽住："都是自家园子里长的，尝尝鲜。"见她一脸诚意，我转身回食堂，用手机在就餐码上付了 50 元。当杨彩霞夫妇把新摘的几个西瓜放到车上时，我真切地感受到，二十二站除了散发特有的文化气息外，还保存着一种最原始、最淳朴的民风。

夕阳在岭上洒满金色的光，我们的越野车行进在悠长的古驿路上。大美兴安更加迷人。